—鄭手作品集—

神偷天下

目錄

推薦序
導讀

第一部■跛腳小丐

第一章　飛戎之王　17
第二章　龍目水晶　30
第三章　祠堂領罰　45
第四章　跛子求親　56
第五章　劇變前夕　67
第六章　寄人籬下　80
第七章　上官寶窟　93
第八章　驕女遭劫　105
第九章　縱囚自危　117
第十章　青年神醫　129
第十一章　太監梁芳　142

第十二章 贖屍生意 158
第十三章 刀房驚魂 171
第十四章 初入宮禁 183
第十五章 小試身手 197
第十六章 義保諍臣 208
第十七章 驚豔紅伶 218
第十八章 善心保赤 231
第十九章 蒙面錦衣 244
第二十章 藏匿幼主 257
第二十一章 紅伶情緣 271
第二十二章 重見龍目 286
第二十三章 兩幫之鬥 297
第二十四章 技驚江湖 309
第二十五章 重遇同鄉 319
第二十六章 故鄉今昔 330
第二十七章 倉促離京 341

推薦序

——曾大福（木馬、左岸出版發行人）

台北仲夏展讀鄭丰的《神偷天下》，彷佛是花了八千八百元享受了一場安德烈波切利音樂美聲饗宴，令人刻骨銘心，終生難忘。

從《天觀雙俠》、《靈劍》、《神偷天下》，及擁有五個孩子的母親，讀者可以見識鄭丰對生命的熱情、活力、文學底蘊的功力及想像力，眞正名不虛傳，洛陽紙貴。

現實世界中，紅塵逐利，虛空枯竭。好的武俠作品可讓心靈滋潤、生命重生，充滿不可思議的力量。

高陽的《清史》，二月河的《康雍乾》，南宮博的《洛神》，章君穀的《陳三五娘》，鄭丰的《神偷天下》，在在顯見華文人文天地，人才輩出，經典豐富。誠如老生常談：「不羨神仙夢，願充武俠迷」，如觀京劇、崑曲、蘇州評彈，如臨老入花叢，使人愈陷愈深，無法自拔，也算是人間最綺麗的情境與蝕心的記憶。

導讀

（本文涉及劇情，建議未讀內文勿入）

——乃賴（編劇、記者）

世人喜歡聽故事，脫胎自稗官野史的武俠小說，讓市井小民在說書人眞眞假假的歷史故事之間，揮灑理想中的正義、抒發現實生活中的苦悶。這種不受官修正史所拘束的幻想世界，正是無數爲人津津樂道的故事，在巨大的中國歷史舞台上，演繹出的不朽魅力。

而要能夠做到快意恩仇的武俠小說，就必須言之有物。必須在半眞半假的架空世界裡，建立出令人信服的歷史觀、世界觀，塡充足夠飽滿的人性幽微與人際的曲折，才能夠讓讀者在小說世界裡體驗到足夠眞實的時空與血肉。也唯有架空世界讓人相信了，作者才能帶領讀者對歷史進行更深層的思考。

《天觀雙俠》起了個頭，而《靈劍》開始這樣的嚴肅追求，到了《神偷天下》，我認爲鄭丰作到了以下幾點：

一、嚴肅歷史上的雜學趣味——深耕自傳統武俠的優點

兩千年前武俠的遠祖司馬遷，就曾在《遊俠列傳》裡引用這段文字：「竊鉤者誅，竊國者侯。侯之門，仁義存。」曾經遭受過大冤屈、大不平的司馬遷深知：偷竊鉤子的小偷會被誅殺，但用各種卑污的陰謀奪取國家的權力者，最終成為歷史謳歌的王侯。而世間所稱的仁義，只能淪落到粉飾大人物的門面。

韓非子說：「儒者以文亂法，俠者以武犯禁。」太史公不齒這種現實，市井小民也不齒。因此，太史公用寫作表達他的不齒，市井小民則用閱聽故事來表達他們的不齒。市井小民渴望俠者用絕世武功替天行道、渴望俠者用大絕招在滔滔濁世之中，殺出一條幻夢中的正義血路；市井小民渴望俠者成為他們的代言人，來衝撞、顛覆現實世界中無奈的法則。這就是我們武俠讀者對於「以武犯禁」這俠義傳統的永恆追尋。

鄭丰以成化、弘治更替的數十年為歷史舞臺，結合史實和對人性的理解，創造出令人信服的世界。即便承載了嚴肅的理念與深刻的命題，小說的故事卻是流暢有趣的，因為鄭丰並不誇張地誇大武功強度，而是不斷在小說中創造添加各種紛呈又細膩的創新設定，更在浩瀚的明史，看到了小說家可以發揚理念的縫隙。

《神偷天下》比之先前的創作，都還更細膩地鋪陳出獨樹一格的趣味。《神偷天

下》的主要角色多是小偷或特務，武功則以飛技、取技爲主要設定，故事中重要的對決場面往往不是老套的內功拳法，而是另闢蹊徑的刺探、盜取、跟蹤或反跟蹤。這些充滿想像力卻又詳實的細節設定，正是令人神往的一大魅力。

飛戎之賽，苗蠱巫女，蛇族祭儀……這些雜學，是必須憑眞工夫與才學，苦思創造出來的。而《神偷天下》不取巧，不像時下的小說在眞才實料的設定上打馬虎眼，特異，不取寵，甚至不討好。這部小說富含歷史性，細膩又眞實；富含義理，充滿哲思。當其他武俠小說的男主角廣開後宮之時，本書男主角卻在正義之間兩難；當每部武俠小說的男主角都在屢逢奇遇、貴人多助後，成爲武功天下第一的民族英雄，鄭丰的男主角卻武功低微，甚至滿手血腥與冤魂、作惡多端。

《神偷天下》的主角楚瀚無錢無勢、爲人輕賤，有苦難言。他不是大鳴大放，縱橫江湖的意氣風發俠客；而是扛著人性的核心課題、最無從逃避的重擔——是非對錯抉擇——的人物。

這樣的小說，才是我們眞正想看的。

二、更貼近真實的真理求索——是非對錯的抉擇

金庸曾說過，他希望在富貴不能淫、貧賤不能移、威武不能屈這些傳統對「俠」的

標準以外，爲主人翁設下更嚴苛的考驗。於是有了胡斐必須拒絕同道中人請託，或是蕭峰的反戰思維、楊過暗殺郭靖這些橋段。

而這些嘗試與突破，在《神偷天下》更進一步的加以深化與複雜化，讓故事，符合眞實世界的情境。

和許多過去的主角一樣，楚瀚有曲折離奇的身世、有高人傳功的遭遇、有浪漫的戀情、有天眞的許諾、有美麗的奇遇。似乎在許多小說中可以找到雷同的橋段，但本書在這些舊有的要素上創新，並不是爲變而變，而是基於對這個世界更成熟的認識。

對歷史和世界的瞭解愈多，愈知道在眞實的世界裡，世事不一定總是圓滿，想當個好人也絕對不是爲國爲民這種單純信念就可以達成。光明總伴隨著黑暗，圓夢總隨著失落，初戀不一定美好，相逢不一定曲諧，而理念的實現，往往必須伴隨著很多、很多的犧牲與無奈。因爲艱難，所以可貴，因爲得來不易，所以格外珍惜。

楚瀚的正義不是純粹而美好的正直，楚瀚體現正義的方式也不是暢快人心的殺壞人、砍惡霸；相反地，每當他想要朝理想多向前進一步，都必須付出罪惡的代價，以滿手的血腥實踐自己的正義。楚瀚的正義，不是架空的理想，而是血淋淋的眞實。

俠道原是草莽自發性的暴力，不是官方、體制內的力量，而是存在於黑白之間、充滿兩難與掙扎的灰色地帶。只是以往的「俠」，通常都是符合大眾期望的「俠」；而鄭丰的「俠」卻是曖昧難解、黑白難辨的。鄭丰筆下的俠義精神，就在艱難的處境與難解的糾纏中，愈來愈滄桑、愈來愈可貴，也愈來愈眞實。因爲作對的事情，從來就不是一件簡單的事，常必須伴隨著犧牲與妥協、退讓與掙扎。更何況，假如連作的事情是不是對的，也很難明辨呢？

也唯有當眞理在曖昧不明之中，還有有心人努力求索，這樣的追尋，才更顯可貴。楚瀚必須在是、非、對、錯之間不斷地抉擇，不斷地自我審判，還有什麼「俠道」會比之更爲深刻呢？

三、歷史的再創作——作為《神偷天下》的土壤

楚瀚和過去的主角比起來，是個反傳統的俠客（或根本不被當作俠客），他所在的世界，也更貼近歷史的脈動、更接近歷史的核心—皇位的繼承、政治的鬥爭。跟一般所謂的「武林盟主」相比，楚瀚的處境歷史感格外強烈，也格外眞實。

《神偷天下》也是一扇窺視歷史極佳的窗口，藉這扇窗，可以瞭解中國歷史巨大的黑暗，以及黑暗底下璀璨的光輝。

故事的場景，設定在成化年間。成化朝的明憲宗朱見深，寵愛萬貴妃、信任神棍李孜省；放任太監汪直、梁芳、尚銘爲惡，開設西廠。當時的朝中大臣被戲稱爲：「紙糊

三閣老，泥塑六尚書」。以萬安爲首的內閣，主要工作內容就是拍萬貴妃馬屁，毫無作爲。

從庶民百姓的觀點來說，這是一個無庸置疑的黑暗時代。史家普遍認同，明憲宗朱見深最大的缺點就是軟弱。因爲軟弱，所以對萬貴妃無比容忍，也讓萬貴妃無法無天、胡作非爲，連大肆「鉤治」（即打胎）懷了龍種的妃子宮女之事都能明目張膽橫行。但爲什麼朱見深會對年長他十七歲，稱不上美貌的萬貴妃迷戀至此，百般縱容？

其實，造就這個亂世的畸戀，原本是一段動人無比的愛情故事，是兩千多年來中國皇室中最堅貞的一段情感，綿延數十年，至死不渝。

這要從土木堡之變說起。土木堡之變的禍延近四十年，所帶來的影響巨大深遠，一直到當事人過世已久的成化朝，這場動亂的陰影仍揮之不去。

西元一四四九年，明正統十四年，蒙古瓦剌部落太師也先率大軍進攻明朝，英宗朱祈鎭聽信太監王振建議，率五十萬精銳大軍御駕親征。在太監王振兒戲的胡亂指揮下，五十萬大軍近乎全滅，英宗朱祈鎭被也先俘虜，蒙古大軍以此要脅，兵臨京師，明朝危如累卵。

兵部侍郎于謙當機立斷，立英宗之弟，監國誠王朱祈鈺爲皇帝，也就是後來的代宗（或稱景泰帝）。于謙雖成功擊退瓦剌，但舊皇尚在，新皇當政的矛盾，導致英宗、景泰兩兄弟未來政爭。

而成化帝朱見深，就是英宗的太子，在土木堡之變，景泰當政的期間，地位一落千丈。從灼手可熱的皇太子，變爲身分尷尬的「太上皇」之子，再淪落爲廢太子。在政爭中敗退的廢太子，處境是很不堪的，可謂嘗盡世間冷暖。當時陪伴他走過這段崎嶇的太子之路的，就是大他十七歲的萬貞兒，也是後來的萬貴妃。

萬貞兒從十九歲的時候，被派去服侍年僅兩歲的太子朱見深，陪著他走過人生的谷底，一直到英宗復位（西元一四五七年），十歲的朱見深才重新歸位。萬貞兒從朱見深兩歲到十歲，一直陪伴著他。對朱見深來說，萬貞兒是世界上唯一守護他、照顧他的人，不僅僅是侍女、或是未來的愛人而已，更是年長十七歲的姊姊，是他人生的導師、他的母親，他的一切。而朱見深對於陪他走過這段歲月的愛人，不僅付出一生的熱愛，更是無比的依戀，甚至他只要出外，都必須要有萬貞兒陪同才行。

照理說來，這段愛情故事應該是段佳話，但故事卻在朱見深和萬貞兒的兒子夭折以後，開始變調。年長的萬貞兒再也生不出孩子，但大明帝國不可能沒有接班人，但萬貴妃又深怕自己的地位受到威脅，因此有了「鉤治」其他有孕宮婦的慘劇。

追根究底，不過是一對姐弟戀所衍生的人性缺點。朱見深不過軟弱，而萬貴妃不過嫉妒。愛得太深，所以手段也太激烈，這些都是很能理解、很平凡的人性弱點。

成化帝終其一生，都對萬貞兒唯唯諾諾，百依百順。毫無背景的弘治帝朱祐樘能在這樣的深宮裡平安成長，是個奇蹟。歷史比小說還離奇，就驗證在弘治帝朱祐樘的一生。而在讀過這段歷史後，我總是好奇，爲什麼一輩子都甘心讓萬貞兒左右的朱見深，會在見到年僅六歲的朱祐樘時，一照面就鐵口直斷：「這孩子像我。」

我想，荒唐懦弱大半生的朱見深，也許在這孩子身上看到，只有他自己才能辨認的氣質——那是卑微地生活在黑暗的深宮，朝不保夕的人，才會有的獨特氣質；那是只有朱家皇室子孫，才會有的扭曲童年。明代皇帝，出身最慘酷的，就是這對父子。即使父爲昏君，子爲明主，雖然日後主政風格天差地遠，但我相信朱見深在搖搖擺擺、髮長及地的小孩子身上，看到了自己的過去。

這段精彩的歷史，經過鄭丰巧手剪裁、再創作，成爲《神偷天下》的土壤。鄭丰掌握到了華文武俠小說傳統的核心傳承：在中國浩瀚歷史與錯綜人性的複雜脈絡中，穿梭以豐富的劇情、嚴謹的設定，創造出耐人尋味的趣味。

看得出來鄭丰是熱愛並且尊重中國歷史的，因爲在她的筆下，始終有著一份對於歷史與人性的包容。那是只有經過長期的薰灼與思索，才能獲得的一種通達智慧。

「鄭丰，是個值得期待的作者。」兩年前，當我闔上《靈劍》一書，我就這麼期待著鄭丰下一部作品的問世。《靈劍》讓我看到了一個創作者的用心與努力，更看到作品中隱藏著的未來大師的潛力；閱畢《神偷天下》後，我很慶幸期待沒有落空，華文武俠文壇，眞眞切切地出現了一位向武俠小說大家之路邁進的創作者。

希望能有更多的人，能夠看到這本好書。也希望作家繼續用功，創作出不跟風、不流俗，硬底子、眞工夫的正統武俠。

·第一部·

跛腳小丐

第一章　飛戎之王

「彼竊鉤者誅，竊國者爲諸侯，諸侯之門而仁義存焉，則是非竊仁義聖知邪？故逐於大盜，揭諸侯，竊仁義並鬥斛權衡符璽之利者，雖有軒冕之賞弗能勸，斧鉞之威弗能禁。此重利盜跖而使不可禁者，是乃聖人之過也。」——《莊子・胠篋》

夏夜浩瀚，夜空繁星閃爍，卻不見月亮。

此時正是七月初一子夜，三家村依照祖制，一年一度在此日此時開堂祭祖。祭祖儀式完畢之後，三家村的一百多個子弟並不各回住處，卻魚貫走入三家祠堂的後廳，分家族長幼坐下，眾人悄然無聲。百來個人影在黑暗中有如一團團滿懷期待的鬼魂，在夏夜習習涼風中悠晃，等待。

只有三個人影並未離開祠堂，靜靜地站立在祖宗牌位之前。幾個小廝悄無聲息地搬過三張太師椅，背對祠堂，面對天井放下了。

那三個人影，當中的是個一頭黃髮的老太婆，口闊眼圓，面容酷似一隻年歲已高的老貓，她拄著狐頭拐杖，彎著腰，似乎已有六七十來歲年紀。但見她咧開缺牙的嘴，滿布皺紋的臉上擠出令人生畏的笑容，向身旁二人招手道：「柳攀老，胡星老，快坐！快坐！」

那柳攀老並不年老，不過四十來歲年紀，雙頰瘦長，面目清俊，臉上帶著溫雅謙和卻略顯僵硬的微笑，躬身讓道：「上官婆婆年高德劭，理當坐上位。」

那貓臉上官婆婆擺著手，笑斥道：「什麼年高德劭！嘿，你仗著年輕，取笑我老不中用了，當婆婆不知道麼！」當下卻不辭讓，拄著狐頭拐杖顫巍巍地走上前，在當中一張太師椅上坐下了。

瘦長臉的中年人柳攀老微微一笑，側過身，向一旁身形矮胖的中年人淡淡地道：「胡星老，請坐。」

那矮胖子似乎受寵若驚，連忙恭敬作揖回禮，說道：「柳大爺，小的當不得這稱呼！您老快請就座！」

柳攀老嘴角露出一絲不屑的笑容，也不推辭，便在左邊的椅上坐下了。矮胖子胡星老磨蹭了一會，才慢慢來到右邊的椅旁，不聲不響地坐下，這張椅子擺得離其他兩張遠些，幾乎放到了角落裡。三人坐定之後，便有三個小童輕巧地趨上前，奉茶給三位族長，之後便退下侍立一旁。

貓臉上官婆婆和高瘦子柳攀老喝了口茶，便互相問候，話起家常來，言笑晏晏，好似旁邊沒有胡星老這人一般。坐在角落的胡星老也彷彿全不介懷，安然自若，一時仰望天上明星，一時摸摸懷中手巾，一時搔搔半禿的額頭，窸窸窣窣地自顧忙著，有如一隻慣處黑暗的老鼠。

過了約莫一盞茶時分，上官婆婆和柳攀老的寒暄才告一段落，祠堂此時陷入一片寂靜，三人忍不住抬頭往夜空望去，顯然在等待著什麼。

不多時，果有兩道黑影先後從村北竄入，飛身上屋，掠過一座座屋樑，來到村中祠堂的屋頂之上。同一時候，村西也有一道黑影快速奔來，這道黑影抬頭望望星辰，飛快地躍上祠堂的屋頂。三條黑影各據屋頂一角，互相望望，一齊躍下，悄沒聲息地落在天井之中。

三人一落地，天井中的數盞宮燈登時亮了起來，照亮了天井前面的一圈地面。天井邊祠堂前的三家族長都坐直了身子，聚精會神地望著天井中的三人，神色間充滿了期待。

來者三人皆身著黑色夜行衣，蒙著臉面，悄然跪在祠堂之前。左首那人身形矮壯，一雙小眼黑漆漆地好似兩粒煤炭球兒；當中那人體型高瘦，細眼中露出精光；右首那人則甚是嬌小，蒙面之上露出一對嫵媚的杏眼。

左首的矮壯漢子當先開口，聲音粗豪，朗聲道：「三位族長在上，無影回來了！」說著扯下臉上面罩，露出一張滿面鬍髯的方臉，看來約莫二十七八歲年紀。他從包袱中小心翼翼地取出一件長一尺、高半尺的事物，瞧仔細了，卻是一個以白瓷燒製的娃娃枕頭，那娃娃伏在地上，以手撐臉，雙腿翹起，形態可喜，栩栩如生。矮壯漢子無影跨上幾步，恭恭敬敬地將那白瓷娃娃枕呈給坐在當中的上官婆婆。

上官婆婆接過了娃娃枕，老皺的貓臉上露出微笑，頗有贊許之意，捧在手中端詳一陣後，便交給一旁的柳攀老。柳攀老也仔細看了一陣，點頭道：「北宋定窯白瓷嬰兒枕。大內八大珍寶之一，十八層關卡，三十六道銅鎖，又怎攔得住『獨行夜貓』的傳人哪！」

上官婆婆掩不住貓臉上的得意之色，矮壯漢子無影聽了柳攀老的讚美之辭，也頗爲沾沾自喜，退回原位，挑釁地望向當中那高瘦子。

高瘦子伸出手，細長的手指取下了臉上蒙面，露出一張英俊白淨的臉，看來約莫二十出頭。他從背後取下一個長方形的包袱，輕緩地放在地上，打開包布，只見裡面躺著一把通體漆黑的瑤琴。那高瘦漢子躬身說道：「子俊不才，去了南風谷一趟。」

柳攀老點了點頭。上官婆婆見到那琴，驚噫一聲，離座走上前去，俯身仔細觀看，又伸出一隻乾枯的手指，輕撫鑲嵌在瑤琴頭部的兩個綠字「春雷」後，驚歎道：「是唐代的春雷琴！」她抬頭望向那名叫子俊的高瘦子，說道：「這是琴仙康懷嵇的心愛之物，你竟有辦法從他眼下取得，不簡單，當眞不簡單！」子俊薄薄的嘴唇露出淺笑，頷首爲禮，退回原位。

右首身形嬌小之人輕輕嘿了一聲，揭開臉上蒙面，露出一張秀豔的臉龐，一雙杏眼水靈靈地，竟是個十分俏媚的少女，不過十七八歲年紀。她嬌聲說道：「無嫣自知比不過兩位哥哥，因此出了下策，去江湖上走了一回。」說著從腰間解下一對收在鞘中的兩尺半長劍，雙手捧著，來到上官婆婆面前。

上官婆婆神色驚異，柳攀老雙眼發亮，齊聲脫口道：「冰雪雙刃！」無嫣得意地笑了，臉上如開了朵花一般，更加豔媚動人，豔媚中帶著無可言喻的自負和驕傲。

柳攀老走上前，小心翼翼地取過其中一柄，拔劍出鞘，四周夜色頓時籠罩上一層冰寒的光芒。他點頭道：「傳說中九天神女的佩劍，竟然眞的流傳到了世間！這不是人間之物啊！」他對這柄劍似乎心存畏懼，只看了片刻，便還劍入鞘，遞給上官婆婆。

上官婆婆似乎對這劍更加敬畏，一雙貓眼瞪視著那柄劍，眼中滿是好奇，卻又不敢去接，只示意柳攀老將劍放在一旁的茶几上。柳攀老輕輕地將劍放下了，轉頭望向無嫣，問道：「無嫣姑娘，請問妳是從何處得到這雙寶刃的？」

無嫣眼中閃著光彩，笑吟吟道：「柳世叔，姪女的看家本領著實不多，若全盤托了出來，那以後可得拿什麼跟哥哥們較量呢？」

柳攀老嘿了一聲，點點頭，望了上官婆婆一眼。上官婆婆臉上難掩得色，口中斥道：「無嫣孩兒說話忒地無禮！還不快向柳世叔賠罪？」

無嫣低頭福了福，算是賠了罪，便退回原位，下巴微揚，更不向旁邊的無影和子俊望上一眼。兩個男子忍不住相對一望，眼中都流露出忌憚和不平之色。

上官婆婆拄著狐頭拐杖，走回太師椅坐下了，柳攀老也跟著坐下，祠堂中又是一片寂靜。上官婆婆沉吟良久，才慢慢說道：「三家村七年一度的『飛戎王』比試，絕非等閒。上官家的無影和無嫣，柳家的子俊，俱爲百年難見的奇才。白瓷嬰兒枕、春雷琴、冰雪雙刃，皆是當今極難取得的驚世珍寶，而咱們三家村的三位青年，竟然手到擒來，爲村中又添三件異寶，實爲大功。」

三人屏息聆聽，都極想知道究竟誰是這場比試的贏家，能得到「飛戎王」的美譽。但見上官婆婆往柳攀老望去，眼中滿是猶疑，柳攀老也頗感爲難，兩人將頭湊在一起，低聲議論，不斷對著几上的三件寶物指指點點，然而過了一盞茶時分，兩人仍舊沒有結論。

上官無影再也忍耐不住，跨上一步，粗聲道：「潛入皇宮，取得珍寶，人人都知道是難如登天的事兒，而取這什麼琴呀劍的，誰曉得他們取了什麼巧，使了什麼詐？或許根本就不費吹灰之力！就算這琴劍的主人再厲害，難道比得過宮中成千侍衛的刀劍、上萬太監宮女的眼線麼？」

柳子俊淡淡一笑，說道：「琴仙康懷嵇，內力修爲堪稱當今第一，這把唐代古琴乃是他終年不離手的心愛之物，即使夜間也懷琴而眠。你要有本事在他老人家居處碰這琴一下，我便服了你。若你有辦法取走琴，三個時辰內不被他發現捉住，柳子俊向你磕個頭！」

上官無影雙目直瞪著柳子俊，鬚髯戟張，正要開口，上官無嫣已搶著道：「那有什麼難的？柳家哥哥，我若取了這琴，你當眞要向我磕頭麼？小妹可擔當不起呀。」說完格格笑了起來，柳子俊瞪她一眼，哼了一聲，並不回答。

上官無嫣收起嬌笑，杏眼如刀，直望向柳子俊，冷然道：「這古琴有家有主，取之有何難處？至於我這冰雪雙刃，你若說得出我在江湖上的什麼所在，從誰人手中取得這雙劍，我上官無嫣立時將頭給你！」

柳子俊答不上來，上官無影卻已大聲道：「妹子，妳不知從何處打聽到這個祕密，不過運氣好而已，有何稀奇？」上官無嫣冷笑道：「怎地大哥你便沒有這等好運氣？世上豈有人靠運氣闖蕩江湖的？」三人就這麼你一言，我一語，爭執起來。

上官婆婆眉頭緊皺，忽然轉過頭，朝向坐在角落、一直未曾吱聲的胡星老說道：「胡老，你意下如何？」

胡星夜聽上官婆婆突然對自己發言，嚇了一跳，趕緊坐直了身子，陪笑道：「婆婆可是問我？」上官婆婆不耐煩地道：「不是問你，還會是問誰？你怎麼看這場比試的輸贏？」

胡星夜皺起眉頭，摸著唇上的兩撇鼠鬚，抬眼望向上官無影，又望向柳子俊和上官無嫣，接著目光移向陳列堂上的白瓷嬰兒枕、春雷琴和冰雪雙刃三件寶物。最後他吁了口長氣，靠在太師椅背上，神色沮喪，連連搖頭說道：「上官婆婆，柳大爺，快別折煞小人了。這兒哪有我說話的餘地？我胡家洗手都快十年啦，嘿，這個，不怕你們笑話，可連好壞美醜都分不清了。老實說，這幾件寶物，星夜見自是沒見過，連聽都沒聽過，哪裡有資格開口品評論說上官家和柳家子弟的高低長短？」

上官婆婆聽他這麼說，貓臉上露出一絲滿意之色，大嘴咧成輕蔑的微笑，轉頭望向柳攀老，說道：「柳老，你瞧瞧，不過幾年時間，咱們當年赫赫有名的『藏跡迅鼠』便成了今日這副窩囊模樣！我不早說過，什麼趁早洗手，什麼安貧務農，全是狗屁！如今可不全應驗了？」

柳攀安瞥了胡星夜一眼，搖頭說道：「不，婆婆，星夜這是有先見之明。他們胡家老早無人，十多年前便已清楚明白。這回飛戎之賽，三位後進都是上官家和柳家子弟，而胡家自『迅鼠』之後，再無人才，洗不洗手，原本無關緊要。」

上官婆婆聞言不斷點頭，吃吃而笑，說道：「攀安，你多年前便拒絕與胡家聯姻，免得柳家女兒嫁過去後，得過那粗茶淡飯的窮苦日子，那才叫有先見之明！」說著嘎嘎大笑了起來。

胡星夜耳中聽著他們的奚落譏嘲，臉上仍維持著憨厚的笑意，似乎絲毫未受冒犯，也不覺羞赧慚愧，頗有唾面自乾的風度。

便在此時，站在胡星夜身後的一個小童忽然跨前一步，大聲道：「舅舅，他們取了這幾樣破銅爛鐵回來，算得什麼？」

眾人聽這小童出言不遜，一時眼光都集中在他的身上，但見他一跛一拐地繞過胡星夜的太師椅來到堂前，右手在懷中掏摸一陣，隨隨便便地掏出了一件事物，持在掌中。

祠堂前一片死寂，那事物在宮燈照耀下，發出豔紫色的光芒。那是一顆巴掌大小的水晶球，通體渾圓，晶瑩剔透，球中如有氤氳浮動，光彩流轉，似爲青色，又疑赤色，再混合成時而淡雅、時而耀目的紫色。

一片寂靜中，柳攀安雙目更不稍瞬，直瞪著那水晶球，眼珠如要跌出眼眶一般，喉嚨間沙啞地迸出了兩個字：「三絕！」

在堂後等候良久的一眾三家子弟，此時都已留意到祠堂前不尋常的氣息，紛紛湧到左右邊門外，伸頸向祠堂中探望。子弟中年紀較輕的，更不知道小童手中的紫色水晶球是什麼來頭，紛紛交頭接耳，互相詢問；年長的卻都變了臉色，神色凝重，竊竊私議，興奮中帶著十分的驚異，十分的崇敬，以及十二分的不可置信。

在竊盜這一行中，人人都知道所謂的「三絕」——三樣絕對無法盜取得的事物——那便是漢武龍紋屛風、峨嵋龍淚寶劍，和紫霞龍目水晶。

漢武龍紋屛風放置於百官上朝的奉天殿上，皇帝御座之後。那是一座八幅巨屛，重八百八十斤，傳說是漢武帝下旨命巧手玉匠採西域白玉所製，玉質平滑溫潤，光可鑑人，玉面生著天然的九龍紋路，圖案細緻，栩栩如生，祥瑞非常。屛風不但龐大沉重，而且放在人人見得到的奉天殿上，自是極難取得，誰要偷盜這屛風，便是與皇室爲敵，與天下侍衛、捕快和官兵爲敵。

龍淚寶劍則是百年前鑄劍大師劍徒所鑄的劍中極品，當今天下第一利器。寶劍歷經無數英雄之手，最終成爲峨嵋派的鎭派之寶，峨嵋派將這柄劍藏於金頂普願寺中，由峨嵋弟子日夜看守，嚴謹非常，偷盜這劍，便等同與峨嵋及所有與峨嵋結盟的正教武林門派爲敵。

至於紫霞龍目水晶，來歷則更為奇特；傳說它是黃帝時代便已流傳下來的神物，能夠預卜天下大勢，道破百年風雲，得之者不但延年益壽，更能宰制天下。相傳自古以來，這紫霞龍目水晶便由下凡的仙人輪流掌管，太平盛世由文神領掌，爭戰亂世便由武神持有。很多人都以為這不過是好事之人編造出來的傳奇附會，卻不知這水晶確實存在於世間，來歷背景雖非如傳說中那麼神奇，卻眞有某些預卜吉凶禍福的異能，並一直為當世大卜所懷藏，代代相傳。人人都知道此刻懷藏水晶的當世大卜，便是二十年前曾為失陷蒙古可汗也先之手的英宗卜卦，以「乾之初九」一卦預言英宗將於庚午中秋返還中土的瞽者仝寅。此人深諳「京房易術」，以易經審度天下運勢，乃是一位有道之士，他不但深受英宗和當朝皇帝信任，而且自奉儉樸，深居簡出，極為世人敬重，誰也不敢輕易冒犯；再說，這水晶既有預卜未來之能，又怎會輕易被人盜走？

數十年來從未有人敢起心偷盜三絕，更沒有人敢下手嘗試，然而如今這三絕之一的紫霞龍目水晶，卻公然持在這跛腿小童的手掌之中，在三家村祠堂上閃耀著淡紫色的光芒，映得圍觀眾人的面目時明時暗。這可能是眞的麼？

上官婆婆瞇起雙眼，視線從水晶球移向那小童。但見他身形不高，乾乾瘦瘦，大約只有十一二歲年紀，面目黝黑，濃眉大眼，一雙眸子異常靈動明亮。

上官婆婆伸出乾枯的手爪，說道：「這物事，拿來給婆婆看看。」

小童卻將手縮回了兩寸，轉頭望向胡星夜，叫道：「舅舅！」

胡星夜皺眉抿嘴，神情好似見到了什麼極端礙眼的事物一般，對那小童呵斥道：「誰叫你拿出來了？還不快收了起來！」

小童聽了，趕忙將紫水晶往懷中揣去，上官婆婆和柳攀安同時大叫：「且慢！」

小童雙手捧著那水晶球，一時不知該收起還是拿出，定在當地，不敢動彈。

上官婆婆轉頭望向胡星夜，冷然道：「星夜，你拿出句話來吧！」

胡星夜伸手摸著唇上的兩撇鼠鬚，臉上有如戴了面具一般，既無得意驕傲之色，也無焦慮惶恐之意，只擺擺手，說道：「小孩子不懂事，任他去，大家當作沒有見到便是。」

上官婆婆聽他這幾句話輕描淡寫，不禁怒氣勃發，一雙老手緊緊握著太師椅臂，手背上青筋交迸，咬牙道：「果然是眞的！你胡家的人……竟然出手取了三絕之一！」

胡星夜仍然不動聲色，不置可否。

柳攀安嘿嘿乾笑了兩聲，說道：「我還道胡家已經洗手了，原來，呵呵，原來當年的毒誓全是假的啊！」

胡星夜還未回答，那小童已搶著辯白道：「舅舅確實已經洗手了。我不是胡家的人，我又不姓胡。」

上官婆婆轉過頭去，銳利的目光在小童黝黑的小臉上掃射，說道：「小娃子，你是誰，叫什麼名字？是誰讓你去取這水晶的？」

小童直望著上官婆婆，答道：「我叫楚瀚。這水晶是我自己去取的。」

柳攀安站起身，臉上擺出他一貫僵硬的笑容，來到小童面前，蹲下身子，向那水晶球觀望了好一陣子，才道：「了不起，了不起！眞是後生可畏啊。楚瀚小兄弟，請問你幾歲了？」

小童楚瀚見他神態比那貓臉老太婆和善一些，略略降低了戒心，正要開口回答，胡星夜已來到他身後，口氣嚴肅道：「小孩兒家別多嘴多舌了！快將那物事放下，這就回家去，乖乖待在房裡不准出來，聽見了麼？」

小童楚瀚趕忙小心翼翼地將紫水晶球放在几上，一跛一拐地奔出了祠堂。上百對眼睛望著他瘦小的身影消失在祠堂門口，心中都懷藏著同樣的一個疑問：

三家村中早已洗手的胡家，竟出了個跛腿小廝，出手取得了天下三樣絕不可能盜取的事物之一——紫霞龍目水晶。這究竟是怎麼回事兒？

第二章　龍目水晶

夜色已深，小童楚瀚獨坐床頭，無法入睡。他伸手按摩痠疼無比的左腿膝蓋，傾聽著窗外的蛙鳴蟲嘶，心中忐忑不安，他幼年時左膝曾受過重傷，每回疾行後左膝都疼痛難忍。數日前，他天還沒亮便已啓程，騎馬疾馳四百里，徒步奔行一百里，跋涉了五百里路程，才抵達山西安邑。就算他慣於操持苦練，肩背腰腿各處肌肉並不痠痛，但這受過傷的膝蓋便頂不住了。

他回想著這幾日來的經歷：盜取三絕之一「紫霞龍目水晶」——可不是件容易的事。他爲此已籌劃了整整兩年，將舅舅教給他的一切採盤、取技和飛技全都用上了。這兩年中，他隔月便趕去安邑一趟，易容成不同的人物出現在城鎮裡，暗中觀察探勘，甚至取得了當世大卜仝寅守門者的信任，將仝寅的住處方位、起居習慣都探得一清二楚。

仝寅所住的莊子並未守衛，也沒有多少個家丁。他孤身一人，無妻無子，只有兩個親傳弟子住在莊中，負責灑掃服侍。年長的名叫凌九重，三十來歲；年輕的名叫周純一，不過十三四歲年紀。然而最大的難處是：仝寅是個天下大卜，能夠預知未來，又怎會不知有人正謀劃盜取龍目水晶？楚瀚知道三家村中曾有人下過手，卻中了機關，失敗而歸，幾乎沒丟了性命。全寅如果能夠預知誰將來取寶，並預知可以如何對付此人，又怎會讓寶物眞的被人取去？

楚瀚思慮了很久，也與舅舅反覆討論過此事，最後決定——寶物不能偷，只能光明正大去求。求寶的目的，不能是爲了自己，而必須是爲了寶物本身。寶物來處爲何？又應歸於何處？楚瀚完全不知道，只能盡力去尋求答案。他原是小乞丐出身，自然半個字也不認識，胡星夜爲此特意替他請了一位教書先生，他苦讀數月後，識字逾千，閱覽書籍時已能夠略明其意。之後他便常潛入京城皇宮，遍搜皇室藏書閣，又遠赴南京，流連文淵閣，擇閱《永樂大典》中關於古代神物的書籍，更尋訪江南藏書最多的書香世家，包括童氏兄弟的石鏡精舍、胡萬陽的南國書院、金華家藏書樓，以及袁忠徹後代的瞻袞堂藏書樓等，有時偷偷潛入，有時坦然地向主人借閱。

如此花了一年多的時間，楚瀚遍閱野史卜書，終於在兩本書中找到關於龍目水晶的記載。他將這兩段記載一字不漏抄下，帶回家中，與舅舅一起研究，發現兩書所說頗爲相似，都道水晶乃是流傳久遠的神物，能預卜天下大勢，道破百年風雲云云。然而最重要的是：書中說戰亂時這神物由卜者收藏，而太平時則應由天子所有。

楚瀚所作的一切準備至此終於派上了用場。就在飛戎比試的數天前，他抱著誠心求寶的心思，飛馳數百里，來到安邑，請求仝府的守門者引見。門者已經識得他，便去替他傳話。

楚瀚站在門外，滿擬門者會讓他等上好一陣子，才回來告知仝老先生拒絕接見，而心中也早已準備好了相應的對策，如何懇求說服門者再次代他傳話求見。不料不到半刻，門者便出來了，說道：「老爺有請。」

楚瀚一呆，心想自己一個心懷叵測、來歷不明的少年，貿然上門求見，仝寅想必會將他拒於門外，豈知仝寅竟然這麼爽快便答應見他了。這一切都在預料之外，令他有些惶惑，戰戰兢兢地跟著門者進入仝家，來到一間小廳之外。

耳裡聽得裡頭傳來一陣洪亮的笑聲，楚瀚跨入廳中，便見到了當世大卜仝寅。只見端坐廳上者身形肥大，雖已有六十來歲，但鬚髮全黑，紅光滿面，穿著玄色寬袍，一雙眸子黯淡無光，臉龐正對著自己，仍哈哈大笑不止。兩個弟子凌九重和周純一站在他的身後，垂手侍立。

楚瀚耳中聽著仝寅的笑聲，心頭不禁一凜。他知道仝寅自十二歲上便雙目失明，但仝寅盲而不茫，卜算禍福吉凶，百靈百準，當年英宗皇帝因親身經歷而深知他的本領，對仝寅極爲恭敬禮遇。

楚瀚面對這樣一位舉世敬重的神仙人物，收起了所有偷盜竊取的心思，只存一念：

「我要幫你將寶物送回它眞正主人的手中。」

他在仝寅面前跪下，恭恭敬敬地道出早已準備好的說辭：「仝老先生在上：小子楚瀚，從《異物典》和《靈寶祕錄》兩本書中，得知紫霞龍目水晶乃是安定天下的重寶。如今天下安寧，民豐物阜，天子垂拱。小子淺見，這寶物應當回鎭京城，由天子持有，方能順天應時，調陰諧陽，祈請老先生將紫霞龍目水晶交給小子，小子承諾一定將之送入皇宮，交到皇帝手中。」

舉天之下，當今之世，也唯有楚瀚這麼一個不知天高地厚的小孩兒，能有此膽量勇氣去向當世大卜仝寅說出這一番話。是以三家村中人沒有人能猜想得到，一個十多歲的小童，如何能從仝寅手中取走他最珍貴重視的紫霞龍目水晶？

此時楚瀚坐在自己的床上，一邊揉著自己的膝蓋，一邊回想著這兩年來的努力，以及今日自己與仝寅見面的經過，不禁露出微笑，連他自己也沒想到事情會如此容易。

卻說當時仝寅在聽完楚瀚的請求之後，並未出言質疑，也沒有詢問他的出身來歷，只又哈哈大笑起來，聲震屋瓦，笑了好一陣，才說道：「孩子，你來啦。我已經等你很久了！」

楚瀚呆在當地，霎時感到全身冰涼，背後冷汗直流，但見仝寅無神的雙目正對著自己，似乎看盡了他的過去，看穿了他的當下，看透了他的未來。楚瀚只能硬著頭皮，跪在當地，屏息凝神，肅然望向仝寅。

仝寅笑完了，伸手摸索身邊的一個匣子，取過放在膝上，緩緩打開匣蓋，雙手從匣中托出一顆巴掌大的珠子，正是聞名天下的紫霞龍目水晶。他顯然早就知道楚瀚今日會到，也早已作好了準備。

他招手喚楚瀚近前，雙手捧著水晶緩緩說道：「孩子，這就是你想求取的紫霞龍目水晶。你倒猜猜，我會把它交給你麼？」

楚瀚聽他直言相問，也只能老實答道：「我不知道。小子心想，如果我心存眞誠，老先生或許會相信我，將這件寶物交給我。」

仝寅側過頭，似乎在思考他的話，過了一陣，才道：「這事物，沒有你想像中那麼簡單。你瞧瞧，這水晶球中是什麼顏色？」

楚瀚湊上前，見到水晶當中一片清晰透明，隱隱含著一抹極淡的紫色，說道：「好像帶著一點兒紫色。」

仝寅哈哈大笑，笑聲洪亮，說道：「不錯，不錯。你拿著。」雙手伸出，將紫霞龍目水晶遞過去給他。這件世間寶物，便這麼從當世大卜仝寅的手中，轉到了飛賊小童楚瀚的手中。

楚瀚雙手顫抖，小心翼翼地接過這巴掌大的水晶球，彷彿害怕它隨時會跌落破碎。他低頭望去，但見水晶內部緩緩轉變，一眨眼間，已成爲通體青色，楚瀚大奇，叫道：「仝老先生，水晶變成青色的了！這是怎麼回事？」

仝寅大笑起來，說道：「青色麼？呵呵，好，好！我畢竟沒有料錯。」

楚瀚只被他笑得心驚肉跳，生怕這水晶有什麼古怪，懷疑自己是否上了個大當，難道這並不是紫霞龍目水晶？水晶又怎會自己變色？

仝寅笑了一陣，才道：「不要擔心。這水晶能分辨忠奸善惡。心存惡念者碰觸它時，它便會轉爲赤色；心存善念者碰觸它時，它便會轉爲青色。你年幼清淨，心無惡念，因此水晶呈現一片青色。」楚瀚聽了，這才吁了一口氣。

仝寅又道：「孩子，難得你有此恆心毅力，遍讀群書，得知這水晶乃是帝王當有之物。但我需告你，若帝王昏聵，王綱不振，則切忌讓水晶落入奸佞之手，以免奸人生起篡位之心。你聽明白了麼？」

楚瀚並不全懂，便搖了搖頭，說道：「我不明白。」

仝寅輕歎一聲，說道：「你年紀還小，現在不明白，但是以後就會明白了。」擺了擺手，說道：「如今水晶交給你了，還不快走？再不走，怎麼趕得及在初一子夜之前回到三家村呢？哈哈，哈哈！」

楚瀚聞言不禁一怔，仐寅顯然清楚知道自己來討水晶的用意，便是將之拿去參加「飛戎之賽」，那他爲何仍將水晶交給了自己？爲何如此信任這個來自偷盜之村的小娃子？還是他看見了太多我看不見的事情？

楚瀚一看天色，驚覺時間果然不多了。他無暇多想，趕緊將水晶放入袋中收好，跪下向仐寅磕頭。仐寅卻側過身不受，大笑道：「你向我磕頭？小孩子，你弄錯啦。該是我向你磕頭才是！」

楚瀚不明白他的意思，仍舊恭敬地向他磕了三個頭，這才退了出去。他懷著滿腔的興奮和困惑，從山西安邑疾馳回到京城以南的三家村，趕上了初一當夜的飛戎之會，聽從舅舅的指點，出示了紫霞龍目水晶，給了柳家和上官家一個大大的下馬威。

上官家和柳家雖然又驚詫又忌憚，卻無法指責胡星夜違背了洗手的誓言。楚瀚今夜並未說謊，他確實不姓胡，也不是胡家的人，他是四年前胡星夜入京時在街旁撿回來的小乞兒。那時他不知何故遭父母遺棄，落入了城西乞丐頭子的手中。乞丐頭子見他生性精靈，便故意打斷了他的左腿，讓他撐著拐杖滿街行乞，他靠著濃眉大眼的老實模樣，以及微笑時浮現在兩頰的兩個酒渦，頗能博人同情，乞討時的收穫十分可觀。間中他還兼作「綹兒」（即偷人銀錢的小扒手），他眼明手快，數月間便替乞丐頭子攢到了五六兩銀子，成為乞丐頭子手下的第一號搖錢樹。

那年胡星夜在街頭撞見楚瀚時，他正下手偷取一個商賈銀袋中的零錢，神不知鬼不覺地已扒走了五十錢，卻被胡星夜瞧了個一清二楚。胡星夜二話不說，等那商賈走開後，便拉了楚瀚去找乞丐頭子，當場出價二十兩銀子將他買斷。乞丐頭子見錢眼開，歡天喜地立即答應了，胡星夜便帶了楚瀚回到三家村。

這三家村確實是個古怪的地方。楚瀚才來不久，便知道這一村中除了胡家之外，全是飛賊。有的巧取，有的暗偷，總之幹的都是那沒本的生意。而村中嚴禁使用「偷」、「盜」、「竊」、「賊」等字眼，只能說「取」、「拿」、「借」、「得」；連偷盜之王「飛賊王」都去掉了「貝」字邊，改成「飛戎王」的美稱。三家村以高超的飛取之技為傲，瞧不起燒殺擄掠、殘狠凶暴的盜匪，認為那是等而下之的土匪行徑。為了表明本身絕非匪盜一流，三家村子弟自幼受族長嚴令，偷竊貴在不為人知，切忌殺人傷人，違者由族長處死或廢去一身功夫，以維護令譽。

村中最古怪的，還屬胡家。胡家子弟都不學「飛技」或「取技」，只顧耕田務農。聽說許多年前，族長胡星夜忽然大舉傳告江湖，說胡家從此洗手不幹，不只震驚了三家村，連江湖上也為此議論紛紛。胡星夜在洗手之後，深自謙抑退讓，刻意與上官家和柳家劃清界線，即使住在同一村中，也少有來往，更無聯姻。上官家和柳家財多勢大，對胡家鄙視輕蔑，時不時派些子弟來胡家挑釁，胡星夜總告誡自家子弟諸多忍讓，不予理會。

但胡星夜並非坐以待斃之人，他雖不讓胡家子弟學藝，卻決定暗中挑選外徒傳藝。他四出尋訪手腳靈敏、性格謹慎的小童，千挑萬選下，最終挑中了小丐楚瀚。當時在京城中見到楚瀚出手偷錢時眼明手巧，機伶敏捷，取物時謹慎警覺，絲毫不引人疑心，年紀雖小，卻已是箇中高手，顯然是個天生的偷子。胡星夜見之十分愛才，便向乞丐頭子買下了楚瀚，帶他回家，心中暗想自己弄了個乞丐兼小賂回到家裡，想必得好生下一番功夫，才能扭轉這孩子的稟性氣質。

然而大出胡星夜的意料之外，楚瀚這孩子身上並未有市井流氣，也沒有乞丐的骯髒懶惰或是偷子的狡猾貪婪。他來到胡家的第一天晚上，胡星夜讓他跟著大家一起吃飯，楚瀚便規規矩矩地坐在桌邊，默默舉筷吃著碗中的白飯，除了胡星夜夾給他的菜外，一點多餘的菜也不敢夾。

胡星夜讓他住在倉庫邊上的小房中，給了他一張床，一席棉被。晚間胡星夜提著油燈，來到他房中，說道：「孩子，讓我看看你的腿。」楚瀚應道：「是。」便捲起褲腳，讓胡星夜檢查他被打斷的左腿。

胡星夜仔細瞧了半晌，輕輕撫摸傷口，皺起眉頭問道：「還疼麼？」楚瀚搖了搖頭。胡星夜讓他褪下褲腳，溫顏道：「別擔心這腿了。過幾天我替你醫治看看，或許能好起來也說不定。」又問他道：「吃飽了麼？」

楚瀚點了點頭，晚飯時他並未多吃，卻已是幾年來最豐盛的一餐了。胡星夜一笑，摸摸他的頭，說道：「乖孩子，好好睡吧。」語畢便提燈走了出去，留下楚瀚一個人擁著棉被，坐在小床之上。

那天夜裡，楚瀚單獨躺在那張小床，摸著身上的棉被，這是他有記憶以來第一次睡在一間有屋頂的房子之中，第一次睡在一張床上，也是第一次蓋著被子。他縮在溫暖的棉被裡，簡直不敢相信自己竟能如此幸運；想起過去幾年來夜夜露宿街頭，餐餐吃的都是殘羹舊飯，乞丐頭子整日對他呼喝打罵，不管他有多麼飢餓疲累，悲傷痛苦，也從來沒有對他說過一句好話，給過一個好臉色。他回想著胡星夜剛才來探望自己的情景，眼淚忍不住湧上眼眶；在他的記憶之中，從來沒有人對他這般和顏悅色，這般體貼關懷，他只希望自己能永遠留在這裡，永遠跟在胡星夜的身邊。

之後的幾日，楚瀚好似一隻受驚的小羊一般敏感，安安靜靜地也不說話，只睜大眼睛觀察胡家的人，胡家的房舍，胡家的規矩，胡家的一切。一天早上，胡家大哥出門幹活時，楚瀚便也揹著鋤頭，一跛一拐地跟在後面，去田裡掘了一天的土，回來時手掌上的水泡都磨破了，也沒有叫半聲苦。胡二哥上山挑水撿柴時，他也跟了去，回來便幫著煮水砍柴。胡星夜看在眼中，既不阻止，也不稱讚，彷彿他幫忙幹活兒乃是理所當然的事。

楚瀚便就此安分地在胡家住下了。即使他跛了腿，活兒卻並未少幹，飯也沒有多吃，每日跟著其他胡家兄弟一塊起居作息。唯一不同的是，他對胡星夜的態度恭敬中透著十分的依戀，十分的感激，黑黑的臉上總帶著誠摯的微笑，顯然心中清楚，自己能脫離流浪街頭、行乞偷錢的日子，全是拜胡星夜之賜。

胡星夜十分欣賞他的安靜本分和勤奮努力，為了測試他，又教他記帳，之後再交給他一筆錢，要他到隔壁村去買米。這筆錢足夠一個小孩兒活上好幾年，但楚瀚並未生起貪心，乖乖地送了錢去，趕車運了米回來，小小年紀，事情竟辦得十分俐落。

胡星夜暗暗點頭，他甚有耐心，沉住了氣，直花了好幾個月的時間觀察測試，確知這孩子本性淳厚忠誠，心中十分滿意，終於有一天叫了楚瀚來，說道：「瀚兒，你明日別去田裡工作了。到我房中來，我有一些本領要教你。」

就這樣，胡星夜將一身飛技和取技都傳授了給楚瀚。由於三家村從來沒有拜師的傳統，他便沒有讓楚瀚拜自己為師，只讓他喚自己「舅舅」。

楚瀚年紀雖幼，但因身世艱難，顛沛流離，早有著一分過人的世故；他直覺知道胡星夜是在利用自己，儘管胡星夜心中藏著許多未曾說出的祕密，但對自己而言卻是個可以信任的人。胡星夜收養他，他原本已是滿心感念，現在竟有機會學習胡家的家傳祕技，更令他感激涕零，習練時異常認眞。他資質極佳，人又用功，進步自然神速。

胡星夜自洗手以後，再未傳授技藝給任何人，包括自己的親生子女；此時遇見一個世間少見的良質美材，不禁甚感痛快，遂將所知傾囊相授，幾年下來，楚瀚便已盡得胡家眞傳。這對師徒，或說舅甥之間，長年累月一起鑽研飛技取技，感情日深，彼此極爲投契，楚瀚將胡星夜當成自己的親父母一般敬愛尊重，胡星夜也對楚瀚極爲維護關照，甚至比對自己的幾個親生子女還要信任疼愛。

在決定參加飛戎王之賽後，楚瀚便與舅舅反覆討論，知道要出手取得白瓷嬰兒枕、春雷琴或冰雪雙刃等事物，對楚瀚來說並非難事，但若要震懾上官家和柳家的人，必得取得更加稀有珍貴的寶物才是。因此楚瀚選定了紫霞龍目水晶，從兩年前便開始著手準備，如今果然一舉得手。

但是得手之後呢？下一步又是什麼？舅舅從來沒有明白清楚地跟他說過。楚瀚一邊揉按著疼痛的左膝，一邊陷入沉思。

那夜將近四更，才聽大門響動，楚瀚不用探頭看，只聽腳步聲，就知道是舅舅回家了。他停下手，心中升起一股難言的焦慮，他知道今夜的事情絕不會善了，但也不免暗暗期待，如果「飛戎王」的美譽落在自己身上，將會是如何的情境？他自然曉得今夜的這一幕乃是舅舅精心安排的，也知道自己還得照著戲碼繼續演下去，但是這戲的下一幕要演什麼，卻非他所能左右。

他聽胡星夜大步來到倉庫，推門走向倉庫邊上自己的臥房，月光下但見舅舅臉色十分難看，一進門便大聲喝道：「楚瀚！給我跪下！」說著更用力關上了房門。

楚瀚跳下床來，抬頭望向胡星夜，大眼睛中滿是疑問；舅舅平日輕聲細語，舉止溫和，從來未曾用這般凶悍粗魯的口氣對他說話，究竟發生了什麼事？

胡星夜搖了搖頭，神色中充滿失望不平。楚瀚頓時明白：即使自己取得了三絕之一的紫霞水晶，卻仍未能贏得飛戎王的稱號。那也沒有什麼關係，他想輸了便輸了，他們還能拿我怎麼樣？

胡星夜卻已開口痛罵起來：「你這悖逆的小子，誰叫你自作聰明，出去炫耀了？你不懂事也就罷了，竟然連你舅舅一起拖下水，惹得我一身腥，你可有點兒羞恥心沒有！你沒長眼睛，當世上所有人都不長眼睛麼？我打你這不要臉的……」一邊罵，一邊隨手抓起一根籐條，使勁在地上、床上敲打，發出啪啪聲響，口中痛罵不絕，眼中卻露出歉意。

楚瀚見舅舅的神態語氣與平時完全不同，頓時明白他這是在作假演戲給別人看，他聰明乖覺，立即抱頭蹲下，大聲哀叫求饒：「舅舅，我知錯了，哎喲！別打了，我認錯，饒了我吧！」

這麼假打了一陣，胡星夜才停手喘氣，說道：「小子，我要叫你知道厲害！」楚瀚抱著頭，縮在地上假裝發出嗚咽聲。胡星夜望向他，眼睛往窗外一瞥，胖胖的鼠臉上滿是歉疚不忍之色，卻仍大聲喝道：「你以為一頓打就夠了麼？還有叫你好受的。上官家和柳家的族長說了，要你明日開始，從日出到日落，去三家村祠堂前罰跪，不准離開。先跪個三日再說！」

楚瀚臉色大變，抬頭叫道：「舅舅！」他自知膝蓋舊傷甚重，連跪三日定會加重傷勢，罰跪乃是對他這個跛子最殘忍不過的懲罰。

胡星夜緩緩搖頭，一邊又揮舞起籐條到處亂打，一邊壓低聲音說道：「他們不承認你取寶成功，說你未曾事先告知你要參加飛戎之賽，因此認定其中必然有弊。」

楚瀚嘿了一聲，知道這是柳家和上官家所能搬出最無稽的藉口，但也無可奈何。他低聲問道：「那物事呢？」胡星夜也低聲道：「我帶回來了。他們既然不認，還有臉將物事收去麼？哼！」

楚瀚見到舅舅眼中的悔恨惱怒，知道他心中只有比自己更加難受，也知道在胡家與其他兩家的爭鬥中，這回合是落了下風，而自己便是陪葬品。他咬咬牙，低下頭，流下眼淚。這眼淚不是爲自己即將受到處罰而流，而是爲舅舅的失敗和失望而流。

胡星夜又怒罵了幾句，將籐條用力扔在地上，大步走了出去，留下楚瀚在房中繼續假裝疼痛嗚咽。他傾聽著窗外令人毛骨悚然的寂靜，知道上官家和柳家派出的眼線正蹲在不遠處的樹梢和圍牆上專心地偷聽著，也知道他們很快便會將自己挨打的情形一五一十地稟告給上官婆婆和柳攀安。他眼前浮起那貓臉老太婆和虛僞相公的臉容，心頭怒火如燒。

第三章　祠堂領罰

次日天還未明，胡星夜便領著楚瀚來到三家村的祠堂，命他在堂前的青石地板上跪下，三家村的許多子弟都趕來爭相觀看，指點訕笑。胡星夜先在祖宗牌位前跪拜，之後便當著大家的面，拿木板打了楚瀚二十大板。這回在大伙兒面前，不能如昨夜那樣作假，胡星夜只能眞打，直打得楚瀚臀上一片青紫，疼痛難忍。楚瀚硬撐著跪在祖宗牌位之前，望著舅舅離去的背影，心中又痛又悲，感到祠堂周圍三家子弟譏嘲蔑視的目光從四面八方狠毒地投射在自己身上。

我能撐得過去！楚瀚咬牙心想。他仍隱約記得自己被父母遺棄時的悲哀絕望，也記得被乞丐頭子打斷左腿時的痛楚驚惶。如果那我都能撐得過去，又怎會撐不過恩人這一頓有違本心的責打？

他臀上的板傷是外傷，雖疼痛卻並無大礙，但青石地板出奇的堅硬寒冷，他感到一股難忍的劇痛寒氣直竄入膝蓋。在這硬石地上跪個一日，這腿會不會就此廢了？他心底升起一股強烈的憤恨不平之氣，無處宣洩，只覺眼眶發熱，幾乎便要掉下淚來。他告訴自己絕對不能當眾掉淚，向周圍這些豺狼虎豹示弱，只能竭力隱忍著，睜大眼睛向祠堂望去，將龕上的供奉擺設盡收眼底。龕上除了三家列祖列宗的數十塊牌位之外，還供著一尊神像，濃眉豹眼，臉容古怪，唇上留著兩撇八字鬍。

楚瀚記得舅舅曾告訴過他，那神像塑的是「鼓上蚤」時遷。時遷乃是梁山泊一百零八條好漢之一，排在倒數第二位。他出身飛賊，擅長攀援、潛伏和竊盜，曾靠著這些本領為梁山泊立下不少功勞，號稱「地賊星」，被後世尊為竊盜一行的始祖。舅舅那時曾咂嘴說道：「這村子禁忌可多了，許多辭兒都不能說，祠堂裡卻光明正大地供著時遷！這不是不打自招麼？」

楚瀚想著舅舅說這話時的諷刺意味，眼光往神像旁邊望去，見掛幅上寫著四行詩句：

骨軟身軀健　眉濃眼目鮮
形容如怪族　行走似飛仙
夜靜穿牆過　更深繞屋懸
偷營高手客　鼓上蚤時遷

楚瀚知道時遷外號「鼓上蚤」是說他身形輕盈得好似一隻在鼓上跳躍的跳蚤一般，

但是儘管他身手輕靈，飛技不凡，更立下了不少功勞，卻始終爲梁山泊的其他英雄好漢所瞧不起，一生想洗刷小偷出身，終究未能如願。楚瀚隱約能猜知舅舅決定洗手時的心境，自己出身市井小綹，若不是遇到了舅舅，很可能一輩子便是個如時遷那般讓人瞧不起的偷兒。就算來到了三家村，學了一身出神入化的偷竊功夫，什麼瓷枕、古琴、雙劍、水晶都能輕而易舉、手到擒來，卻又如何？

楚瀚歎了口氣，閉上眼睛，但聽身周眾三家村子弟的竊竊私議之聲不絕於耳，漸漸地愈來愈大聲，冷嘲熱諷如箭般接二連三地傳來：「參加飛戎大賽，竟然違反祖宗規定，未曾事先報備，更提早出手，如此取巧舞弊，實在可恥！」

「這跛腿小子哪有半點眞功夫？還不是靠作弊才僥倖取得天下至寶！龍目水晶被他的髒手碰過，可褻瀆了寶物！」

「這是瞎貓碰上死老鼠，狗運！」

「瞎子莫學暗器，跛子別練飛技。這話他想必沒聽過。哈！」

「小臭跛子，不看看自己是什麼身分，竟敢在我三家村炫耀！」

「這是魯班門前弄大斧，關羽堂上耍大刀！」

「咱們家婆婆多大的本事，都不曾出手取這三絕。你這小跛子是哪號人物，怎麼可能取得三絕之一？眞是癡心妄想！」

眾人每說一句，便引起一陣哄笑謾罵，楚瀚則閉著眼睛，全不理會。漸漸地旁觀眾人感到不好玩了，幾個頑劣的子弟便彎腰撿起小石頭，有一下沒一下地向楚瀚扔去。起先只是小石子，楚瀚任其打在身上，不去理會，只跪著不動；後來石頭愈來愈大，忽然一塊雞蛋大的石頭飛將過來，正中他的後腦，直打得他眼冒金星，鮮血迸流。眾人哄笑聲中，楚瀚大怒回頭，見扔石頭的是個尖臉鼠目的少年，正是上官家的小兒子，上官無影和上官無嫣的小弟上官無邊。

楚瀚向他怒目瞪視，上官無邊洋洋得意，毫不避忌地高舉雙手，接受周圍眾人的鼓掌歡呼。

便在此時，馬蹄聲響，兩騎快奔而來，在祠堂的天井中勒馬而止。當先一騎的乘客一身寶藍衣衫，一臉鬍髯，是闖入皇宮取得白瓷嬰兒枕的上官無影，另一匹馬上的乘客一身紅衫，身形婀娜，杏眼桃腮，正是取得冰雪雙刃的上官無嫣。

上官無影怒氣沖沖地跳下馬來，大步來到楚瀚身前，二話不說，舉起馬鞭，劈頭便抽了他一頓，怒斥道：「無恥渾帳，算是給你一個教訓！『飛戎王』之名，豈能給了作弊使詐之人！你不過村外野童一個，竟敢拿三絕來欺騙族長，沒的玷污了我三家村神聖的『飛戎王』之賽！」

楚瀚舉起雙臂遮擋頭臉，等他打完了，才抹去臉上血污，吐出一口帶血唾沫，抬起頭，冷然向上官無影瞪視，心中對這人充滿了不屑不齒，嘴角露出冷笑，大聲道：「奇怪啊奇怪！」

上官無影瞪著他，喝道：「奇怪什麼？」楚瀚道：「我奇怪那皇宮中的十八層關卡，三十六道銅鎖，如果沒有人指點幫助，一個頭腦簡單的莽夫，怎麼可能獨自闖過？」

上官無影聞言一愣，隨即雙眉豎起，怒道：「你是說我頭腦簡單？你……你是說我作弊？你說我上官無影作弊麼？你、你……我要你的命！」上官無影揮鞭還要再打，但聽身後上官無嫣懶洋洋道：「大哥，你就算打死了他，對你我又有什麼好處？」

她一躍下馬，身手俐落，裙襬甩處，姿態優美已極。她滿面傲氣，如一團紅色旋風般捲到楚瀚身前，聲音雖嬌嫩，口氣卻冰冷嚴厲，低喝道：「抬起頭，望著我！」

楚瀚伸手抹去從額角鞭傷淌下的鮮血，抬頭望向上官無嫣，兩人相對瞪視，互不相讓。

上官無嫣嘿了一聲，從懷中取出一塊銀牌，上面刻著一個「飛」字。她手持繫著銀牌的細紅繩，讓銀牌在楚瀚眼前晃動，說道：「這便是你拚死拚活想贏得的飛戎王之牌。怎麼，如今這牌子落入了我的手中，你挺眼紅的吧？」

楚瀚已跪了半日，膝蓋劇痛，後腦又被石頭砸傷，加上上官無影那一頓馬鞭，整個頭顱熱辣辣地好不疼痛，他勉力定下心神，更不去望那銀牌，只直視著上官無嫣的一雙杏眼，說道：「我便說不服，又有何用？總有一日，妳我會分出個高下！」

上官無嫣聽了，仰天大笑，良久不絕。她揚起下巴，輕蔑道：「我上官無嫣豈屑與你這等鄙陋小子較量？」說著將銀牌收入懷中，轉身上馬，頭也不回地疾馳而去。上官無影又罵了幾句，也跟著縱馬離去。

楚瀚偶一側頭，見到柳子俊站在一旁，顯然將剛才那一幕都看在了眼裡，白俊的臉上不動聲色，一言不發。兩人目光相對片刻，柳子俊便低頭退去，消失在人群中。

上官兄妹離去後，那尖頭鼠目的上官家小弟上官無邊又得意起來，拾起一塊石頭作勢向楚瀚扔去。楚瀚轉頭向他瞪視，冷冷地道：「你敢扔，我叫你頭破血流！」

上官無邊微一遲疑，忽聽後面有人叫道：「上官婆婆來了！」人叢分開處，但見一個顫巍巍的老婦，拄著狐頭拐杖走了過來，正是上官家的族長上官婆婆。

上官婆婆皺著一張貓臉，望了上官無邊一眼，並不出言阻止，只微微點頭。上官無邊眼見婆婆也爲自己撐腰，更是得意非凡，使勁便將手中石頭向楚瀚扔去。楚瀚早已有備，伸手一抄，接住了石頭，立時反手扔將回來，石頭回勢極快，瞬間正中上官無邊的額頭，登時鮮血長流。

旁觀眾人大嘩，紛紛叫罵起來：「小混蛋竟敢作怪！」「在祖宗堂前受罰還敢出手傷人，當眞無法無天！」「小雜種不要命了！」

上官婆婆眼見楚瀚接石、扔石的手法，透露出極高深的取技，不但眼明手快，而且精準無比，比起孫子上官無邊不知高明了多少。她心中一凜，輕舉狐頭拐杖，旁觀眾人登時安靜了下來。

上官婆婆瞇眼望著楚瀚，笑嘻嘻地道：「小子，膝蓋很疼吧？」

楚瀚冷然向她瞪視，閉嘴不答。

上官婆婆嘿嘿笑著，說道：「練了這麼多年的功夫，卻要眼睁睁地看它毀於一夕，可眞叫人心疼啊。」

楚瀚感到背脊發涼，心知只要這貓臉老婆婆一聲令下，圍觀眾人立時可以上前將自己打死，輕一點的，也可以打斷自己的雙腿，讓自己徹底失去苦練多年的飛技。他念頭急轉，知道自己的命運完全操控在面前這個貓臉老婆婆的手掌之中，她要自己死，那自己可是全無活理。他是該哀哀乞憐、苦苦求饒，還是妥協屈服、爲之效命？

在那一瞬間，楚瀚心底的頑強叛逆占了上風，說道：「上官婆婆，小子有個問題想請教妳。」

上官婆婆側眼望著他，說道：「你要問什麼？」

楚瀚冷笑一聲，即使是冷笑，雙頰仍浮起了兩個酒渦，說道：「想當年『獨行夜貓』好大的本事，取什麼皇宮重寶、武林神器，都易如反掌，卻為何不曾出手試取三絕？其中原因，我倒很想聽婆婆說說。」

上官婆婆臉色陡變，眼中露出殺機，她勉力克制心中怒火，冰冷地道：「是誰教你說這話的？」

楚瀚伸手指向上官無邊，說道：「是我剛才聽這姓上官的傢伙說的。他說了，他家婆婆好大本事，都不曾出手取這三絕，你這小跛子是哪號人物，怎麼可能取得三絕之一呢？」

上官婆婆一雙凌厲的貓眼凝望著他，聲音細硬如鐵絲，說道：「你認為呢？」

楚瀚道：「這還不容易？婆婆當然是故意不出手的。如果天下三絕都讓婆婆給取走了，那我們後輩還能有什麼目標呢？沒有了目標，又怎會下決心苦練功夫呢？所謂長江後浪推前浪，婆婆故意留下一手，自然是為了給後輩留下推倒前浪的機會啊。」

上官婆婆心中怒火愈盛，險些控制不住，便要出手將這小子立斃於此。她年輕時心高氣傲，絕不亞於今日的孫女上官無嫣，怎麼可能不出手試取三絕？但她擔心失手丟面子，因此沒有告訴任何人，獨自暗中嘗試，卻接連失敗，而且敗得慘不堪言。她在宮中被侍衛打傷捉起，下入大牢，著實吃了不少苦頭；在峨嵋金頂被峨嵋弟子圍攻打傷，幸而出家人恪守不殺生大戒，只將她驅下山去，沒有趕盡殺絕；在仝寅處則中了機關，險些雙目失明。這三回都虧得有人相救，才讓她全身而退，而相救的正是她又忌又恨的「藏跡迅鼠」胡星夜。

如今楚瀚這一番話正正說中了她的痛處，這小孩顯然已從胡星夜口中得知她往年失手的醜事，但她若爲了這幾句話殺死這小跛子，卻也難以向人解釋。上官婆婆嘿嘿乾笑兩聲，暗中下定決心：「我絕不會讓這小子活過秋天！」口中說道：「好隻伶牙俐齒的小老鼠！」說完便拄著狐頭拐杖，轉身離去。一眾上官家和柳家子弟見上官婆婆並不爲難他，都有些意興闌珊，又向楚瀚叫罵一陣，才紛紛散去。

楚瀚一直跪到傍晚，膝蓋疼痛加上後臀瘀傷和頭臉傷口皆痛楚不已，外加飢餓疲勞，幾次險些撲倒在地。直到天色全黑，他才吁了口長氣，翻身躺倒在地，感覺兩條腿已不是自己的，膝蓋疼痛處全然麻痺，毫無知覺。他喘了幾口氣，才慢慢坐起身，伸手按摩左膝，刺骨的疼痛慢慢回轉，他得咬緊了牙，才不致呻吟出聲。

便在此時，忽聽一人冷笑一聲，說道：「不自量力！」

楚瀚聽這聲音十分熟悉，轉過頭去，但見祠堂外暮色中站著一個十五六歲的少年，一張圓臉，正是胡星夜的小兒子胡鷗。胡鷗臉上神情甚是難看，似乎又是嫌惡，又是不齒。楚瀚沒有應聲，胡鷗又粗聲粗氣地道：「爹爹叫你趕快回去，明早再回來跪。天都黑了，你還坐在這兒幹麼？是不是斷了腿，爬不起身了？」

楚瀚默然，努力撐著站起身來。他當然知道自己在這世上無親無故，在這三家村更是極不受歡迎的外人，最初他只道自己的敵人是上官家和柳家，不料在自己寄居的胡家中也樹敵不少。而胡家子弟爲何恨他，他自也很明白：胡星夜一身驚世駭俗的功夫，竟然半點也不傳給自家子弟，卻獨傳給個外邊撿來的跛腿乞丐，這算什麼？因此胡家兄弟雖明白族長洗手的決定，卻無法不對這外人恨得咬牙切齒。這點在他開始跟舅舅學藝之後，便已看得十分清楚。

楚瀚勉力想站起身，但覺膝蓋一陣劇痛，又跌倒在地，這時一雙小手伸了過來，將他扶起。他轉過頭去，見到一張秀美的小圓臉蛋，額前留著整齊的劉海，卻是胡星夜的么女胡鶯。楚瀚心頭一暖，向她一笑，胡鶯並未說話，只扶著他往前走去，楚瀚在她的攙扶下，一跛一拐地走回胡家，胡鷗遠遠跟在後面，緊綳著臉，一聲不出。

回到胡家後，胡星夜什麼也沒說，只讓楚瀚到飯廳跟胡家子弟一起吃晚飯。胡星夜一如往常，在楚瀚的椅子上放了十個不同樣式的鎖，楚瀚需在大家就座之前將鎖全數打開，才能用餐。這當然難不倒楚瀚，他一眼望去，見大多是三簧銅鎖，有的鎖孔藏在暗門中，有的需從兩端同時插入鑰匙，有的當中嵌著七個轉輪，轉輪上刻著文字，需將文字組成特定的字串才能打開，也有連環鎖、四開鎖和倒拉鎖等等。楚瀚從懷中摸出百靈鑰，隨手便將十個鎖都解了，放在一旁，坐下吃飯。

胡星夜是家長，坐在上首，兩旁分別是胡家長子胡鵬、次子胡鴻、三子胡鷗和幼女胡鶯，另有堂兄胡鵲、堂姊胡雀，加上楚瀚，一共八人。胡星夜的妻子已喪，唯一的弟弟胡月夜也早逝，有個弟媳守寡家中。她虔誠信佛，獨自住在胡家大院後的佛堂邊上，禮佛茹素，將一對子女胡鵲和胡雀全權交給胡星夜管教，自己既不過問，也不露面，因此楚瀚來到胡家已有四年，卻幾乎從未見過她。

胡家規定，吃飯時不能說話，大家默默用完後，楚瀚便準備跟著胡家兄弟們一起收拾了碗筷，拿到廚下去洗。

胡星夜卻叫住了他，說道：「瀚兒，你明兒不用去祠堂跪了。」楚瀚一怔，心想世上豈有這等好事，原本說要跪個至少三日，怎會忽然縮短了？但見胡星夜臉色不豫，又想這可能並非好事。

卻聽胡星夜又道：「你這回犯錯太大，即使不用罰跪，我也不會輕饒。我罰你禁閉一個月，這一個月中，半步也不准踏出房門，聽見了麼？」

楚瀚低頭應諾，感到其他胡家子弟冰冷的眼神投在自己身上，心中暗暗對這禁閉的「懲罰」大爲感激。

第四章　跛子求親

此後數日，楚瀚整日躲在狹小的臥室中，小心看護自己的左膝，用舅舅往年替他配製的膏藥早晚敷著。他感到膝蓋不但疼痛已極，而且整條腿幾乎已不能動彈，舊傷加上新痛，若不撐著拐杖，便寸步難行。幾年前他的腿剛被乞丐頭子打斷時，也曾撐著拐杖滿街行乞，兼職偷竊，後來腿傷略略恢復，行走時雖有些跛，卻已不需拐杖。他來到三家村，隨胡星夜學藝之後，更是行走奔跑自如，遠勝一般雙腿完好之人。但祠堂前的這一跪幾乎奪去了他的四年苦功，讓他又回到了眞跛子的情狀。

然而被罰禁閉對他自是好處多多，除了能慢慢養傷之外，更能避開柳家和上官家諸人的挑釁，在胡星夜的訓誡下，胡家子弟也極少來打擾他，只每日輪流給他送來飲水和饅頭等粗簡的食物，更不與他說話。

楚瀚終日無事，便著手修補倉庫中的種種「取具」。他的臥室乃是緊鄰倉庫旁的一間小屋，胡家倉庫中堆滿了各種各樣業已棄置了的「取具」，都是當年胡家偷盜高手發明製造的取物法寶，有酣夢粉、奪魂香、螢火摺、伸縮索、百爪鉤之流，也有各種用以喬裝改扮的衣裝，如全黑的夜行衣、各式帽子、假鬚假髮、化妝炭筆等等。其中不乏用途特殊、形狀古怪的器具，如能發出障眼煙霧的「鼠煙」，專用於轉移旁人注意力的「落地雷」，還有能開啓任何鎖的「百靈鑰」等等。楚瀚一邊摸索探究每件取具的用途，一邊模仿製作。作爲一個取術高手，一定得懂得如何迅速精準地製造每種取具，很多工具皆是用完即棄，因此每次下手前都得重新準備。

他修補取具累了，便開始練「掛功」，以兩隻手指之力懸掛在屋簷下的木欂上，連續掛三柱香的時間，稱爲「指掛」，再反過來以一足勾住大樑，倒掛三柱香，稱爲「足掛」；掛時身子不但不能晃動，而且得調勻呼吸，半點聲響也不能發出。這是飛技高手必練的技巧，楚瀚自開始學藝起，便養成日夜各練三柱香的習慣，從未間斷。

練完了掛功，便練「取功」。倉庫的屋頂正中有個鉤子，從鉤上掛下一條長繩，繩子尾端繫著一段半尺長的竹管。這是胡家往年用來練習取技的「飛竹」，練功時一人將竹管子拉高，從屋子的一端放下，竹管便飛快地蕩過屋子，站在屋中心的弟子需伸手入竹，取出竹中所盛事物，絲毫不阻礙竹子的動勢。竹子蕩過面前不過一眨眼的功夫，取者的手法需得極快極巧，才能夠探竹取物。一旦練成了這本領，要在市集上取人錢囊，偷人銀兩，自是牛刀小試，駕輕就熟，被竊者連半點知覺也未有，袋中銀錢便已不翼而飛。胡家往年規矩，要能通過這「飛竹試」的弟子，取技才算是略有小成，能去村外市集中小試身手，過不了這一關的，更不准離開三家村一步。楚瀚來到胡家四年，苦練飛竹取技，兩年前已能取出飛快蕩過的竹管中所盛的五件瑣物，一件不少，而且更不碰觸到竹管的開口邊緣。這一伸手的快捷輕靈，可是他當年作小綹時不能想像的。

這日楚瀚剛練完「指掛」，正在倉庫中練飛竹玩兒，聽到門外腳步聲響，知道有人送食物來了。他止住飛竹，上前開門，見到來的是舅舅的小女兒胡鶯。

胡鶯放下饅頭和小菜後，並不離開，只靠在門旁望著他吃喝。楚瀚見她平日笑嘻嘻的臉上滿是愁容，想起她總是對自己和顏悅色，十分友善，是個天真可親的小姑娘，便一邊咬著饅頭，一邊問道：「怎麼了，什麼事情不開心？」

胡鶯沒有回答，只皺眉道：「你快吃，吃完我趕著收碗碟呢。」

楚瀚道：「妳坐下，陪我吃吧。」胡鶯遲疑一會，便在他床邊坐下了。她望著他敷著膏藥的膝蓋，問道：「你這腿還成麼？」

楚瀚搖頭道：「不成。我本是個小跛子，現在成了大跛子了。」他睜著漆黑的雙眼直視胡鶯，問道：「小鶯鶯，妳告訴我，發生了什麼事？」

胡鶯小嘴一扁，終於說了出來：「我爹爹……要我嫁到上官家去！」

楚瀚一呆，問道：「嫁給誰？」

胡鶯難掩心中的憤怒厭惡，嘟起小嘴，呸了一聲道：「還能有誰，就是那個可惡的上官無邊！」

楚瀚腦中浮起一張尖頭鼠目的臉，說道：「就是那個用石頭扔我，被我打傷額頭的無賴傢伙。」

胡鶯再也忍耐不住，掩面抽泣起來，哭道：「我……我不要嫁給那個小壞蛋！」

楚瀚不再咬饅頭，望著她哭泣的小臉，心中一涼，霎時明白過來：上官婆婆爲何會放過自己，答應不讓自己多跪幾天，直到自己的膝蓋完全廢掉爲止，原來她竟使出這等下作招數，以迎娶胡鶯作爲交換條件！上官婆婆對胡鶯這小姑娘本身自然毫無興趣，只因她知道胡星夜十分疼愛這個小女兒，因此想將她捏在手中當作人質，藉以要挾胡星夜。

楚瀚又驚又怒，自責無已，忙問道：「舅舅什麼時候跟妳說的？」胡鶯道：「就是今兒早上。」楚瀚問道：「日子可定了？」胡鶯握緊拳頭，用力搥打牆板，砰砰作響，哭道：「我不知道，也不想知道！」

楚瀚心下極爲愧疚難受，不知能說什麼，伸出手去，輕輕拍拍她的背，說道：「小鶯鶯，別哭了，讓我來幫妳想辦法。」

胡鶯搖頭道：「爹爹說過的話，是不可能收回的。上官家財大勢大，爹爹都怕了他們，還有什麼辦法可想！」

楚瀚抬頭望向屋頂，沉思半晌，才道：「這樣吧，我去向妳爹爹求情，要他別讓妳嫁去上官家。」

胡鶯更是煩惱，皺眉道：「爹爹又怎會聽你的話？再說，我都快十歲了，不嫁去上官家或柳家，就只能嫁去村外了，我可不想離開家！」

楚瀚忽然靈機一動，想到一條妙計，脫口道：「我知道了！我可以去求妳爹爹把妳嫁給我，這樣妳就不用嫁給上官家那小子，也不必離開家啦！」

胡鶯一呆，抬頭望向他，臉上淚痕仍在，卻忍不住噗哧一聲笑了出來，說道：「你？你憑什麼娶我？」

楚瀚沒料到她會說出這麼一句話來，霎時滿臉通紅，低下頭道：「說得也是。我啥都沒有，還是個跛子，憑什麼娶妳？」

胡鶯卻笑得更開心了，湊上前來，伸手握住他的手，說道：「楚瀚哥哥，你趕快去，爹爹那麼看重你，說不定眞會答應你呢，那我就可以逃過一劫啦！」

楚瀚望著她猶自掛著淚珠的笑靨，心中不禁猶豫，「鶯妹妹是舅舅的掌上明珠，人也出落得清秀整齊，伶俐能幹。我不過是個一無所有，寄人籬下的小跛子，確實憑什麼娶她？豈不是更加誤了她的終身？」但想到她的困境全是自己一手造成，無論如何也得硬著頭皮去試試，當下點了點頭，說道：「好，我這就去。」

於是年方十一的小伙子便整整衣衫，撐著拐杖，去向舅舅求親。他來到胡星夜的書房外，說道：「舅舅，楚瀚求見。」

房中胡星夜的聲音道：「進來。」

楚瀚推門入房，見胡星夜坐在書桌之後，抱著雙臂，神色嚴肅，顯然正想著心事，幼子胡鷗苦著臉坐在一旁，正持筆臨帖。楚瀚取回的紫霞龍目水晶便放在胡星夜身後的書櫃之上，乍看似乎隨隨便便地放置著，楚瀚卻看出胡星夜已在水晶周圍設下了七八種陷阱機關，防止他人盜取。胡星夜顯然仍對上官家和柳家的人心存忌憚，料想他們會設法來取此物，因此早有防備。

楚瀚來到胡星夜身前，先跪下磕了三個頭。胡星夜見他如此，微微皺眉，說道：「我不是不准你離開房間麼？這是幹什麼了？快起來！」

楚瀚又磕了兩個頭，才掙扎著站起身，說道：「舅父在上，小甥有一事相求。」胡星夜道：「什麼事？」

楚瀚道：「我想娶鶯妹妹爲妻，請舅父准許。」

胡星夜凝望著他，明白他已知道上官婆婆提出的交換條件。他暗暗贊許這孩子的聰明深沉，一時沒有回答，沉吟良久，臉色十分複雜，顯然在犧牲女兒和犧牲愛徒之間，委實難以取捨。他權衡輕重得失，最後還是選擇犧牲女兒，便微微搖頭，口中說道：

「你既無聘禮，又無家業，叫我如何放心將女兒嫁給你？」

楚瀚望著胡星夜，知道他意在保住自己，心中極為感動，說道：「如果舅舅不讓我娶鶯妹妹，我就跪在這兒不起來！」

胡星夜眼神嚴厲，低喝道：「不准跪！」

胡鷗在旁聽著，顯然並不明白父親的用心，以及這場求婚背後的暗潮洶湧，放下筆，插口嗤笑道：「不自量力的小子，竟然妄想娶我妹妹！人家上官家可是送了三頭牛、十頭羊、五對銀燭臺作為聘禮，才敢開口向父親求親。你卻帶了什麼來了？你多年來吃我家的，住我家的，用我家的，這筆債可沒還清呢，竟然想把我們家的小姐娶了去？」

楚瀚不去理會胡鷗的冷嘲熱諷，只望著胡星夜，說道：「舅舅，我確實什麼都沒有，我只不願意見到鶯妹妹哭泣，不願意見她嫁給一個她瞧不起的人！」

胡星夜聽了，不禁全身一震。楚瀚這話點明了他洗手的初衷，自己既已下定決心脫離偷盜之業，又怎能將女兒推回火窟？

胡鷗在旁插口道：「她若是嫁給了你，那才要叫人瞧不起呢！」

胡星夜抱緊了手臂，閉上眼睛，眉頭緊皺，陷入沉思，似乎並未聽見兒子話語。

楚瀚直望著胡星夜，又道：「舅舅，我們胡家雖只是農家，但誠實勤奮，家世清白。舅舅若是不顧女兒的幸福，硬要攀上官家的這門親，卻要別人往後如何看得起胡家？」

胡鷗聽他言語侮辱家門，忍不住站起身來，大聲道：「你將我們胡家當成什麼了？難道我們還須去攀上官家的親？我們胡家可是官宦世家，我曾爺爺爲官六十年，歷事六朝皇帝，你道我們是一般低三下四的農家麼？」

胡星夜陡然睜開眼，轉頭對胡鷗怒目而視，喝道：「住口！」胡鷗見父親面色嚴峻，知道自己說溜了口，趕緊閉上嘴，坐回椅中，低下頭去，乖乖地繼續臨帖。

楚瀚卻不由得一呆。他來到胡家四年，從未聽聞胡家竟是官宦世家，一向只道胡家節儉樸素，安於務農，此時聽胡鷗吹噓祖上曾作過大官，不由得有些將信將疑。此時胡星夜站起身，走上前來，臉上怒意已退，只剩下一片無可奈何的妥協。他緩緩說道：「這事兒，我再想一想。你先回房去吧。」

楚瀚點點頭，撐著拐杖，離開了書房。

當天晚上，夜深人靜後，胡星夜來到楚瀚房中，肥胖的身軀在床邊坐下了，一張圓臉滿是疲乏之色。楚瀚原本無法入睡，聽舅舅進房，便抱著膝蓋坐在床上，等他開口。

胡星夜靜了很久，才道：「瀚兒，你來向我求親，我很承你的情。」

楚瀚微微搖頭，說道：「是我對不起舅舅。我不能讓鶯妹妹因為我而吃一輩子的苦。」胡星夜沒有接口，顯然仍舊遲疑不決。

楚瀚望著胡星夜，忍不住問道：「舅舅，三哥剛才說他曾爺爺是當官的，可是真的？」

胡星夜點了點頭，說道：「鷗兒說得沒錯，我們胡家祖上確實是宦官之家。我的祖父胡熒，曾是極受成祖永樂帝信任的臣子。你知道靖難之變麼？」

楚瀚是來到胡家後才開始讀書識字，對本朝史事所知不多，便搖了搖頭。胡星夜便說了燕王朱棣發起靖難之變，從侄兒建文帝手中奪走江山，建文帝逃難離開南京，從此不知所蹤的這段史事。

胡星夜續道：「先帝對先祖極為信任，曾委派先祖祕密尋訪建庶人的下落。先祖遍行天下州郡鄉邑，出外遊走了十四年的時間，從江浙湖湘以至大江南北、名山勝川，幾乎沒有先祖沒到過的地方。」

他抬頭望向窗外夜色，又道：「先祖原也不過是個埋首學問、求取功名的讀書人，但他在外行走這許多年，見識到的人情世故，絕非一般科舉出身的官場中人可比。其中最大的一件，就是他得遇異人，學會了高深的武功。」

楚瀚點了點頭，自己在胡家所學的特異飛技，想來便是胡老爺爺在外遊歷時所學得的武功之一。

胡星夜頓了頓，又道：「其次便是他的江湖歷練了。先祖仗著高深武功和豐富的江湖閱歷，行事謹慎，深自收斂，才能在官場中逢凶化吉，歷事六朝皇帝，榮寵不衰，而且延年益壽，直活到八十九歲高齡才仙逝。他高瞻遠矚，很早便將胡家的一支遷到京城之外的小村安居。他的原意本想讓胡家世世代代侍奉皇帝，替皇帝處理一些不方便交代大臣處理的私事，如打聽民情、刺探隱密、觀察邊疆大臣的操行等等。沒料到成祖晚年信任宦官，設了東廠替他辦事，漸漸的，我們胡家就被冷落了。」

楚瀚問道：「那柳家和上官家呢？」

胡星夜神色有些複雜，說道：「這兩家，是成祖皇帝貼身侍衛的後代。他們也曾替成祖辦了不少祕密任務，但大多是探取寶物、羅織罪狀、殺人滅口一類的勾當，後來這類的任務少了，他們便專以取物爲業。」楚瀚點了點頭。

胡星夜靜默一陣，才歎道：「這些祖上的事情，都是過去的事了。如今提起也沒什麼意思，你不必放在心上。」

楚瀚與他相處數年，早聽出他口氣中的掩飾意味，心想：「胡家祖上和皇帝的關係不尋常，今日的關係也同樣不尋常，因此舅舅才特別謹慎，從不提起。」

他這時尚不覺得這有什麼緊要，便也不多問，改變話題，問道：「那麼鶯妹妹的事，舅舅如何想法？」

胡星夜長歎一聲，歎息中充滿了無奈。他說道：「我雖疼愛鶯兒，但胡家若沒了你，所面臨的危難將更加險峻，因此我只能盡量保住你。今日我若讓你毀於上官家之手，未來無人能保護胡家，到頭來，鶯兒一般保不住。」

楚瀚想了一陣，搖頭道：「未來的事情，誰也不知。舅舅看重我或許確有原因，但我現在並不明白；在我看來，不管上官家如何勢大，如何粗蠻，咱們都還沒到大難臨頭的地步，舅舅不必急著讓這一步。最好先應付敷衍他們，拖一段時間，往後走著瞧便是。」

胡星夜微微點頭，他知道楚瀚出身乞兒，從不作長遠計，這是一朝肚飽一朝安樂的想法，非常務實。他閉目良久，才睜開眼睛，說道：「你說得是。如果將鶯兒嫁過去，便能保住你，那也罷了。如今卻是不論鶯兒嫁與不嫁，上官婆婆隨時能背棄諾言，找你麻煩。好吧！瀚兒，那我便去向上官家說，我已將鶯兒許給你了，要他們死了這心。」

楚瀚鬆了口氣，下床跪倒，向他磕頭道：「多謝舅舅！」

胡星夜連忙將他拉起，圓臉上露出疲憊的笑容，說道：「別跪，跪什麼！這事就這樣了。你放心吧，有我在村中一日，你便一日不會有事。」

第五章　劇變前夕

楚瀚當時自然不知道，胡星夜留在村中的日子已經不多了。數日之後，忽然有個神祕的客人造訪胡家，這人在深夜時分到來，楚瀚當時正在倉房中練掛功，隱隱聽見腳步聲來到大門之外。胡星夜似乎早知有客要來，已在門外等候多時，見到來客，迎上說道：「眞的是你！你來了！」語音頗爲激動。

那人沒有回答，兩人似乎擁抱了一下，顯然甚是熟稔。楚瀚聽見胡星夜與客人一齊走入書房，客人的腳步聲沉穩凝重，楚瀚從他的步聲中，猜測此人的武功甚高，但步法並非三家村特有的飛技，顯是村外之人。他心中好奇，但也不敢去偷聽舅舅和客人的談話，只留在房中暗自猜測。

那神祕客直待到四更才離去。次日，胡星夜神情凝重，終日沉思不語，當晚他突然開始準備行囊，說要出遠門，卻也沒說要去何處。楚瀚猜想他是打算將紫霞龍目水晶送入京城，此行也可能跟那神祕人的造訪有關，但舅舅既沒有多說，他便也沒有多問。

臨行前，胡星夜帶著女兒胡鶯來找楚瀚，讓兩個孩子交換了生辰八字和信物，算是草草定了親。胡鶯給楚瀚的是一塊戰國時期楚國的「五山字紋銅鏡」，那是胡星夜年輕時從楚國舊都郢廢墟中取來，送給妻子的定情禮物；楚瀚給胡鶯的是一只漢玉葫蘆，那是他初試身手時，從南京藏寶庫中取來的古物。

定完親後，胡星夜讓女兒先出去，關上房門，仔細替楚瀚查看了膝蓋上的傷勢，點了點頭，似乎頗為滿意，問道：「你可記得，你腿上這傷是怎麼來的？」

楚瀚當然記得，回想起來仍不禁背脊一涼，答道：「是城西乞丐頭子故意打斷的，好讓我行乞時搏人同情。」

胡星夜點點頭，說道：「幸好我找到你得早，而且當時你年紀小，恢復得甚快。當時並非無法完全治好你的膝蓋，但我在其中取了個巧，故意沒有將它治好，還盼你不怪我才好。」

楚瀚聽他說「故意沒有將它治好」，不禁一呆，問道：「舅舅這話是什麼意思？我不明白。」又道：「舅舅是我的大恩人，我怎會怪舅舅？」

胡星夜歎了口氣，緩緩說道：「如今你也該知道其中的祕密了。我胡家飛技之難練，主要在於少年時得吃足了苦頭，很多人都挨不過去，因而放棄。胡家子弟在八九歲上，需得切開膝部，在膝蓋骨下嵌入楔子，好讓膝蓋慣於承受沉重的壓力，滿五年後，將楔子取出，腿力便已比他人強上十倍，再苦練數年，飛技便能獨步江湖。」

楚瀚聽了，心中一跳，脫口問道：「如此說來，您當時在我膝蓋中嵌入了楔子？」

胡星夜點點頭，說道：「正是。那時你左膝已受了重傷，我原需將傷部隔開，阻止軟骨互相磨擦，因此我便藉此之便，替你在膝蓋中嵌入了楔子，如今已有四年了。」

楚瀚心中升起一股意外的希望，顫聲問道：「這麼說……我這跛腿是可以治好的？」

胡星夜緩緩說道：「不但能治好，你還能開始練胡家的獨門飛技『蟬翼神功』。」

楚瀚隨胡星夜練功多年，早知自己手腳輕便靈巧，是天生習練飛技的料子，許多技巧一學便會，如魚得水，早已深深沉迷其中；而胡家飛技高妙難言，其中素負盛名卻充滿隱密傳奇的獨門功夫「蟬翼神功」，更是江湖人物無不汲汲營營盼能得到的祕寶。他此時聽說自己不但能治好跛腿，還能學習祕傳飛技，再也難以壓抑心中興奮，跳下床來，說道：「那麼還有一年，我就能取出那楔子了？」

胡星夜臉上露出欣慰驕傲之色，說道：「正是。胡家自我以後，再無人吃過這苦頭，練過這神功，你若練成了，將是下一代中唯一的一人。」

楚瀚跪倒在地，向胡星夜磕頭道：「謝謝舅舅的再造之恩！」

胡星夜連忙拉他起來，說道：「傻小子，不准再跪！跪倒乃是本門練功大忌。我那五年之中，不論祭祖拜神、祝壽見官，從來不跪拜，以免傷到膝蓋。你上回在祠堂前跪了一日，幾乎永遠損傷了膝蓋中的軟骨，危險非常。因此以後無論對誰，對我也好，對敵人也好，千萬不可再隨意下跪了，知道麼？」楚瀚連聲答應，心中喜不自勝。

胡星夜皺著眉頭，長歎一聲，自言自語道：「時間實在太緊迫了，我眞不知能不能撐得過這一年時光？」

他望向楚瀚，說道：「我心中還有幾件事情好生放心不下。我當初爲你嵌入楔子時，你膝部已受過傷，取出時需極爲謹慎，才不致造成永久損傷。我知道京城有一位年輕大夫，名叫揚鍾山，他醫術精湛，世間唯有他能替你取出楔子。我打算一年後帶你去請他施刀，但如果我那時不在你身邊，你便得自己想辦法去找這位揚大夫。」

楚瀚心中生起一股不祥之感，問道：「舅舅，你這回出門，要去何處？是去京城麼？」

胡星夜點了點頭，說道：「你曾答應仝老仙人辦的事，自然不能輕忽違背。我得替你實踐諾言。」楚瀚道：「舅舅，您爲何不帶我一起去？」胡星夜搖頭道：「此行危險，我不願你涉險。況且，我二人若是一起離開，目標太過明顯，柳家和上官家一定不會放過我們，一路上得忙著抵禦他們的追逐爭奪，明搶暗偷，這路可不好走。再說，你膝蓋未癒，應當多多休養。」

他說到此處，從懷中取出一本薄薄的冊子，灰色封面，上面沒有寫字，只畫了一隻蟬兒，說道：「這就是我胡家祖傳的《蟬翼神功》。你取出膝蓋中的楔子後，便可照這書中的圖譜習練。我若能在旁指點當然最好，若不行，你自己找個地方躲起來練也可，爲時約莫兩年，應當就能練成。」

楚瀚心中愈來愈感到不安，凝望著胡星夜，卻不伸手去接那冊子。

胡星夜觀察他的反應，心中感到一陣安慰：「若是天性涼薄自私之人，一定老早歡天喜地地將神功祕笈接了過去。瀚兒這小乞兒出身的孩子，難得卻有著與眾不同的淳厚。他擔心我的安危，遠多過自己能否練成這絕世飛技。這是個可以託付大事的孩子！」又想：「幸好當年沒有看錯這行止特異的路邊乞兒，決定收留他，儘管他年紀很輕，卻有著過人的堅韌和世故。是啊，眼前的局勢，若沒有過人的堅韌世故，可是絕對無法安然度過的。」

他輕歎一聲，將冊子放在床邊，說道：「瀚兒，等你長大了，功夫練成以後，舅舅想求你幫我作兩件事。」楚瀚點點頭，說道：「舅舅請說。」

胡星夜道：「其一，我求你保護胡家子孫。他們有田有屋，只要誠懇務農，生活便不會有問題。你不需擔心他們的生計，我只請你保護他們不受外人侵犯傷害。」楚瀚點頭道：「等我長大之後，一定盡力幫舅舅作到。」

胡星夜道：「其二，我求你盡力保護柳家和上官家。」

楚瀚聽了，不禁一愣，他可以明白胡家子弟只知務農，不識飛技取技，需要自己保護，但連上官家和柳家都要自己保護，卻是爲了什麼？他將心中疑問說了出來，胡星夜靜了一陣，才解釋道：「三家村中最珍貴的事物，不是上官家和柳家藏寶窟中那些堆積如山、四處取來的金銀珠玉、古董異寶，這些財寶都是留不住的。三家村最珍貴的，乃是三家淵遠流長的飛技，也就是輕身功夫。三家的飛技雖出於不同源流，但多年來彼此切磋融合，取長補短，各擅勝場，這些功夫從未傳出三家村，乃是天下獨有，珍貴非常，世間無可與之相比。今日三家村的高手，都是在三家村中學成此技，如果三家村一旦毀了，這些高手也都死盡之後，那麼三家村的飛技也將就此失傳，那將是世間一大損失。我請你保護上官家和柳家的人，不是要你保護他們的人身或家財，而是保護他們身負的飛技。」

楚瀚這才明白舅舅的意思，心中雖不無猶疑，但仍點了點頭。他忽然想起另一件事，問道：「舅舅，昨晚來造訪你的，是什麼人？」

胡星夜臉上露出一絲驚訝的神色，心想：「昨夜那人來訪，他竟也知道了。」原本不想回答，轉念又想：「這孩子對我極爲信任，這件事我也不該瞞著他。」於是答道：「那是虎俠王鳳祥。」

楚瀚從沒聽過這個名字，問道：「虎俠王鳳祥，那是什麼人？」

胡星夜微微一笑，說道：「你往後行走江湖，若不知道此人，可要被人譏笑孤陋寡聞了。王鳳祥號稱虎俠，乃是當今第一奇俠，一手虎蹤劍法獨步江湖，是人人稱道的英雄好漢。他會在此時來找我，倒頗出我的意料之外。」

楚瀚奇道：「他是來求你幫他取物麼？」

胡星夜笑了，搖頭道：「自然不是。虎俠是何等人物，憑他的威望本領，怎會有事需要求人？而且他行事光明正大，也不會暗中託人去替他取物或打探消息。他是來告訴我一些事情的。」胡星夜說到此處，陷入沉思，不再言語。

楚瀚心中雖好奇，卻很難想像一個名震天下的俠客，會爲了什麼事情特地跑來三家村，夜訪胡星夜，並告訴他一些消息？那又會是什麼消息？

胡星夜又沉思了一陣，才歎息道：「時間實在太少了！我該教你的，只教了個草草，未能深入，以後就得靠你自己摸索了。你來自京城，我不知道你的身世，只曉得你是個無人認領的小乞兒，等你年紀大些後，該回去京城探尋你的親生父母，不要忘記他們生養你的恩德。」

楚瀚一呆，全沒料到舅舅會說出這話，心中又是疑惑，又是感動。自從他被胡星夜收養以來，胡星夜始終待他如親子一般，照顧疼愛甚至猶有過之，他心中早將胡星夜當成自己的再生父母，決定一輩子侍奉他，報答他的恩情。他絕沒想到胡星夜竟會叫他不要忘記自己的親生父母，還要他去尋找他們並報答父母之恩。然而自己是個流落街頭的孤兒，又該上哪兒去找親生父母？胡星夜又爲何會如此特意叮囑自己？一時不知該如何作答。

胡星夜望著楚瀚黝黑的面龐好一會兒，才將那本《蟬翼神功》塞在他手中，笑了笑，起身出房而去。

一個月後，胡星夜的遺體被人草草收斂了，放在棺材車中，送回了三家村。

最先見到的是在村口玩耍的三家村兒童。他們見到半開的棺木中露出一張熟悉的圓臉，立時認出那是胡家家長，一齊驚叫起來，幾個比較機伶的立即飛奔去胡家田地，大聲呼喚正埋首鋤地的胡家子弟。

長子胡鵬聞訊大驚，扔下鋤頭，未及洗淨手腳上的泥土，便飛奔回家，在家門口外見到父親的棺木，臉色煞白，撲倒在棺木上，呼天搶地哀號起來。胡家上下亂成一團；胡夫人和胡星夜的弟弟胡月夜早逝，長一輩中只有一個胡月夜的遺孀，人稱二嬸。這二嬸因虔誠信佛，丈夫死後便設了佛堂帶髮修行，不理俗事，此時她除了吩咐大家架設靈堂，供奉阿彌陀佛，並請了鄰村和尚來作佛事外，其他的事情一概不理。

當家的責任便落在了剛滿二十歲的長子胡鵬身上。胡鵬自幼務農，慣作粗活，性格老實而無能，他領著眾弟妹辦理父親後事，手忙腳亂，毫無章法，但總算將父親草草埋葬了。胡家素無積蓄，胡星夜的三子一女，加上胡月夜的一子一女，外加二孀和其他僕婦長工，一家十多口人，生活一下子全沒了著落。胡鵬爲了打點喪禮，維持一家生計，賣了十幾石封存多年，準備當作種籽的大米，遣了三個長工，胡家生活從此更加刻苦，三餐難繼，捉襟見肘。一家人完全不知道胡星夜死前去了何處，作了何事，爲何喪命，以及是否還有其他禍事會接踵而來，整日擔驚受怕，全家一片愁雲慘霧。

楚瀚全沒想到舅舅會就這麼驟逝，震驚難已，只覺不敢置信，又滿腹疑團。他在這場喪事當中幾乎全是外人，胡家眾人跪在靈前還禮時，他知道自己不能跪，因此也未要求加入親屬的行列，只默默地站在一旁觀望。他見到上官婆婆帶著孫子孫女來祭拜，皺著貓臉流了兩滴老淚，腦中卻清楚浮起「貓哭耗子」幾個字。柳家的家長柳攀安也帶了兒子柳子俊前來祭拜，神色黯然，似乎眞有幾分悲戚。

楚瀚趁深夜無人之際，悄悄來到靈堂，檢視了胡星夜的屍身，發現致命傷是胸口上的一刀。這刀正面攻入，直中心臟，立時氣絕。楚瀚心中大爲疑惑，他知道舅舅已練成蟬翼神功，飛技之精湛，世間應已無人能正面傷到他。即使受到武功極高的敵人攻擊，他也能即時閃避，受傷最多也只是在手腳等較不重要部位上的輕傷；但殺死胡星夜之人卻是正面對著他，一刀斬在他胸口而令其致命，此人想必武功奇高。

楚瀚在親自檢視舅舅的屍身後，才終於接受他已經死去的事實。那夜他回到倉庫旁的小房中，回想著舅舅自收留他以來對他的種種關懷教誨，心知舅舅乃是世上唯一眞心愛護疼惜他的長輩，更是盡心教導引領他的師父。他感到自己好似再被父母遺棄了一般，悲傷之外，還有數不盡的失落、恐懼、徬徨和痛苦。他當夜一直哭到天明，仍舊無法止淚，心中反覆詢問：爲什麼如此疼愛自己的舅舅會就此死去？是誰害死了他？是誰奪走了我的舅舅？

他無法揮去舅舅慘死的陰霾，也知道眼前禍事之巨大，絕非他一個跛腿小童所能面對，一邊抹淚，一邊咬牙暗暗發誓：「無論如何，我定要找出殺死舅舅的凶手，替他報仇！」

那幾日中，他只要一想起舅舅，心頭便如撕裂一般疼痛，他在暗中流的淚水，比胡家所有子弟流的淚水加起來還要多。胡家子弟無法明白胡星夜在楚瀚心中的地位，也無法明白這對師徒之間惺惺相惜、眞摯深厚的情誼，他們以爲父親只不過是在利用楚瀚，而楚瀚只不過是個在他們家白吃白喝的孤兒乞丐。胡家子弟對於楚瀚的悲傷眼淚並不感念，也不在乎，他們從來不曾將楚瀚當成自家人，父親死後，更覺得這個寄居家中的小跛子是個累贅。

楚瀚將胡家兄弟的神態都看在眼中，知道自己又回到了被舅舅收養之前孤苦無依的處境，胡家兄弟遲早會將自己趕出家門。他年紀尚幼，腿傷未癒，除了厚著臉皮在胡家住下去之外，也別無他策。

半個月後，胡家兄弟都已從喪父的哀傷中恢復過來，楚瀚卻仍未能放下舅舅之死的哀痛。每晚吃飯時見到佛龕上舅舅的靈位，都忍不住眼眶發熱，心中反覆念著：「舅舅，你在天之靈請安息吧，瀚兒一定會替你報仇的！你放心吧，我一定會找出凶手，替你雪恨的！」

喪事辦完後，楚瀚便整日將自己關在房中，極少出來。他腿傷未癒，既不能下田種地，也不能幹挑水砍柴的粗活，最多只能幫胡鶯作些煮米切菜、洗碗掃地的輕鬆活兒。胡家男子很快便開始對他心生嫌惡，二子胡鴻和三子胡鷗吃飯時總對他冷言冷語，甚至公然出言譏嘲，家長大哥胡鵬雖不說話，臉色卻也絕不好看。楚瀚一聲不出，只裝作沒有聽見，沒有看見，胡鶯眼見未來的夫婿在兄長的冷嘲熱諷下處境難堪，也不免羞赧傷心，爲此不知偷偷哭了多少次。

這日下午，楚瀚聽得門外人聲響動，從窗戶往外偷看，見到一乘轎子來到胡家，轎夫報道：「柳老爺到訪！」

胡鵬快步出門迎接，柳攀安下了轎子，兩人進入大廳，關門談了好一陣子。不多久，胡鵬便派胡鷗來叫楚瀚去大廳會客。

楚瀚來到大廳，便見胡鵬和柳攀安兩人坐在廳上，柳攀安清俊的臉上堆滿了關切的神色，直望著自己。楚瀚故意裝作一跛一拐地走上前，粗率地向胡鵬和柳攀安行了禮，低頭不語。

胡鵬滿面笑容，顯得又是輕鬆，又是高興，向楚瀚道：「柳世伯來此，可幫了我胡家一個大忙。柳伯伯知道爹爹死後，家中生計拮据，因此提議接你去柳家住下，柳家大業大，很需要多幾個小廝幫忙跑跑腿，作作家務。正好你在這兒閒著無事，我想柳伯伯的提議再好不過，便代你答應了。」

楚瀚聽說柳攀安要接自己要去柳家作小廝，心中清楚這不過是個幌子，目的當是要從自己口中套問出胡家飛技的祕密，和自己盜取龍目水晶的眞相。他早料到上官家和柳家不會放過自己，只沒想到柳家出手如此之快，喪事才結束沒幾日，便要將自己接了過去，而胡鵬早嫌自己在家中多一張嘴吃飯，自然忙不迭地答應了。

楚瀚知道自己別無選擇，當下一聲不吭，只低下頭望著自己的破布鞋子。胡鵬心中嫌他不懂禮數，竟然不立即感激涕零，行禮道謝，但當著外人面前也不好發作，想起很快便能將他趕得遠遠地，甚覺快意，便遣他回房間去收拾隨身事物，要他即刻跟柳攀安回去柳家。

楚瀚擁有的事物原本不多，他也沒打算就此離開胡家，只將自己的小房間清理了一下，倉庫中常用的取具排列整齊，要緊的事物鎖入櫃中，舅舅傳的《蟬翼神功》藏在褲子的夾層中，再將兩件舊衣服和百靈鑰包入包袱，便拎著行李回到了廳上。

柳攀安耐心地等候著，見他回到廳上，露出笑容，招手說道：「小兄弟，你跟我一起坐轎子回去吧。」

兩人上了轎子，柳攀安便跟楚瀚搭起話來。他臉上的笑容雖僵硬，神態倒顯得頗爲誠懇親切，說道：「小兄弟，我和令舅往年交情深厚，如今他身死異鄉，我心中好生難過。如今我能作到的，便是好好照顧他身後唯一的親傳弟子，不讓你留在胡家作些下田耕地的粗活。我雖跟胡賢姪說要讓你來我家作小廝，其實你也該知道，我絕不會讓你經手任何粗活。你來到我們家，不用擔心吃穿用物，一切全由柳家供應，千萬別操心，知道麼？」

楚瀚裝得傻楞楞地，只點了點頭，也不回話。

第六章　寄人籬下

就這麼，楚瀚從胡家搬到柳家住下了。柳家大宅位在村西，占地千頃，屋舍華美豪奢，庭園雅緻精巧，吃用優渥講究。楚瀚哪裡在如此富裕高雅的環境裡生活過，剛開始非常不慣，一切小心翼翼，生怕折斷了象牙筷子，打碎了青花瓷盤，弄髒了錦衣繡服，砸爛了金盃玉杯。柳家眾人對他的寒酸窮蹇起先頗爲同情，後來逐漸成了家丁僕婦間的笑料，都說老爺心地太好，撿了個乞丐回家，想將他改頭換面成個體面的公子爺，卻畢竟回天乏術，乞兒仍是乞兒，即使放在大家之中熏陶教染，也沒法洗脫與生俱來的土氣賤樣。

楚瀚身上確實有股掩蓋不住的土氣。他自幼顛沛流離，五六歲便遭父母遺棄，流落京城街頭，行乞度日，過的是飢寒交迫、三餐不繼的日子。但這也有一部分其實是裝出來的。他仔細觀察柳家中人的言行舉止，慢慢揣摩學習，若有一日需要裝成他們的模樣，他也不是辦不到，但他刻意保留自己的粗率鄙陋，好讓柳家眾人只知將他當成笑料，對他降低戒心。

他在柳家住了月餘，這日柳子俊來找他，說父親請他過去談話。楚瀚來到柳攀安寬闊華麗的書房之中，但見房中的書並不多，架上放滿了珍奇古董，牆上也掛滿了字畫，楚瀚雖不能辨認出每件的出處，但猜想件件都該是大有來歷的精品。

柳攀安安然坐在檀木書桌之後，正風雅地臨摹著柳公權的《玄祕塔碑》拓帖。他見兒子領楚瀚進來，笑著放下筆，起身相迎，命兒子搬過椅子，請楚瀚在桌前坐下。柳子俊之後便垂手站在父親身後，眼望地下，神態恭謹。

柳攀安的笑容始終帶著點兒不自然，讓人看了很不舒服。他望向楚瀚，笑著問道：「孩子，這一個月來，日子過得可好麼？」楚瀚答道：「很好。」

柳攀安點點頭，說道：「那我就放心了。孩子，有件事情我一直想不通，不知道你能不能替我解疑？」楚瀚望著他，心想：「該來的總會來的。」便無可無不可地點了點頭。

柳攀安凝望著他，問道：「那夜飛戎王之賽，上官家的姑娘取得了冰雪雙刃。你可知她是從何處取得這對寶刃的？」

楚瀚臉上不動聲色，心中暗笑：「這柳大爺可不笨。他不直接問我如何取得龍目水晶，卻問我上官無嫣的冰雪雙刃從何而來！」當下搖了搖頭，說道：「我不知道，這得要問上官家的人。」

柳攀安歎道：「麻煩就麻煩在上官家的人不肯說，我也不好問哪！」臉上登時露出心癢難熬、焦慮煩惱之色。

楚瀚心想：「他料準我身受柳家恩惠，又年輕氣盛，多半喜愛炫耀，加上厭惡上官家奪去飛戎王的頭銜，定會站在他這邊，替他解惑並打擊上官家。但我楚瀚豈是如此輕易上當之人？」當下裝作更加糊塗的模樣，說道：「柳大爺，我也感到奇怪得很。我舅舅曾說過，這冰雪雙刃是天上女神九天玄女的兵器，不是凡間的東西。上官姑娘取得這件寶物，遮莫她是長了翅膀，飛上天宮去取的？我這麼問舅舅，舅舅聽後只笑個不停。」

柳攀安聽了，似乎甚感興趣，追問道：「那你舅舅如何回答？」

楚瀚裝作回想往事，再說道：「是了，他說：『瀚兒啊，你腿跛了不要緊，腦子僵了可要不得。你來我家這麼多年了，仍是傻楞小子一個，我收養你幹麼？難道我家的傻小子還不夠多麼？唉，你可真叫我失望啊。』嗯，舅舅當時是這麼說的。」

柳攀安聽在耳中，不禁暗暗失望，心想：「難道這小子真是傻的？他究竟如何取得了那龍目水晶？莫非水晶根本不是他取的，是胡星夜自己破誓去取來的？或許這小子只是個幌子，其實半點飛技不會？那他的跛腿是怎麼回事，不能長跪又是怎麼回事，難道他不是在練胡家的獨門飛技麼？」

柳攀安腦中念頭此起彼落，側眼見到站在一旁的兒子嘴角露出一絲笑意。楚瀚也見到了，心中一凜：「我在祠堂前罰跪時，這人曾仔細觀察我，也聽到了我與上官兄妹的對話，要是在他面前裝傻，只怕會被他瞧出破綻。」

柳攀安見到兒子的神色，也領悟到楚瀚說出這番話，純粹是在裝傻，突然開口問道：「楚小兄弟，你膝蓋中的楔子，還要一年才能取出吧？」

楚瀚不由得一驚，不料柳攀安已猜知了這個祕密，心中急速轉念，口中說道：「什麼楔子？舅舅說我的腿被人打斷過，全跛了，再不能治好了。」

柳攀安從楚瀚臉上一閃而逝的驚訝之色，看出這小子並不簡單，他膝蓋中確實嵌有楔子，確實得傳了胡星夜的獨門飛技，也確實懷藏著許多他想知道的祕密。但要如何才能從他口中套問出來，倒是煞費功夫。該用軟的，還是來硬的？

柳攀安是個深思熟慮、城府甚深的人，當下不動聲色，搖頭歎息，露出惋惜的神色，說道：「是麼？那可真是太可惜了。你小小年紀，如果有幸得傳胡家獨門飛技，未來成就實是不可限量。」話鋒一轉，說道：「如此說來，你那夜出示的紫霞龍目水晶，也並不是眞的了？」

楚瀚聽他說到了要緊處，早有準備，一張臉便如一塊木板一般，毫無表情，對他的話完全不置可否。他知道水晶是眞是假，柳攀安心中早有定見，這麼說只是想激自己透露一些內情罷了。

柳攀安向楚瀚的臉龐凝望一陣，心中暗暗咒罵：「這小子倒把迅鼠的假面具全學了去！」一時摸不透他的心思，只好暫時放棄，臉上恢復微笑，說道：「楚小兄弟，今日跟你一場談話，十分愉快。你舅舅當年收養你，想必有其深意，我想他絕對沒有看錯了人。你早些去休息吧。」楚瀚應諾，站起身告退出去。

他回到自己房中，回想與柳攀安的對話，知道柳攀安雖未能從自己口中得到任何有用的訊息，自己卻仍太稚嫩，敵不過柳老狐狸的老奸巨滑，多少露出了一些破綻。柳攀安將會如何利用自己的破綻？他整日籌思盤算，也不得要領。他知道自己處境危險，除了小心謹慎，盡量安穩地混過這一年的時光外，實在不知道還有什麼別的事可作。

又過了幾日，柳子俊再次來請楚瀚去見他父親。這回又來到柳攀安的書房，柳攀安命兒子關嚴門戶，讓楚瀚在椅上坐下，神情凝重，說道：「楚小兄弟，你舅舅去世之前去了何處，我已經查到了。」

楚瀚心想：「舅舅去了京城，這並不難查到。」當下只點了點頭，沒有言語。

柳攀安凝望著他，又道：「你舅舅離開三家村後，便去了京城。我也查到了跟你舅舅身亡有關的消息。他臨走前，可跟你說過些什麼？」

楚瀚聽說他有關於害死舅舅凶手的消息，心想自己若繼續裝傻，柳攀安或許便不會說出他查到的訊息，但若柳攀安只是信口胡說呢？他想了想，便說道：「舅舅走前，並未跟我說他要去何處。但他走前確實顯得有些不安，頗有點交代後事的味道。他大約已知道此行凶險，有可能無法回來。」

柳攀安點點頭，說道：「雇人將他的遺體送回的，乃是東廠的錦衣衛。」楚瀚聽了，不由得一驚，脫口道：「錦衣衛？」

柳攀安道：「正是。我擔心事情還沒完。他們故意將遺體送回，意思自是警告我們三家村，讓我們知道對頭的厲害。甚至想告訴我們，大禍就快臨頭了，大家趕緊準備後事吧！」

楚瀚感到背脊一涼，如果情況當眞如此嚴重，舅舅怎地未曾更嚴厲地警告他，並告訴他該怎麼作？顯然舅舅並不以爲自己眞的會死，因此並未爲身後事作好充足準備。如今他自己又能作什麼？他的膝蓋未癒，五年時間未到，楔子未能取出，他要練胡家獨門飛技還是遠在天邊的事。如果危難眞的臨頭了，他又怎麼能遵照舅舅的託付，保護胡家，保護三家村？

正思索間，柳攀安身子前傾，凝望著他，口氣嚴肅，說道：「我相信他們的目標，一定是紫霞龍目水晶。孩子，告訴我，那事物現在何處？」

楚瀚沒有回答。

柳攀安站起身，走到他面前，神態緊迫，沉聲道：「孩子，你舅舅已為此喪命，胡家轉眼大難臨頭，柳家和上官家唇亡齒寒，豈能坐視？事關重大，你一定要告訴我！」

楚瀚凝思一陣，才道：「那事物，舅舅出門時帶走了。」

柳攀安臉色一變，喝道：「你說謊！」楚瀚搖頭道：「是眞的。」

柳攀安負手在內廳中踱了一圈，接著又踱了一圈，神態惶惶，最後終於停下腳步，問道：「那事物，究竟從何而來？」楚瀚道：「是舅舅命我去取的。」

柳攀安追問道：「是你單獨去取的？從何處，由誰手中取得？」楚瀚早已想好對答，緩緩說道：「我以取紫霞龍目水晶參加飛戎王之賽，自然是我單獨去取的。這件寶物，是從仝寅老先生處取得。」

柳攀安呼吸急促，雙眼直望著他，說道：「你一個跛腿孩童，如何能從當世大卜手中取得這水晶？」

楚瀚平靜地答道：「因為我跟仝老先生說，這水晶是要交給皇帝的。」

柳攀安聽到這兩句話，一張俊臉立時轉為雪白。他快步走回書桌後，重重坐下，似乎不快點坐下便會當場昏暈過去。他喘了幾口氣，喝了口兒子端上來的茶，良久才鎭定下來，虛弱地問道：「是誰教你這麼說的？」

楚瀚道：「是我自己想到的。」柳攀安不斷搖頭，說道：「仝老先生又怎會聽信你的話？」楚瀚道：「仝老先生是盲人。」

柳攀安忍不住提高聲音，說道：「仝老先生有未卜先知的本領，就算目盲，又怎會受你愚弄？」楚瀚不慌不忙地道：「或許這已在他的卜算當中。」

柳攀安一呆，問道：「這話怎說？」楚瀚道：「這不是很清楚麼？他是故意上當的。」柳攀安問道：「卻是爲何？」楚瀚道：「因爲他料準了這事物最終確實會送到皇帝手中。」

柳攀安的臉色由白轉灰，呆了良久，才微微點頭，說道：「是了，是了！我早該想到。胡星夜便是因此去京城的，是麼？他是去將龍目水晶呈給皇上？」楚瀚搖頭道：「我不知道。舅舅沒跟我提起過他要去京城，更沒說他要去見皇帝。」

柳攀安沉默了，眼睛望向窗外。過了良久，他才吁出一口氣，說道：「楚小兄弟，我們一村都處於險境，你對我卻仍多所隱瞞，一切重要的事情都不肯跟我明說，等到大難臨頭時，可就來不及了！」

楚瀚靜默良久，才道：「我舅舅未曾跟我說的話，我自然沒法告訴你。」

柳攀安凝望著他，又問一次：「那龍目水晶，眞是被你舅舅帶走了？」楚瀚點了點頭。

柳攀安似乎終於放棄了，揮手道：「好，好，你回去歇息吧。」

楚瀚轉身出屋，回頭瞥見柳子俊神色擔憂地望著父親，他在父親跟前極守規矩，垂手侍立，始終不發一言。楚瀚暗想：「這柳子俊不是個簡單的人物，深沉巧詐不輸其父，若連他都顯出擔憂的神色，那他父親的焦慮便很可能是眞的了。但柳攀安到底在擔心什麼樣的禍事會降臨，又爲何相信這一定跟龍目水晶有關？」他想之不透，決心找機會一探究竟。

當天晚上，楚瀚待在自己房中，吹熄了油燈，假裝就寢。等到四下悄無人聲，才在黑暗中躍上大樑，練習「指掛」。靜夜之中，忽聽遠處小廝低聲傳話道：「老爺趕著出門，快備轎子！」

楚瀚心中一動，悄悄落地，將門推開一縫，見外邊無人，便竄出房去，關上房門，輕手輕腳地來到後院角落。他趁轎伕還沒從更房中出來，趕緊鑽到轎旁伏低。此時天色已黑，轎伕們出來抬轎子時，更沒有見到他的身影。他著地一滾，便滾到了轎子之下，伸手抓住了轎子底部的橫木，躲在轎底僅容一人的狹小處所。他飛技絕佳，身形瘦小輕盈，又擅長縮骨功，這麼一躲，轎伕抬起轎子時，竟然全無留心轎子比平時重了少許。

他屏住氣息，感覺轎子搖搖晃晃地走出一陣，停在大門口，接著便見到長袍下襬，一對黑色緞鞋走上前來，跨上了轎子，柳攀安的聲音在轎中說道：「村東上官家大宅，快！」轎伕們應了，一個管家在前打著燈籠，一行人便出發了。

不多時，轎子來到了上官大宅的門外。這宅第雖沒有柳家的風雅講究，卻起得高牆碧瓦，金碧輝煌，極有氣派，在燈籠照耀下，只見兩扇大門漆成鮮紅色，門上綴著數十個純金打造的門釘，每個足有小兒拳頭大小。楚瀚曾跟胡家兄弟來左近玩耍，指點門上的金釘子，不勝羨慕，卻從未踏入過上官家的大門。這時但見大門開了一扇，讓柳攀安的轎子進去。進了門後，轎子繞過迴壁，又行出好長一段，穿過寬廣的前院，才在大廳門前停下了。

但聽腳步聲響，一人迎到轎前，一個粗豪的聲音說道：「柳世叔，姪兒有禮了！家祖在大廳恭候。」聽語音正是上官無影。

柳攀安嗯了一聲，說道：「世兄不需多禮。」跨出轎子，走入大廳，轎伕便將轎子抬去門房邊的空地放下。

楚瀚等眾轎伕進入門房，與上官家的僕人開始喝茶聊天，才偷偷落地，從轎底縫隙鑽出，四下張望，見到遠處大廳中燈火通明。他觀察一陣，決定從花園繞過去，才不需經過前院空曠的石板路，容易透露行跡。他緩緩沿著假山樹叢移動，每等風吹草動才往前一小步，慢慢潛伏至大廳外。他抬頭望去，度量思考一陣，輕輕吸一口氣，往上一躍，一手在屋樑下一扶，左足勾住了屋簷，整個人便如蝙蝠般倒掛在屋簷之下。潛伏在屋簷下偷窺，乃是行竊者最基本的功夫之一，但由楚瀚作來，卻有著超凡的精準輕巧，驚人的安靜無聲，似乎倒掛在屋簷下對他來說再稀鬆平常不過，和躺在床上閉目養息沒有絲毫差別。

楚瀚凝神傾聽廳中人聲，偷目從縫隙中望入大廳，但見廳上上官婆婆和柳攀安正激動地說著話，上官家的三兄妹也在廳中。上官無影健壯的身形端坐在西首一張椅上，專注地聆聽兩個長輩言談，面色凝重，但煤炭球般的雙眼空洞無神，顯然並不完全明白他們在談些什麼。上官無嫣慵懶地斜倚在廳側的涼椅上，神態悠閒，一手從茶几上的雕花銀盆中挑出一粒粒的櫻桃放入口中，不時從口中取出櫻桃子兒，彈指擲出，落入三丈外角落中的金製痰盂，發出噹的一響。上官無邊則縮在角落的一張羅漢椅上，盡量不引人注意，一邊玩弄著手中的三簧鎖，一邊游目四顧，對廳中的對話顯得毫無興趣，也絲毫不掩飾他的百無聊賴。

此時上官婆婆和柳攀安已說了一會兒話，楚瀚聽到上官婆婆提高聲音道：「……不可能！裡面假若出了事，梁公公怎會沒有通知我們？」柳攀安道：「或許梁公公自己也不知道？」

上官婆婆沉吟著，伸手摸著下頦，說道：「裡頭的事，公公不可能不清楚，看來姓胡的使這陰招，目的便是要搞垮我們！」柳攀安臉色陰沉，咬牙切齒地道：「他就這麼死了，可是便宜了他！」

上官婆婆嘿了一聲，問道：「攀安，你跟我說說，胡家那孩子飛技如何？及不及老胡當年的本事？」楚瀚心中一動：「他們說到我了。」

但聽柳攀安道：「小子十分謹愼，自從他住到我家後，便從未施展過飛技，也從沒見到他練功。」

上官婆婆道：「他膝蓋中仍有楔子，此時還好對付，再過個一兩年，等他這楔子取出來了，我們都將不是他的敵手，千萬別小覷了這小跛子！當年胡小孬也是一般，跛著腿，裝出一副可憐兮兮的模樣，實際上心機最深，最狡詐奸險的就是他。哼，今日只怕你我都要栽在他的手中！」楚瀚在這許多偷盜高手的眼下偷聽，竟然沒被他們察覺，其輕身功夫確實已出神入化。

但聽噹的一聲，上官無嫣又將一枚櫻桃核投入金盂之中，冷笑一聲，顯然對上官婆婆的話頗不以爲然。

上官婆婆望向孫女，輕哼一聲，說道：「我年輕時，想法也和妳這小妮子一模一樣，後來我才知道自己錯得多麼離譜！胡家的人絕不是好對付的。胡星夜不知從何處撿回那小跛子，想是千挑萬選才選中的，定非易與之輩。妳得罪過他，最好小心一點！」

上官無嫣又擲出一枚櫻桃核，噹的一聲落入金盂，撇撇嘴，更不答話。

但聽柳攀安說道：「那小子現今在我柳家的掌握之中，應不足爲慮，他年紀還小，胡星夜可能眞的沒向他透露太多。我眼下最擔心的，還是那龍目水晶的下落。」

上官婆婆沉吟一陣，說道：「你想那事物，當眞被他送入宮去了麼？」

楚瀚緩緩移動身形，去望柳攀安的臉色，但見他滿面憂急，說道：「很有可能。水晶一進宮，那主子的處境就十分爲難了。若是主子已受到萬歲爺的嫌疑，那咱們這幾年替主子辦的事情，不免都會被揭發出來。」上官婆婆聽了，只嘿了一聲，沒有接話。

柳攀安站起身，在廳上踱來踱去，難掩焦慮，說道：「我們未能將水晶送到主子手中，卻被他人取了送給萬歲爺，主子怎會輕易饒過？說不定已開始懷疑我們了！」

上官婆婆神色顯得十分不以爲然，揮手說道：「我早說過，如果眞有這些事情，梁公公不會沒有半點消息傳來。」

柳攀安歎了口氣，說道：「妳太信任梁公公了。」

上官婆婆不答，柳攀安似乎已放棄，不再與上官婆婆爭辯，長歎一聲，說道：「好吧，各人生死各人了。婆婆，攀安告辭了！」說著大步出廳而去，呼喚轎伕，離開了上官家。

第七章　上官寶窟

楚瀚見上官家眾人的注意力都集中在大廳門口，知道自己不能在此時離去，便留在屋簷上，靜止不動，屏息不敢出聲。

廳中靜了一陣，但聽上官婆婆說道：「無影，無嫣，無邊，你們怎麼看？」

上官無影粗聲答道：「孫兒相信柳世叔是過慮了。」

上官婆婆點點頭，又望向上官無邊。上官無邊顯然完全沒有留心方才的對話，只裝模作樣地點頭道：「我以為哥哥說得很是。」

上官婆婆望向上官無嫣，她仍舊輕鬆地吃著櫻桃，懶洋洋地道：「依我看，你們都高估了胡家的能耐。自胡星夜洗手後，胡家已是強弩之末，後繼無力。我就不信胡星夜死前還有辦法安排什麼陰謀伎倆，也不信那小跛子有多大的本事，能讓上官家和柳家擔驚受怕成這樣！」

上官婆婆輕哼一聲，說道：「只怕是妳低估了胡家！無論如何，大家警醒些，有事沒事，在這幾日中，應當便會有分曉。」說著拄起拐杖，走入了內堂，上官家三兄妹隨後也各自起身離去。

楚瀚並未移動身形，但見上官家僕人進廳來收拾杯盤，打掃熄燈，不多時大廳中便一片漆黑。他等人聲寂靜了，才溜下屋簷，籌思該如何離開上官大宅。此時沒有柳攀安的轎子作掩護，大門防守嚴密，不易從大門溜出，只能尋找邊門或後門，或乾脆翻過圍牆出去，但上官家乃是飛賊世家，對防範飛賊自然大有心得，楚瀚探視了一圈，見圍牆上都布有鐵網倒刺一類，不易越過，便沿著圍牆往大宅後進行去。

走出上百步，只見這上官大宅似乎比柳家大宅還要寬廣，他直走了一杜香的時分，還沒摸到大宅之後。他記憶力極好，將經過的來路記得清清楚楚，但他擔心若不能及早尋路出去，趕回柳家，柳家一旦發現他失蹤，必定會引起一場騷動。

他微微加快腳步，轉過一個彎，但見面前出現一座高大的碉堡，夜色中看來似以花崗石砌成，十分宏偉壯觀。他心中好奇：「這卻是什麼所在？」

他靜聽四下無人，便悄悄走上前去，來到碉堡的大門之前，門上配有一鎖，鎖上套著九個銅圈，穿插著十多枝小竹篾子。楚瀚嘴角露出微笑，知道這是上官家最引以為傲的「九曲連環天羅地網鎖」，自詡天下無人能解，卻不知胡星夜老早發現了破解這鎖的祕訣，並且將之詳細教給了楚瀚。

楚瀚走上前，仔細觀察那連環鎖，凝視了約一盞茶的時間，便開懷地笑了。他伸出手，飛快地將左邊數來第二枝竹篾穿過第三個銅鎖，又將右邊數來第四枝竹篾穿過第五個銅圈，如此拿起不同的竹篾穿的銅圈，連續十多次，最後將那九個銅圈排成了一直線，所有的竹篾一對對排在銅圈中間，形成一幅特殊的圖案。便在這時，但聽喀啦一聲，鎖已解開，大門緩緩往內開去。楚瀚緩步走入，藉著月光望見門邊放著火摺燭臺，便悄悄關上大門，摸黑點起了燭臺。

燭光一亮起，楚瀚抬頭四望，不禁倒吸一口涼氣。但見面前便是一座高約三丈的石碑，卻是價值僅次於三絕之一漢武龍紋屏風的「唐太宗天可汗天威無疆碑」；旁邊兩尊古觀音半跏坐彩漆木雕像，應是五代龍門石窟之物；四周更陳列了無數珍奇寶貝，在燭光下閃耀爭輝。原來這裡竟是上官家的藏寶窟！

楚瀚信步走去，瀏覽一件件的珍品，但見每件物品前都以金匱盛放紙版，版上詳書該物的名稱、歷史、來處、取者，取者有上官家、柳家和胡家的歷代祖先和當代人物，其中有幾件寫著「胡至剛」和「胡至柔」，他知道那是胡星夜的父親和叔父；也有七八件寫著「上官多雪」，楚瀚知道那是上官婆婆的閨名，另有三五件寫著胡星夜、柳攀安的名號。那對冰雪雙刃也陳放在室中，紙版上寫著「上官無嫣」，墨跡猶新。上官無影取回的「北宋定窯白瓷嬰兒枕」和柳子俊取回的「唐代春雷琴」，則被陳列在隔壁較小的房室中，顯然這兩樣事物在這藏寶窟中，只算是次品。

繞過一排的寶藏，但見後面另有一室，室中四面牆上掛滿了字畫，有宋神宗的瘦金體《小楷千字文》，有「天下第一行書」王羲之的《蘭亭集序》，「天下第二行書」顏眞卿的《祭侄文稿》，張旭的狂草《古詩四帖》，懷素的《自敘帖》，蘇軾的《歸安丘園帖》，更有大唐則天女皇「無字碑」拓本，及商君祭天饕餮紋大青銅鼎拓本等。

楚瀚這輩子從來沒有見過這許多寶物聚集在一處，不禁深深受其吸引，舉起燭臺仔細閱讀陳列在每件文物之前的紙版，只覺得每樣事物都珍貴無比，有的蘊含著動人心魄的傳奇故事，有的述說著歷史人物的絕世奇才，有的見證著歷代英雄帝皇的洪圖霸業，喜怒悲歡，愛恨情仇。他一邊觀看，心中不禁升起一個念頭：三家村的歷代前輩並不只是尋常盜賊，而是極有品味，極有堅持，極有氣度的人物。他們取的都不是尋常的金銀珠寶，而是世間最最珍奇稀異之物，這些事物分處各地可能各自孤獨，聚在一起卻有如眾星爭耀，有著令人屏息的震撼。他第一次體認到：竊盜並非只是一門低下卑鄙的行業，而能有其尊嚴，有其格調，有其崇高的目的。

想到此處，忽聽身後傳來一聲輕笑。楚瀚此刻正全神貫注地欣賞寶物，聞聲不禁大吃一驚，手中燭臺險些跌落在地。他迅速回身，只見一個婀娜的身形斜倚著「則天皇帝嵩山封禪神碑」，微笑著向自己凝視，正是上官無嫣。

楚瀚鎮定下來，心知她若有心傷人，自己早已屍橫就地了，但她既然未曾出手，看來並無惡意。他輕輕將燭臺放下，開口說道：「我從來沒見過……見過這許多的寶物。」語音中不自禁流露出眞誠的讚歎。

上官無嫣一雙秀美的杏眼直視著他，說道：「這是你第一次來到這藏寶窟。」楚瀚點了點頭。

上官無嫣款步走上前來，說道：「三家村歷代高手取得的寶物，全都藏在這兒。你舅舅往年所取的各樣寶物，也都收藏在此地。」

她抬頭望向一旁牆上一排四幅、黑底白字的拓本，楚瀚也順著她眼光望去。上官無嫣道：「你可知道這是什麼？」

楚瀚見那拓本的字跡彎彎曲曲，似乎十分古老，卻不知道是什麼，便搖了搖頭。上官無嫣伸手輕撫拓本，臉上滿是敬仰愛惜之意，說道：「這是秦代『李斯碑』的拓本。這碑立於泰山頂峰的玉女池邊，傳說是丞相李斯奉秦始皇之命所刻。『李斯碑』四面環刻，三面為始皇詔，一面為二世詔，因此拓本共有四幅。你瞧，這字體乃是秦代小篆，遒勁清秀，乃是秦碑中的至寶。」

楚瀚上前仔細觀察，雖然一個字也不認識，卻也不禁對秦始皇當年一統天下、遣丞相上泰山之巔、立碑記功的壯舉升起一股由衷的崇敬嚮往。

上官無嫣望著他臉上的神情，微微一笑，說道：「沒有來過此地的人，絕對無法了解三家村存在的意義。我們集中天下之寶，收藏於此，所爲何來，你可知曉？」

楚瀚搖了搖頭。

上官無嫣道：「我們不是爲了貪求，也不是爲了私利，雖也取些金銀錢財，但這些眞正的絕世寶物，我們從不出售獲利。三家村歷代祖先取寶的唯一目的，就是將寶物從不知珍惜的人手中取來，讓它們能夠在此久久遠遠地保存下去，受到欣賞愛惜，珍藏保護。」

她說到此處，忽然輕歎一聲，說道：「你舅舅原本也明白這道理，甚至花盡心思爲這寶窟增添補闕。但他後來因爲一件事情，改變了想法，開始唾棄我們的所作所爲，甚至決定洗手不幹。」

楚瀚忍不住問道：「那是什麼事？」

上官無嫣搖了搖頭，說道：「你舅舅若沒有告訴你，我此刻多說也是無用。」楚瀚心中好奇，卻忍住沒有再問下去。

上官無嫣來到他身前，她此時已有十七歲，比十一歲的楚瀚足足高了一個頭，她低頭望向這黝黑乾瘦的小孩子，眼中閃著挑戰的光芒，說道：「剛才你倒掛在大廳簷下偷聽，我早就發現了。」

楚瀚不禁一驚，他知道自己絕無發出任何聲響，也沒被人看見，實在想不出她是如何知曉的？

上官無嫣一笑，伸出手指，點點自己的鼻子，說道：「我的嗅覺比一般人強。只要聞過一個人的味道，便一輩子不會忘記，遠遠就能聞到這人來了。我在廳中就聞到了你的氣味，甚至聞出你是躲在西南角的屋簷下。」

楚瀚問道：「那妳爲何沒有說出？」上官無嫣道：「因爲三家村發生的事情，胡家的人也應當與聞。你卻是如何想法？」楚瀚道：「我不知道。舅舅走前，並未跟我說什麼。」

上官無嫣點點頭，在一張貴妃椅上坐下了，指著旁邊一張檀木雕花龍床，說道：「你坐。」

楚瀚猜想那貴妃椅和龍床多半都是價值連城的古董寶物，但見上官無嫣隨意地坐在那貴妃椅上，便也在龍床上坐下了。

上官無嫣緩緩說道：「我們三家的過去，都不見得十分光彩，也各有不可告人之處，但近年內變化甚劇，情勢只有更加不堪。其中最甚者，莫過於柳攀安決定臣服於當世最炙手可熱的萬貴妃，替她辦事。」

楚瀚問道：「萬貴妃是誰？」

上官無嫣見他不知萬貴妃是何許人，也不驚訝，說道：「她是當今皇帝最寵愛的妃子，但她的地位可不同於一般的嬪妃；她比皇帝大了十九歲，成化皇帝六歲時，太子之位曾一度被廢，遷出東宮，移居京城王府，處境岌岌可危。當時太后派了一個親信宮女跟在太子身邊照顧保護他，就是這位宮女萬氏。因此她對皇帝可說是亦姊亦母。後來皇帝登基了，她被封爲貴妃，掌控後宮，她的兩個兄弟也在外受封宰相，一家人權勢滔天。」

楚瀚點了點頭。

上官無嫣續道：「柳家看準了萬貴妃的權勢連皇帝都對她敬畏三分，因此決定依附於她，通過太監梁芳，收了萬貴妃賜的大筆銀子，幫她觀察京城內外，報告大小消息，並替她出手拿取各種奇珍異玩。龍目水晶便是其中之一。」

楚瀚漸漸明白了，恍然說道：「柳攀安爲何那麼著緊龍目水晶的下落，原來是因爲那是萬貴妃想要的東西。」心下暗想：「柳攀安不但沒取到水晶，水晶更可能已被舅舅呈給了皇上。萬貴妃得知後，想必極爲惱怒。」

上官無嫣點頭道：「不錯。還有更棘手的事兒。宮中另有一派勢力，時時刻刻想扳倒萬家，這些人若抓到任何把柄，得知萬貴妃在外擁有一批替她搜羅寶物、探訪消息的人手，去皇帝跟前告上一狀，說不定便會令皇帝惱怒不快。萬家爲了避免嫌疑，想必會撇清關係，重懲手下，那麼屆時柳家和上官家就要倒大楣了。」

楚瀚問道：「上官家也參與了麼？」

上官無嫣雙眉豎起，恨恨地道：「可不是！婆婆被柳攀安的一番胡話迷了心竅，聽信了他，也開始替萬貴妃辦事。爲了討好萬貴妃，她甚至將藏寶窟中的幾樣稀世珍寶送給了萬貴妃。我大力反對，她卻一意孤行。你取得的紫霞龍目水晶，若是能留在這藏寶窟中，可有多好！但胡星夜素知上官家和柳家出賣自家寶物的行徑，料準他們若得到了龍目水晶，一定會立即呈送給萬貴妃，自然不肯將之送來。哼，一件寶物若落在俗人的手中，還能有什麼好下場？」

楚瀚抬頭望向身周的寶物，伸手撫摸身下的龍床，心想：「龍目水晶若能留在此處，確實是再適合不過。」

上官無嫣望著他的臉色，微微一笑，問道：「你顯然識字。你剛才將這些金版上的文字都讀過了？」楚瀚道：「讀了一些。」上官無嫣道：「這些寶物除了金版上書寫的之外，還有無數的故事呢。好比你坐著的那張龍床，這是漢高祖初登基時，放在長樂宮中的第一張龍床。你瞧，木質是上好的黑檀木，看紋路應是遠從南方運回的千年神木，四足爲彎曲厚重的龜腳，這是漢代古床常見的造型；椅背雕刻了五條飛龍，拱著初昇日輪。原本龍和日輪都塗有金漆，可惜已因日久而銷蝕了。能將龍的形象雕刻得如此生動翔實的，只有漢代巨匠丁蘭，但這事始終無法證實。我曾花了好幾個月探究這龍床，才終於找到了他的署名。」

楚瀚大為好奇，忙問：「在哪裡？」上官無嫣甚是得意，說道：「不如你找找看？」

楚瀚心想：「妳花了幾個月才找到，我怎麼可能立即便找著？」當下在龍床周圍上下找了一圈，都未見到。

上官無嫣笑道：「我告訴你吧，是在那日輪的背後。」楚瀚甚是驚奇，伸指節輕敲那椅背上的日輪，果然可以取下。他取下日輪，湊著燭臺觀看，果見正圓形背後分成四格，以篆書刻著「丁蘭御製」四個圖案般的文字。

上官無嫣道：「這種文字書寫之法，乃漢代獨有，稱為『瓦當文字』。瓦當原是建築上常用的物件，用以遮擋兩行板瓦筒之間的空隙，漢代瓦頭上往往刻有文字作為裝飾，書法不拘一格，爛漫天真，如圖如畫，只要瞧這文字型態，便能確知這署名乃是真跡。當年取得這漢高祖龍床的，正是我的曾祖父上官少奇。他千里迢迢去到長安城外，在高祖長陵中的寢宮中尋得了這張床。」

楚瀚一怔，說道：「寢宮？就是……就是墳墓麼？」上官無嫣點頭道：「不錯，我曾祖父正是探墓的高手。」

楚瀚不禁驚歎，不斷追問細節。之後的數個時辰中，上官無嫣向楚瀚一一述說藏寶窟中每件寶物的來由和故事，楚瀚只聽得津津有味，流連忘返，直到天明。

上官無嫣見窗外透出微光，說道：「你也該回去了。柳家人想必已知道你不見了，你打算如何？」

楚瀚想了一下，說道：「我打算去村外舅舅的墓旁，讓他們在那兒找到我。」上官無嫣一笑，說道：「那也好。」她打了個呵欠，伸伸懶腰，轉頭望向楚瀚，眼中閃爍著光芒，說道：「小子，你功夫雖然不壞，但你今日不是我的敵手，未來也不會是我的敵手。」

楚瀚並不在乎她的挑釁，只淡淡地道：「走著瞧。」想起一事，又問道：「妳想柳家和上官家會有事麼？」

上官無嫣滿不在乎地道：「自從他們決定替萬貴妃辦事的那一刻起，禍根便已種下了，禍事遲早要來的，只是不知道會如何而來，何時而來。」

楚瀚心想：「看來上官家中的女子皆較有才幹，上官婆婆固然陰險厲害，上官無嫣也不遑多讓。她那兩個兄弟跟她相比，簡直是草包。」問道：「那這兒的寶物呢？」上官無嫣傲美的臉龐罩上了一層憂慮，輕歎道：「盡人事，聽天命。我也只能盡力而爲罷了。」

楚瀚點了點頭，說道：「我去了。」推開大門，閃身出去，轉眼消失在逐漸泛白的晨曦之中。

離開上官大宅後，楚瀚便施展飛技，奔出三家村，來到村外墳地，在舅舅的墓前坐下，到了午時，才被柳家派出的人找到。他也沒有多說什麼，只乖乖地跟著他們回到柳家。柳攀安問他為何半夜偷偷溜出去，他只道：「我想去看看舅舅，怕你們不許，就自己去了。」柳攀安雖然疑心大起，卻知道再問也問不出什麼來，便索罷了。

之後的一個月，村中平靜無事。每當楚瀚獨處房中時，便會回想起上官大宅藏寶室中的景象，想著每一件寶物的形狀和故事。幾日後，他再也忍耐不住，又在深夜潛回上官大宅，自己開了大門上的連環鎖，在藏寶窟中流連觀賞種種寶物，百看不厭，直到天色將明，才潛回柳家。

此後他每隔五六日便去藏寶窟一趟，柳家眾人固然一無所知，上官家中除了上官無嫣外，也無人知曉。上官無嫣即使知道他來，卻也並未說破，偶爾也會現身藏寶窟，兩人靜靜地持著燭火，各自欣賞奇珍異寶。

第八章　驕女遭劫

這一夜楚瀚又潛入上官大宅，來到藏寶窟外。他見到門上的連環鎖已被打開，心想上官無嫣大約在裡面。他正要推門而入，此時夜深人靜，四下無聲，但不知為何，忽然感到一陣不祥，他在黑暗中凝神傾聽，隱約感到地面震動，便伏身於地，將耳朵貼上地面，果然隱隱聽見馬蹄聲響，吃了一驚：「來者聲勢洶洶，不知是何人？」趕緊奔到前院大廳之外，藏身假山之後，觀望情勢。

此時上官大宅眾人都已警覺，但見上官婆婆披衣趕到大廳之上，連聲指揮家丁封鎖大門，準備武器；眾家丁操著棍棒刀劍，戒慎恐懼地守在大門之旁。楚瀚縮在假山後，靜觀上官家人如何迎敵。

過不多時，馬蹄聲便已來到上官家門口，一人在門外高聲喊道：「京旨到！上官多雪聽令！」

上官婆婆一聽是京旨，心中忐忑，一張貓臉極為蒼白，猶豫半晌，才讓家丁開了大門。門外站著一個身著錦衣的漢子，上官婆婆看出他穿的是錦衣衛的服飾，忙趨前行禮，臉上擠出個笑容，說道：「大官人在上！老身上官多雪聽令。不知大官人有什麼指教？」

那錦衣漢子冷著臉，一揮手，身後數十名錦衣衛一湧而入，團團圍在上官婆婆身邊。錦衣漢子大剌剌地跨入大門，從懷中拿出一個卷軸打開了，說道：「錦衣衛百戶王大富，奉旨擒拿反賊上官多雪，以及上官家上下男女老少、僕婦奴役共五十一口，押解上京，下獄論罪。上官多雪，妳最好乖乖聽令，省得我多費手腳！」

上官婆婆似乎全沒料到會有此一著，渾身發抖，呆了良久，才支支吾吾地道：「老身……老身犯了何罪？梁公公……梁公公可知道此事？」

那王大富冷冷一笑，說道：「這正是梁公公的意思！」說著將那卷軸遞到上官婆婆眼前，又道：「妳自己看吧！」

上官婆婆低頭望向那卷軸上的公文，眼珠飛快地移動，貓臉雪白如紙，站在當地渾身顫抖，似乎已被嚇得不知所措。王大富嘿嘿一笑，收回卷軸，正要下令讓手下上前擒拿，忽然眼前黑影一閃，接著臉上一陣劇痛，卻是上官婆婆陡然揮出手中的狐頭拐杖，正打中他的面門。這突如其來的一杖直打得他眼青臉腫，鼻血滿面，王大富怒罵一聲，雙手掩面，連連後退，喝道：「賊婆娘不知死……」一句話還沒喝完，站在一旁的上官無影已飛身上前，一棍打上他後腦，將他打昏在地。

接下來便是一場混戰：王大富的手下一湧而上，圍攻上官婆婆和上官無影等人，上官家的家丁武師也群起而攻，與眾錦衣侍衛廝打起來。楚瀚躲在暗中觀望，皺起眉頭，看出來人人數眾多，武功高強，上官家雖擅長飛技取技，卻不曾習練殺人傷人的武功，絕不可能占到上風。

他見上官無嫣並不在混戰之中，心中一動，快步奔回藏寶窟，卻見連環鎖跌落在地，大門虛掩，他跨進去一看，不由得呆在當地。只見裡面只剩下一間空室，所有的古董寶物，連同金匱紙版、櫃架座臺盡皆消失無蹤。他微一凝思，已猜知這必是上官無嫣作的手腳；她多半老早設計好了機關，能在短時間內將所有寶物都轉移地方，很可能便藏在這藏寶室的地底之下。她大約料知錦衣衛就將到來，已早一步著手搬運，將寶物盡數藏了起來。

楚瀚鬆了一口氣，但聽打鬥聲愈來愈近，他不願涉入混戰，連忙奔出藏寶窟，一躍上樹，隱身於茂密的枝葉當中。來人彼此呼喊，傳遞消息：「老賊婆娘逃走了！快追！」「大個子受了重傷，半死不活，已然就擒！」「上官家小賊也逃跑了！女的還沒找到。」「在這裡了，小娘皮在這裡！」

楚瀚凝神傾聽，果然聽見上官無嫣的怒斥之聲，猜想她多半已被眾錦衣衛圍住，難以脫身。他雖未見識過上官家人的武功，但知道三家村中人擅長的是飛技取技、出入房室不留痕跡等技巧，武功卻不見長，眞打實鬥更難占上風。過不多時，人聲漸靜，打鬥顯然已告一段落。他聽得錦衣衛中有人發號施令道：「大家四下搜索！聽說這家子金銀寶貝堆積如山，主子下令一件也不能少，全數裝箱封存，運回宮去！」

接著便有錦衣衛奔入各間房室搜索，翻箱倒櫃，乒乒乓乓之聲大作，一陣紛亂。過了一盞茶時分，忽然有人歡呼道：「有了，有了！」

楚瀚心中一緊，側耳傾聽，聽出聲音來處並不是藏寶窟，而是在大宅後進的另一間房室。他鬆了一口氣，知道他們多半找到了上官家尋常的錢庫，裡面大約放有不少錢財和金銀珠寶。楚瀚聽他們搜索不絕，不禁暗暗擔憂：「他們會找到藏寶窟中的那些珍稀寶貝麼？」又想：「如果將寶物藏起的是上官無嫣，憑著她的機巧聰明、謹慎細膩，那些寶物應當不會那麼容易便被錦衣衛搜出。」

他知道自己待在這兒不但無濟於事，更可能陷身於危，不敢多待，當下找個機會，悄悄躍過圍牆，快步奔回柳家，從慣常出入的邊門竄了進去。

此時柳家眾人早已得知錦衣衛到上官家抄家的消息，家中燈火通明，眾家丁僕婦全守在堂口聽命，大門緊閉，只派遣幾個機伶的家丁從側門出入，打探消息。

楚瀚來到柳家大堂外，但見柳攀安端坐堂上，正聽取家丁的報告，柳子俊侍立一旁。柳家家規森嚴，當此情境，若在平時，楚瀚絕不敢擅自闖入大堂，但今夜情勢緊急詭異，楚瀚極想知道柳家的反應，便逕自步入大堂，在一旁的椅子上坐下了。柳攀安只望了他一眼，並未趕他出去，也沒有命家丁停止報訊。

楚瀚便坐在當地，傾聽柳家的家丁輪流來報：「錦衣衛來了五十多人，功夫都不弱。上官家的家丁武師死的死，傷的傷，無一倖免。」「上官婆婆逃走了。上官無邊在混亂中不知下落。」「上官無影受了重傷，奄奄一息。」「上官無嫣被捉住了。」「聽說找到了許多金銀珠寶，但藏寶窟的重寶都未找到。」「他們將珠寶裝箱封住，放上車去了。」「上官無嫣被綁起，準備押送回京。」

柳攀安和柳子俊肅然而聽，默不作聲。楚瀚看在眼中，心中愈來愈確定：柳家是決意置身事外了，說不定這場災難根本就是柳家一手主導的！他不禁感到一陣心寒，吸了一口氣，站起身走到柳攀安面前，問道：「柳大爺，這是怎麼回事？」

柳攀安搖了搖頭，臉色變幻不定，沉默良久，才歎了口長氣，說道：「過去幾年來，上官家一心攀附權貴，翻雲覆雨，作惡多端，不論我如何勸說，他們都聽不進去，才會有今日的下場！」

楚瀚凝望著他，問道：「柳大爺，那麼你打算如何？」

柳攀安繼續搖頭，嘴角卻流露出一抹難以掩藏的快意。他連忙低下頭咳嗽幾聲，再抬頭時已換上了悲悽無奈的神情，長歎道：「誰能與皇室和錦衣衛作對呢？我也無能爲力啊。要是早一些時候，或許還能幫上一點兒忙，但事到如今，要作什麼都已經太遲了。」

楚瀚默然。只聽這幾句話，他心中便已雪亮，昨夜的事情柳攀安事先是知道的，更有可能是他爲了保住柳家而去告密，讓太監梁芳派錦衣衛來捉拿上官家人，搜刮上官家的財寶，以此邀功抵罪。他爲何要這麼作？僅只是爲了自保，還是爲了奪取藏寶窟中的稀世珍奇？楚瀚不得而知，心中對柳家生起一股難以言喻的鄙夷厭惡，尋思：「柳家不動聲色，便整得上官一家死的死，逃的逃，擒的擒。上官家眾人往年再霸道惡劣，也比不過柳家的陰險狡詐。」

此時已過五更，天色漸漸亮起，四下鳥囀聲響，又是新的一天開始了，世間一切似乎全無改變，然而三家村中勢力龐大、不可一世的上官一家，卻在前一夜中家破人亡，煙消雲散。楚瀚想到此處，心中激動，握緊拳頭，下定決心：「這地方不能再待下去。我得去看看上官無嫣的情況如何，她若眞被錦衣衛捉去了，我得想法救她出來。」心意已決，對柳攀安說道：「柳大爺，我去了。」

柳家眾人只覺眼前一花，楚瀚的身形已閃出大堂，快捷無倫地躍牆而出，消失在晨曦中。柳攀安見狀臉色霎白，他早猜知這小童飛技過人，但卻也沒料到楚瀚的飛技已驚世駭俗到此地步，不但遠在自己之上，自己甚至無法摸清他閃身離去的時機，似乎一眨眼間楚瀚便已消失無蹤，如光如電，如影如風。他忍不住喃喃說道：「楔子還沒取出，他便已練成如此，未來又將如何？」

柳子俊在旁望著，眼中閃爍著詫異之色，但更多的是垂涎欲滴的艷羨和奇貨可居的驚喜。

楚瀚來到上官大宅外，這時天色已然大明，眾錦衣衛裝了十大車的金銀珠寶，押著被綁縛住的上官無嫣和十多名家丁僕婦，準備上路。楚瀚往大宅門內望了一眼，心中好奇：上官無嫣在倉促之間，究竟將藏寶窟中的寶物藏去了何處？是否眞如自己猜想，轉入了地底下的密室？他極想去一探究竟，但知道眾錦衣衛仍在宅中，眼下時機未到，不便詳查，心想：「還是先救出上官無嫣要緊。」當下輕輕一縱，躍上了屋頂，悄悄伏在屋頂觀察，直到一眾錦衣衛離開上官大宅，出了三家村，才在後緩緩跟上。

他四年前曾跟隨胡星夜從京城來到三家村，只記得當時走了約莫五六天的路程，此時他跟在眾錦衣衛之後，盤算對方共有五十來人，個個武功不弱，自己絕不可能強奪救人，只能暗中下手，最好能在入京途中的五六日間伺機動手，免得入京後更添變數。他在胡星夜的教導下，已練就極大的耐心，不到時機絕不出手，沒有把握更不犯險。

一路上，眾錦衣衛護送著十車從上官家抄來的大量金銀財寶，不免生起覬覦之心，在首領王大富的帶頭下，公然監守自盜，東摸西拐去了不少好東西，甚至將一整車的財寶都瓜分吞沒。他們對上官無嫣的姿色也頗為垂涎，但她畢竟是欽犯，又擅長輕功，眾錦衣衛倒也不敢眞的解開她的綁縛，但對她言辭侮辱、上下其手卻沒少了。

這日眾錦衣衛收到命令，分了二十餘人往西去辦別的差事，只剩下三十餘人押送欽犯入京。楚瀚暗暗高興，但仍不敢掉以輕心，不願貿然出手。

不一日，一行人將要入京，楚瀚一直找不到機會出手救人，心中略感焦躁，擔憂入京後便更難將人救出。此時他已確定上官家和柳家都已放棄，並未派人出來搭救上官無嫣，她是注定要作代罪羔羊的了，更下定決心要救她出來。

他多日來不斷觀察眾錦衣衛，心中已擬好一套劫囚的計策。入京之前他找不到機會，只好等到進京後再下手。進京之後，那三十多名錦衣衛登時鬆懈了，一半先行散去，準備各自回家望望，再去官府述職；餘下的十餘人心想欽犯已送到天子腳下，城門周圍布置了上百名士兵，那是絕不可能再出事的了，便決定在城牆內守衛房邊的茶館歇息整頓，再啓程回往錦衣衛衙門。

這茶館專門接待出入城門的公差，地方不小，館裡坐著好幾桌人，有六部各司的差辦衙役，也有京城侍衛、軍官士兵，角落的一桌坐著一個白面無鬚的年輕男子，一個小孩兒，兩人都身穿棉袍灰裳，腳蹬紅色靴子。楚瀚曾為了偷閱《永樂大典》而潛入南京皇宮的藏書閣，在南京皇宮中見過一些宦官，看出這兩人穿著的正是宦官的服色。

這時茶館中的城門守衛和一眾客人見到一群錦衣衛大駕光臨，都紛紛上來行禮問候，恭維奉承，著實巴結，只有那大小兩個宦官仍舊坐在角落，並不來湊熱鬧。

那錦衣衛首領王大富臉上被上官婆婆那一拐杖打得甚重，整個頭都包上了紗布，此時不禁又喃喃咒罵起來，伸腿踢了被五花大綁、關在囚車中的上官無嫣一腳，怒罵道：「上官家的小娘皮，妳家那老虔婆不知好歹，竟敢對本大爺撒潑！如今進了京，將妳打入廠獄，老子定要給妳點顏色瞧瞧！」

其餘眾錦衣衛和城門官兵聽他提起廠獄，都被挑起了興致，紛紛說起廠獄中種種著名的酷刑，什麼木棍掐指、穿琵琶骨、浸水灌水、倒吊鞭笞、炮烙鐵燙，花樣繁多，任哪一種都能將囚犯整得求生不能，求死不得，什麼十惡不赦、抄家滅門的大罪全都招認不誤。眾人一邊說著，一邊側眼去瞧上官無嫣，指點取笑，討論該用哪幾種刑罰伺候這小娘皮最為適當。

上官無嫣已不復昔日傲氣，頭髮散亂骯髒，衣衫襤褸污穢，低頭縮在囚車之中，身子簌簌發抖。楚瀚一連跟了她許多天，仔細觀察下，看出她應未受重傷，若是離開囚車枷鎖，應能自行逃脫。這時有許多百姓孩童圍上來觀看欽犯，繞在囚車旁議論紛紛，楚瀚也隨著眾人擠到囚車之前，見上官無嫣將頭靠在枷上，雙目緊閉。楚瀚湊近柵欄，低聲說道：「無字碑。」

上官無嫣聽到這三個字，身子一震，立即睜開眼睛，微微抬頭，往聲音來處望去，正見到楚瀚黑亮的眼睛在一頂棉帽之下閃爍著，伸出一隻手指按在唇上，示意她不要出聲。上官無嫣又驚又喜，口唇微張，卻忍住了沒有出聲。楚瀚低聲道：「無刻，扯乎。」彎起一隻手指，放在頦下。

上官無嫣怔了怔，隨即眨了兩下右眼，又低下頭去，楚瀚也轉身離去。他剛才說的乃是盜賊之間的黑話；三家村的孩子從五六歲起，便對種種黑話熟背如流，彼此間往往以黑話對答。楚瀚這兩句話的意思是：「三刻鐘後，我會設法救妳出來，妳自行逃脫。」放在下頦的手指則詢問她有否受傷。上官無嫣自然一聽一看就懂，眨兩下右眼便表示：「可以。一切照計進行。」

楚瀚繞到茶館之後的馬廄，趁馬伕們出去抽水煙時，悄悄溜進馬廄，將馬匹的韁繩一一鬆開。他在其中一匹性子特別暴躁的馬兒耳朵裡塞入了一根線香，點燃之後，便轉到茶館之前。他混在其他街頭兒童小廝當中，蹲在茶館外對一眾錦衣衛和囚車中的女欽犯東張西望，指指點點。不多時，茶館後果然傳出馬嘶人喊之聲，楚瀚趁亂大聲喊道：「有人偷馬，有人偷馬哪！」

王大富大驚失色，又急又怒，立即起身往茶館後奔去，對手下大喝道：「還呆著作什麼？快去抓偷馬賊哪！」茶館中的一眾差辦衙役、京城侍衛爲了討好他全數離座，跟著往後奔去。

原來楚瀚在跟蹤眾錦衣衛的數日間，偷聽見眾人對話，探知這王大富不久前才以重金買下了一匹金花輕蹄寶馬，疼愛非常，因這回出來辦的事情容易，特別騎了這寶馬出來炫耀。這時王大富聽到有人偷馬，果然立即將欽犯置諸腦後，一心只顧著保護愛馬，衝到後面去抓偷馬賊了。

楚瀚見十多個錦衣衛和茶客都已湧出茶館，往館後的馬廄奔去，只有角落那兩個宦官仍舊坐著沒動，也沒有轉頭張望。他知道現在正是下手的最好時機，趁著混亂之際，欺近囚車，掏出小刀割斷了囚車門上的皮索，又取出前一夜從王大富身上偷來的鑰匙，打開了上官無嫣頭上的枷鎖，將她拉出囚車。

楚瀚在眾目睽睽之下救出囚犯，旁觀百姓和閒人竟都鴉雀無聲，無人干預攔阻，也無人出聲叫破。顯然錦衣衛近年來到處羅織罪名、冤枉無辜，聲名狼藉，積累的民怨極深，因此沒人確信牢車中這年輕女欽犯當眞犯了什麼罪，見到有人出手相救，也都覺得理所當然。

不巧這時有個一心升官發財的小兵在旁見到了，登時大呼小叫起來：「欽犯逃跑了，欽犯逃跑了！」

眾錦衣衛聽見呼喚，這才紛紛奔回茶館探視，但此時上官無嫣早已如煙一般飄上屋簷，轉眼便消失無蹤了，楚瀚也早已沒入人群。那小官兵一腔忠君報國的熱血，竟然盯住了出手救人的楚瀚，穿過人群，衝上前拽住了楚瀚的衣袖，叫道：「欽犯是這小子放走的！」

楚瀚用力一掙，掙脫了那小兵的手，頭也不回地奔逃而去。幾個錦衣衛趁著他被那小兵一扯之際，看清了他的面貌衣衫，當即縱馬狂追而上。

第九章　縱囚自危

楚瀚原本打算救出人之後，便趁亂鑽入人群溜走，沒想到受那小兵一阻，逃脫便大大不易。他慌不擇路，快步奔出了城門，來到一條土道之上。但聽身後馬蹄聲愈來愈響，七八騎已越過他身邊，回過頭將他截住，其餘七八騎也從兩旁和後面兜上，將他團團圍住。楚瀚在一眾錦衣衛縱馬圍繞之下，無法逃出，但見眾錦衣衛紛紛拔出刀劍，向他攻來，只能施展飛技，在方圓不過一丈處逃避閃躲，身法靈活出奇，十多樣兵刃竟全招呼不到他身上。

眾錦衣衛又驚又惱，紛紛喝罵呼喊，出手也愈來愈重。楚瀚雖能施展飛技盡量躲避，但心中已不斷叫苦，知道自己在這麼多人圍攻之下，所在之地又空曠開闊，無處可逃竄躲避，情勢糟糕已極。

如此挺了一陣，一個錦衣衛揮出一條長鞭，捲上了他的脖子。楚瀚趕緊伸手去扯，一時卻扯之不開，接著背心一陣劇痛，一人不知是用鎚子還是棍棒在他背後重重一擊。楚瀚往前撲倒在地，另一人縱馬向他身上踹去，眼見馬蹄就將踩上自己的胸口，楚瀚危急中奮力一滾，避開了這一踩，卻覺左腿一股劇痛，馬蹄竟落在他的左膝之上。楚瀚痛極，大叫一聲，只能抱著頭，將身子縮成一團，在地上滾避逃竄，只覺腿上、頭上、背後、處處都痛，不知都被些什麼兵器給打中。

忽聽那錦衣衛首領王大富喝道：「大家停手！別傷了小子性命。我們得帶他回去，好好拷問。」

眾人停下手來，楚瀚喘了口氣，偷眼往旁望去，見到土道旁有道高約兩丈的河堤，他趁眾錦衣衛停手退開之際，鼓起最後一口氣，忍著全身疼痛，陡然拔高躍起，跳到了河堤之上。但見堤後便是一道傾斜而下的坡道，坡道底部便是滔滔滾滾的河水。眾錦衣衛不料這小童重傷之下還能跳得這麼高，竟一躍上了堤防，各自仰頭大聲叫罵，紛紛尋路攀上堤防。

楚瀚知道他們很快便會找到路徑，攀上堤防來捉拿自己，一咬牙，側身便往坡道滾下。他感到自己愈滾愈快，滾出了約莫十多丈，將近水邊，他見到水邊有座石墩，趕緊伸手抱住，阻住了滾下的力道，才沒一路滾入水中。此時他一陣頭昏眼花，全身骨頭如要散掉一般，勉力往前爬出數尺，躲在那石墩之後。

但聽錦衣衛大呼小叫，有幾人已然攀上了堤防，往下張望。楚瀚縮在石墩後面，從堤岸上無法見到他的身形。眾錦衣衛雖然極想捉住此人，卻知道一旦落下這河岸斜坡，便再難爬得上來。眾人商討一陣，便索罷了，紛紛跳下了堤防。但聽那王大富咒罵幾句，說道：「小子想必已滾入河中淹死了。他媽的，這群前來劫囚的匪徒凶惡無比，一來便來了五十多人，我等一場血戰，仍不敵對方人多勢眾，個個負傷，也算對皇上盡忠了。大家傷在何處？」

眾錦衣衛自然熟知這套把戲，紛紛稱是，各自在身上腿上不要緊處淺淺割上一刀，包紮起來，才一邊咒罵，一邊縱馬回向城門。

楚瀚喘了好幾口氣，感到胸口疼痛，知道大約是滾下坡時撞斷了幾根肋骨，但更痛的是左膝，膝蓋似乎已然碎裂，整條小腿毫無知覺。他躺在地上，每吸一口氣，胸口就是一陣刺痛，眼前望出去盡是一片暗紅，想是臉上的血跡遮住了眼睛。他懷疑自己的性命能否保住，想起這一切都起於相救上官無嫣，不禁暗生疑悔：「我出手救她，幾乎賠上了自己的命，可值得麼？」又想：「憑她的本事，應能逃脫出去。她定會回到三家村，確定寶物完整無缺，並設法將它們全數運出藏好。」

想到此處，他輕輕吐了一口氣，暗想：「就憑她對藏寶窟中寶物的鍾愛，我救她就是值得了。不知她究竟將寶物藏去了何處？又打算將寶物搬運去何處？」

他感到身上諸多傷口處處火辣辣地作痛，再也無法多想這些身外之事，只能靜靜躺著，希望休息一陣子，稍稍恢復元氣後，便能爬到河邊，喝點水，開始包紮傷口。但他知道自己的氣力不多，身上不知有多少傷口仍在流血，這麼不斷地流血下去，不要幾刻鐘自己便會昏迷過去，以至死亡。他幼年時幾乎每日都在飢餓中掙扎，知道幾近餓死的感受，如今又經歷了瀕臨重傷而死的感受。

他苦苦一笑，知道自己無父無母，舅舅胡星夜也已死去，天地之間便只有他孤伶伶的一個人，死活都得靠自己。他想到此處，奮力撐起身，一寸一寸地往河水邊爬去，不過七八步的距離，他好似爬了一整日才爬到。終於到了水邊，他將頭放入河水，讓激流沖過自己的頭臉面頰，感到一陣冰涼刺痛，頭腦似乎清醒了些。他甩了甩頭，勉力撐起身來，抹去臉上血水，開始查看身上各處傷口。

他發現背後被打了一鎚，傷口仍流著血，左邊肋骨斷了兩三根，右大腿受了刀傷，大約三寸長，血已凝結；然而最嚴重的，他也最不敢去看的，自是他的左膝。這膝蓋本被打壞過，又嵌入了楔子，十分脆弱，如今這般痛法，這膝蓋不廢掉也是不可能的了。他低頭望向左腿膝蓋，但見該處一團血肉模糊，方才馬蹄那一踩，顯然已重重地傷了筋骨。他咬著牙，用力撕下衣衫，將身上各處傷口包紮起來，卻始終不敢去碰觸膝蓋。他包好之後，身上各處傷口雖仍如火燒一般地疼痛，但至少已止了血。他躺倒在地，緩緩喘息，勉強安慰自己：「我若能活下去，就已經很好了，只廢了一條腿，已是不幸中的大幸。」

他躺在當地，忽然感到一陣頭昏眼花，意識逐漸不清，心中有個聲音道：「活下去？你可想得太美了。已經太遲啦。你流血太多，終究要死在這河邊了！」他感到一陣難以言喻的絕望，伸出手想抓住什麼，卻只抓到一片虛空，眼前一陣空白，神智陷入昏迷。

恍惚之中，他感到似乎有人將自己抱了起來，但他無論如何也睜不開眼睛，只覺自己的身子一忽兒高，一忽兒低，不斷搖晃，彷彿被人抱著飛奔，又彷彿在大浪中的小船上擺蕩，最後他感到自己停了下來，再次躺在堅硬寒冷的地面上，迷迷糊糊中，他隱約聽到不遠處有人在交談：

「張太醫，聖上龍體如何？」

另一人回答道：「自您上回診視後，頭暈目眩的情況已不再有了，夜間睡眠也好得多。」

「藥服得如何？」

「很好，服後血氣平穩，脈象溫和。」

「那就好。我只擔心……咦？」

「怎麼了，揚大夫？」

「我聞到血腥味兒。」

「血腥味兒？」

「好像有人在外邊。我去看看。」

一片迷茫之中，楚瀚感到這段對話與自己毫無關係，望出去只有一片無止盡的漆黑，再次昏過去之前，眼前似乎浮現了上官大宅藏寶窟中光亮耀目的種種異寶。

楚瀚發覺自己深陷泥沼，奮力掙扎，卻無論如何都爬不出來，掙扎了不知多久，他才一驚醒來，發現原來那只是個夢。但即使清醒過來，他仍感到全身無法動彈，只有眼睛能勉強睜開。睜開眼後，卻只見到一片漆黑，他第一個念頭便是：「我已經死了，被人埋了起來。」隨即又想：「我若死了，又怎能睜開眼睛？難道別人誤以爲我已死了，將我活埋？」

他想到此處，不禁毛骨悚然，趕緊試圖移動手腳，卻覺得自己的手和腳似乎全都沒了，完全無法使喚。他心中更加恐懼，暗想：「難道我得在這土中再死一次？」

他喘了幾口氣，冷靜下來，心想：「或許我只是躺了太久，手腳麻痺，過一陣子就能動，可以想辦法爬出地底，重見光明。」

但鎮靜了沒多久，隨即又恐慌起來，「如果我被埋得很深，爬不出去呢？如果我必須在此慢慢等死，還不如快快死去來得痛快！早先在那河邊，雖然全身疼痛，但至少不必受這慢慢等死的煎熬！」

想到此處，他忽然注意到一件十分奇怪的事：身上的傷口都已經不痛了。背心，肋骨，右腿，甚至左膝，不但不痛，而且毫無知覺。

他不禁再度感到驚恐，這是怎麼回事？難道我的身體四肢都已經沒了？他努力睜大眼睛，但眼前仍是一片無情的漆黑。

便在此時，他耳中聽見一個聲音說道：「你醒了？」聲音離自己不過數尺。

楚瀚一直認定自己被埋在土中，全沒料到身邊竟會有人，而這人還會說話，不禁嚇了一大跳，腦中出現一個可笑的情景：另一個瀕死之人也跟自己一樣被誤埋在土中，比他先醒覺，見他醒了，便開始跟他聊天攀談，兩人互相安慰，一起在土中等死。

但這荒謬的念頭很快便過去，他開始醒悟到自己並未被埋在土中，但仍不知道身在何處。他感到有什麼事物碰觸嘴唇，往他口中灌入一些汁液，嚐嚐覺得有些苦，似乎是湯藥一類。他正感到口渴，也顧不得苦，便大口喝下了。

那人又開口了，語音似乎甚是欣慰，說道：「很好，很好！好孩子，乖乖吃藥，很快就會好起來。」

楚瀚聽那聲音是個男子，似乎甚是年輕，口氣中對自己十分友善關懷，略略安心。

他再次努力睜大眼去瞧，感覺眼前有些黑影在晃動，似乎眼前蓋了一塊厚布，布後微微透出些許光線，隱約能見到有個人影在自己面前晃動，便開口說道：「多謝。」

那人影止住不動，似乎十分驚訝這瀕死之人開口的第一句話竟然是感謝之辭，回答道：「不用客氣。孩子，你聽得見麼？」

楚瀚答道：「聽得見。」那人又問：「你看得見麼？」楚瀚道：「看不見。」那人啊了一聲，靠近前來，伸手揭開他眼上的紗布，說道：「對不住。我替你包紮額頭上的傷口，沒留意紗布遮住了你的眼睛。」

楚瀚眼前一亮，出現在自己面前的是一張清俊的臉龐，是個二十來歲的青年，眼神溫潤，卻是從未見過。

那青年微笑道：「我還道你不會醒來了。孩子，你身上感覺如何？」

楚瀚道：「毫無知覺。」青年點點頭，說道：「你昏迷了二十多日，四肢血路不暢，那是自然的。你試試動動手腳？」

楚瀚試著運動右手臂，過了許久，只覺整條手臂痠麻刺痛，直費盡了全身力氣，才將右手的兩根手指抬起了半寸。

那青年笑道：「很好，很好。不要急，你既然醒了，往後應會恢復得更加快些。安心多睡一會兒，嗯？」說著便收拾藥碗，離開了床前。

楚瀚確知自己沒有被埋在土裡，手腳也還連在身上，長長吁了一口氣。但覺全身傷口的疼痛又慢慢地回來了，但都是隱隱作痛，沒有在河邊時痛得那麼劇烈難忍，唯有左膝仍舊毫無知覺。他心頭一涼：「或許膝蓋傷得太重，整條腿都沒了。」但想到自己能夠活下來，已是大幸，便也釋然。

之後數日，那青年每隔幾個時辰便來餵他服藥，替他檢查傷口，換藥包紮。楚瀚偶爾清醒過來，大多時間都在昏睡中度過。又過了許多天，他清醒的時候漸漸多了，慢慢可以坐起身來。這日那青年又來替他換藥，他便問道：「救命恩人，請問您貴姓大名？」

那青年道：「我姓揚，名叫鍾山。」

楚瀚一呆，脫口說道：「您就是揚鍾山？」

揚鍾山道：「正是。你便是楚瀚吧？」楚瀚又是一呆，問道：「您怎麼知道？」揚鍾山道：「我原本也不知道，是見了你膝蓋中的楔子才知道的。」

楚瀚心中激動，想起舅舅臨行前的話語，問道：「揚大夫，我舅舅胡星夜曾來找過您，是麼？」揚鍾山點頭道：「是的。去年年中，胡先生曾來京城找我，跟我提起了你的事情。他預先給了我一筆醫藥費，託我在一年後替你取出膝蓋中的楔子。我正想著一年將至，你或許就將來找我，卻絕沒想到你會全身是傷，突然出現在我家裡。」

楚瀚大感奇怪，說道：「我……我出現在您家裡？」

揚鍾山道：「正是。一個多月前，我正在書房中跟人談話，忽然聞到血腥味兒，出去一看，便見到你滿身鮮血，躺在我書房外。我見你傷得嚴重，趕緊將你抬進屋來救治，幸好一條命是保住了。之後見到你膝蓋中的楔子，才想起你可能就是胡先生曾提起過的孩子。」

楚瀚心下疑惑：「我在京城受錦衣衛圍攻，只記得最後滾到河邊，在石墩旁昏了過去，卻是誰將我送到揚大夫家的？」他當時昏迷過去，毫無記憶，問道：「我當時身受重傷，昏了過去，應是別人將我抬來這兒的。大夫可見到了將我送來的人？」

揚鍾山搖搖頭，說道：「我沒見到人。送你來的不是你舅舅麼？」楚瀚低聲道：「我舅舅已在幾個月前去世了。」

揚鍾山略感驚訝，卻也沒有多問，只皺起眉頭，語氣中不乏怒意，說道：「你當時的傷勢……唉！我卻不曾想到，竟有人會對一個孩子下這等毒手！」他說話一向溫和平靜，這兩句話已是最嚴厲的指責了。

楚瀚想起錦衣衛來三家村捉人抄家，上官無嫣被押解入京，自己受錦衣衛圍攻的前後，感到自己不應將揚鍾山捲入這些險惡的紛爭，便靜默不語。

揚鍾山也不追問，只道：「你安心在我這兒養傷便是。你年紀小，身上的傷口好得快，不必擔心。」

楚瀚再也忍耐不住，開口問道：「揚大夫，我的左腿……」

揚鍾山搖了搖頭，神色黯然，楚瀚只覺一顆心直往下沉。但聽揚鍾山歎道：「你們胡家練功的方法，未免太過殘忍，竟想得到在小孩兒的膝蓋中塞入楔子！唉，誰忍心對小孩兒作出這種事？小小年紀，就得忍受五六年跛腿的日子，期間一個不小心，這腿就要廢了，只有少數極幸運的孩子能夠安然取出楔子。就算日後練成了絕世輕功，這犧牲可值得麼？」

楚瀚聽他言語，頗有怪責舅舅的意味，忍不住爲舅舅辯護道：「我這腿原本便受傷了，舅舅是爲了替我治傷，才將楔子放進去的。」

揚鍾山搖搖頭，說道：「我不是指責你舅舅。這法門不是他發明的，他自己幼年時也曾受過同樣的痛苦。他告訴我，他的親弟弟就是在膝蓋嵌入楔子的幾年中出了事，從此成爲跛子，憂憤交集，很年輕便去世了。你舅舅極有勇氣決斷，才決定到此爲止，不將同樣的痛苦加諸在胡家子弟身上。至於你，我知道你的情況，你舅舅都跟我說了。我只是不贊同這練功的手段，並未有怪責你舅舅之意。」

楚瀚歎了口氣，說道：「然而我舅舅的一番心血，終究是白費了，我這腿以後自是再也不能用的了。」

揚鍾山聽了，臉上露出複雜之色，歎了口氣，沉吟一陣，才緩緩說道：「你膝蓋中的楔子，我已替你取出來了。雖然早了些，但你受傷太重，再也無法承受讓楔子繼續嵌在膝骨之中。」

楚瀚低下頭，說道：「多謝大夫。」揚鍾山又道：「你這膝蓋確實傷得很重，我替你敷上了揚家的獨門傷藥『霧靈續骨膏』，三個月內不能動它。過了三個月後，能恢復到何種程度，我也沒有把握。」楚瀚點頭道：「多謝大夫盡力，小子心中感激不盡。」

便在此時，楚瀚忽然直覺感到窗外有人在偷聽，他立即回頭定睛望去，隱約見到人影一閃，便即消失無蹤。揚鍾山問道：「怎地？」楚瀚遲疑道：「剛才外面好像有人？」

揚鍾山並未察覺，走到窗邊探頭望了一下，說道：「大約是我家小廝經過吧。」楚瀚卻感到一陣毛骨悚然，心知如果剛才真的有人在外偷聽，這人的輕功想必出神入化，高明已極。那會是誰？

第十章　青年神醫

之後楚瀚便在揚鍾山家養傷。十多日後，他身上的各個傷口和左腿都好了許多，已可下床撐著拐杖走動，他便常常跟著揚家的小廝們在廳外伺候，聆聽揚鍾山與其他醫者談論種種治病救傷之法，儘管許多醫藥術語楚瀚都聽不明白，卻也聽得津津有味。

他從揚家僕人口中得知，揚鍾山的先父揚威堂往年曾是御藥房御醫之長，醫術精湛，名望很高。他將一身的絕學都傳給了獨子揚鍾山，因此揚鍾山不過二十四五歲年紀，醫術卻已名傳遐邇，廣受各方醫者敬重，不時有宮中太醫或其他京城和外地醫者造訪揚家，向他請教各種疑難雜症的醫治之方，探討草藥針灸之術，執禮甚恭。

揚鍾山是個衣食無憂的世家子弟，素來受到父親的保護照顧，自幼便專注於鑽研醫術，對世務卻一竅不通，很有點兒呆氣。楚瀚年紀比他小了十多歲，但是吃過的苦頭，見過的世面，覷過的人心，卻比他要多得多。他在揚家走動不過數日，就已看出這地方的種種不對勁兒。揚家這座宅子位於京城城南，占地甚廣，但許多房室卻破敗骯髒，乏人打理；僕從雖多，大多卻游手好閒，好吃懶作。自從老爺揚威堂去世後，更有不少僕從欺負少主人不諳家務，偷偷捲走家中值錢的銀器古董，拿去變賣，中飽私囊，又看準了少主人天眞純樸，留在揚家什麼活兒都不作，只管混一口飯吃。

然而欺負他善良的不只是家中僕人，還有其他的不肖醫者。每當他們來向揚鍾山請益時，他總是毫不藏私，有問必答，將父親傳下的種種祕方和針灸之術傾囊相告，甚至殫精竭慮，替問者推想病因以及醫治之法。那些醫者往往在得到他的指點後，一出門便立即以高價轉賣藥方，或是收取病家高額診金，從中大賺一筆。

揚鍾山的熱心無私，也成了病家占便宜的隙子。每當有病家來求他治病時，他總是兢兢業業，全心全意地診斷施治，只求替病家醫治好病痛，不求回報，樂在其中；而有些病家竟也不識好歹，賴在揚家住著不走，甚至不斷向他索討昂貴的藥物和珍稀的補品，揚鍾山卻有求必應，從不拒絕。

在僕人、醫者和病家的交相剝削利用下，揚家就算有再龐大的家產，這麼任人偷竊浪費揮霍下去，也定會坐吃山空，何況揚鍾山替人診病從不收診金，還常常貼錢替病人買藥，家財有出無入。

楚瀚暗暗替揚鍾山擔心，但揚鍾山卻渾然不覺。由於楚瀚自己在揚家也是個白吃白喝、白住白診的病家，受惠於揚鍾山的慷慨，因此也不好多說什麼，然而他對揚鍾山的輕視錢財甚是感動敬佩，心想：「我以後若有了很多錢，也該像揚大夫這樣，散盡家財，幫助有需要的人。就算被人利用譏笑，也是可敬可佩。」

有一回，他在揚鍾山的許可下，進入他的書房閱讀書籍，見到揚威堂手寫的一部《金針祕藝》。他不懂醫學，細看之下，才發現這不是醫書，卻是一部專講發針點穴的武學祕笈。他向揚鍾山問起，揚鍾山道：「這書麼？我往年曾跟著先父學過一些，不過是從遠處擲出金針，刺上人的穴道，沒有很大的意思。」說著從懷中掏出三枚金針，往書房另一頭的銅人一揚手，只見金光閃處，三枚金針端端正正地插在銅人印堂、膻中和氣海三穴之上。

楚瀚只看得目瞪口呆。揚鍾山卻不覺得有何了不起，擺手道：「先父一生行醫濟世，但為了防身，才研習少許武藝。武藝對我們揚家來說，原是末流。」他興致沖沖地從書架上取下十多本醫書，對楚瀚道：「要說珍貴醫書，這幾部古本藥方，和先父數十年行醫的札記，才是最珍貴的。」

楚瀚一一看了各書的書名，記在心中，打算等有空時再來慢慢研讀，心想：「揚家不但以醫道相傳，更懷藏高深武藝。偏偏揚大夫性子單純，即使醫道武學都極為精湛，卻仍不免被小人矇騙欺負。」

楚瀚深深為揚鍾山感到不平，實在看不過眼時，便決定暗中下手，潛入幾個偷雞摸狗最厲害的管家房中，從深鎖的櫃斗中取回他們從揚家矇去的銀子，放在揚鍾山藥櫃裡的兩個小抽屜中，一個上面寫著「金錢草」，一個寫著「金銀花」。似他這等高明的飛賊，出手盜取幾個管家的財物自是牛刀小試，半點痕跡也不留。他心想自己身無分文，無法支付醫藥費，也只能借花獻佛，藉此對揚大夫聊表一點心意罷了。

這日，揚鍾山來爲楚瀚查看傷口，臉上露出喜色，說道：「不錯，不錯！這『霧靈續骨膏』的藥效比我想像中更好，你的左膝復原得甚佳，再過兩三個月，我看這條腿應可以恢復個八九成。」

楚瀚一呆，他老早接受了自己的左腿已經完全跛了的事實，此時聽揚鍾山說「可以恢復個八九成」，不禁又疑又喜，連忙問道：「那我以後……以後可以不用拐杖走路麼？」

揚鍾山點點頭，說道：「不但可以不用拐杖走路，等它全好時，更可以開始練你胡家的獨門輕功。」

楚瀚聽了，簡直如天上掉下寶貝來一般，大喜過望，連聲道：「謝謝大夫！謝謝大夫！」

揚鍾山只微微一笑，說道：「不必謝我，是你自己身子強健，才恢復得這麼好。」

楚瀚心中感激已極，只覺天下沒有比揚鍾山更好的人了，暗暗打定主意，此生要盡力回報他救己性命、醫好腿傷的恩德。

正此時，一個小廝進來報道：「稟報大夫，宮裡來了人，說有要事要找大夫。」

揚鍾山皺起眉頭，露出不快之色，說道：「你告訴他們，他們要的東西我都沒有，要他們回去吧！」

那小廝遲疑道：「但是……但是……來人是個大太監，看來很有權勢的模樣。說是姓梁。」

揚鍾山微微吃驚，說道：「莫非是梁芳親自來了？」對楚瀚道：「你好好休息，別多走動。」站起身往外走去。

楚瀚聽那小廝說「姓梁的太監」，立即想起上官婆婆和柳攀安口中的「梁公公」，再聽揚鍾山說起「梁芳」，記得上官無嫣曾對他說過，上官家和柳家便是通過這名叫梁芳的太監替萬貴妃辦事，而最後反臉不認人，派錦衣衛去上官家抄家捉人的，也是這梁芳。楚瀚心中升起一股不祥，暗想：「莫非這梁芳知道我放走了上官無嫣，查出了我的下落，派人來捉拿我？」又想：「無論如何，他來找揚大夫，絕對不是好事。」忙叫住了揚鍾山，問道：「揚大夫，這梁芳來找您作什麼？」

揚鍾山搖頭道：「他之前已派人來過幾次，說是要我獻出揚家的家傳寶貝，一件是能起死回生的神木，叫作『血翠杉』，另一件是名為《天醫祕法》的醫書。這兩樣東西我都沒有，哪裡能拿得出來？」

楚瀚聽他提起「血翠杉」，記得往年曾聽舅舅說過，血翠杉是一件比三絕還要珍貴的寶貝，傳說有起死回生的神效，但這一切都屬傳說，也沒有人知道天下是否眞有這等神物，梁芳又爲何會向揚鍾山索討這兩件事物？

楚瀚側頭凝思，他在揚鍾山家居住了不少時日，已約略摸清了揚鍾山和皇室之間的關係。揚鍾山雖深居簡出，但一旦皇親國戚有了什麼疑難雜症，則必定來請他醫治，他醫術超卓，總是藥到病除，而且用藥精準和緩，從來沒有後遺症，因此深得皇帝歡心。皇帝數次想封他爲御醫長，但都被宮中有權有勢的太監以他年紀太輕爲由擋下了，而這梁公公便是其中阻擋最力的大太監之一。梁芳不時會派些小宦官、錦衣衛來揚家騷擾，想逼迫揚鍾山遠離京城，若非忌憚揚鍾山的金針神技，早就強行將他驅離祖宅。

楚瀚想著這些過節，不禁十分擔心，說道：「他來向您討這些事物，多半只是藉口，背地裡可能還有其他意圖。」

揚鍾山似乎從未想到這一層，恍然道：「嗯，你說得是！他老想趕我離開京城，這會兒又來找碴，恐怕眞的別有所圖。待我出去見他，跟他說個清楚。」便自出屋而去。

楚瀚一等揚鍾山出屋，便翻身下床，穿上鞋子，撐起拐杖，輕手輕腳地跟去。他來到大廳邊門上，悄悄從門縫望去，側耳傾聽。但見一個錦衣華服的中年人大剌剌地坐在當中，一張滿月臉白淨無鬚，皮膚浮腫，疏眉下嵌著一對三角眼，身後站著十來個錦衣衛，身帶兵刃，四周張望，神態囂張。

但見揚鍾山跨入廳中，行禮道：「梁公公光臨敝舍，不知有何指教？」

梁公公仍舊坐著，也不起身，也不還禮，只抬起三角眼望了望揚鍾山，哼了一聲，對身邊的錦衣衛擺擺手。那錦衣衛走上一步，大聲說道：「揚鍾山，你膽子可眞不小啊！梁公公向你討幾件事物，你竟敢擺架子，拖拖拉拉地不呈上來？你可知罪？」

揚鍾山雖對梁芳和一眾錦衣衛絕無好感，但他素來脾氣溫和，仍舊好言好語地道：「梁公公，我已跟眾位說過許多次了，我手中沒有血翠杉。那是世間少見的救命神物，據說人在瀕死彌留之際，只要聞到這血翠杉的香味，就能有起死回生的功效。我雖曾聽說先父說起過血翠杉，但是從未見過，家裡更不曾藏有這事物。至於那部醫書，敝舍確實收藏了不少醫藥古籍，但並未一部叫作《天醫祕法》。公公若是要找《黃帝內經》、《神農本草經》、《傷寒雜病論》、《金匱要略》，敝舍都有抄本可以奉上。若是要《脈經》和《針灸甲乙經》……」

梁公公眉頭一皺，滿月臉上露出不耐煩之色，那錦衣衛立即打斷了揚鍾山的話頭，惡狠狠地道：「我們得到的消息，血翠杉和那本醫書，確實是藏在你家中。這是你家老爺當年親口跟宮中的人說的，絕不會有錯。你再抵賴，我們可要動手搜了！」

揚鍾山聽他霸道如此，歎了口氣，說道：「你們若眞要找，我也只好讓你們搜了。但是敝舍既沒有這些事物，你們就算大搜一番，也不過是白費力氣罷了。」

梁公公始終沒有開口，只坐在那兒自顧把玩手中一串鴿蛋大小的翡翠佛珠，任由手下鷹犬代他吆喝。這時他微微欠身，三角眼盯著揚鍾山，開口說道：「揚大夫，咱家跟令先公也算有幾分交情。咱家忝爲長輩，勸你一句：千萬不要敬酒不吃，吃罰酒哪。你不肯交出寶物，我還能放過你，但是你窩藏欽犯，卻是不能輕饒的大罪哪。」他說話細聲細氣，但語氣中的威脅之意卻再清楚不過。

揚鍾山一呆，脫口說道：「什麼欽犯？」

梁公公不再說話，只向一旁那錦衣衛點了點頭。那錦衣衛又挺胸凸肚地呼喝道：「我們收到確切消息，說有個三家村出來的娃子藏在你這兒。那可是皇上非常看重的欽犯！那小孩兒跛了腿，你替他治好了傷，是不是？」

揚鍾山頓時醒悟：「他們要找的『欽犯』便是那小孩兒楚瀚？當初打傷他的很可能就是這些人，現在又來捕捉他，天下怎會有人對一個小孩兒如此趕盡殺絕！」他想到此處，平時溫和的臉上露出一絲怒意，搖頭道：「我這兒沒有什麼欽犯。」

楚瀚在門外聽見了，心中極爲感動，「我給他帶來這場麻煩，他仍如此護著我！」

梁公公微笑道：「既然沒有，那就讓我們搜上一搜吧。」也不等揚鍾山回答，便揮手讓手下錦衣衛入屋搜索。這些錦衣衛最擅長的便是擅闖民居，抄家搜人，這時一個個如狼似虎地衝向後屋，守住四門，大聲呼喊：「揚家所有男女老少、僕從傭婦人等，全數出來候命，不從者死罪！」

借住在揚家的病家聽見了，慌忙從房中奔出，都被錦衣衛趕到祠堂中關著，一眾管家童僕也被趕到院子之中，由錦衣衛持兵器看守著。

揚鍾山臉色十分難看，他雖可以發射金針制住梁公公和那錦衣衛首領，但他一生從未出手傷害過人，雖身負武功，卻不會施用，只能眼睜睜地坐視這些豺狼虎豹在自己家中肆虐。

眾人搜索了一陣，將大宅中所有的人都趕了出來，卻始終沒有找到楚瀚。這時不僅梁公公和錦衣衛感到詫異，連揚鍾山也頗爲奇怪，「他們這麼多人，怎麼竟找不到一個小孩兒？」

梁公公見揪不出欽犯，不好下臺，幸而他早有藉口，當下說道：「那欽犯想必已聞風逃跑了。我們原本便是要來搜索血翠杉和《天醫祕法》的，這是萬歲爺要的東西，大伙兒仔細搜查，一定要搜出來！」

搜索財寶也是錦衣衛的專長之一，眾人如魚得水，登時衝入屋中翻箱倒櫃，砸桌踢椅，乒乒乓乓地大搜起來。揚鍾山惱怒已極，再也看不下去，拂袖而出。梁公公知道他脾氣溫和，不知反抗，便也不阻止，只示意兩個錦衣衛跟上監視。

眾錦衣衛既無法揪出欽犯，便也不再看守一眾病家和僕從，任由他們離去。這群人原本因貪圖便宜而寄居於此，此時眼見揚家大難臨頭，紛紛捲起鋪蓋，奪門而出；管家僕人也抱頭鼠竄，趕忙將多年來從揚家搜刮來的財物打包起來，潛逃出門。揚家大宅便如樹倒猢猻散，不多時一干僕從病家便都逃了個乾淨，人聲消歇，只剩下錦衣衛在各處亂翻亂砸的聲響。

揚鍾山信步回到自己的書房，只見書櫃中的醫書古籍散了一地，藥箱藥櫃也都被打開，一片狼藉，心中不禁悲怒交集。他蹲下身，想找出父親最珍愛的幾本遺著，在地上翻過一遍之後，竟然一本也找不著。他大為焦急，站起身來，忽然聽見頭上一聲輕響，他抬頭望去，屋樑上卻空無一人。他低下頭，忽聽身後一人輕聲道：「揚大夫，別出聲，是我。」

揚鍾山一驚回頭，但見身後站著一個瘦小的身形，正是楚瀚。他無聲無息地出現在書房之中，直如鬼魅一般，揚鍾山知道他是三家村傳人，倒也不太驚奇，壓低聲音，擔心地道：「他們正到處搜索你，你還不快逃出去？」

楚瀚往窗外看了一眼，見到兩個錦衣衛守在門外，低聲道：「別擔心，他們捉不到我的。揚大夫，我給您帶來這麼多麻煩，眞是過意不去。他們現在以此藉口在貴府大搜，搜完也不會放過您的，您應該儘快離開京城。」

揚鍾山茫然道：「離開了京城，我還能去哪兒？」

楚瀚問道：「您可有叔伯親戚？令先公去世前，有沒有跟您說起可以去投靠什麼人？」

揚鍾山搖頭道：「我們揚家三代單傳，沒有近親叔伯。」皺眉想了一陣，忽然眼睛一亮，說道：「有了，先父往年與大學士文天山交好。文學士有個獨子，名叫文風流，我們素有來往。他最近給我寫了信，說他住在廬山上結廬讀書，邀我去遊玩小住。」楚瀚道：「那好極了。您趕緊去廬山找這位朋友，先住一陣子再說。」

揚鍾山除了醫道之外，對世事一無所知，更沒有出門行走的經驗，聽說要離開熟悉的京城去往陌生的江西廬山，一時全慌了手腳。楚瀚早已有備，打開那兩個藥櫃抽屜，取出他替揚鍾山從管家僕人手中奪回的銀兩，包好了交給揚鍾山，說道：「大夫，這些錢財您帶在身上，一路上貼身而藏，別弄丟了。」

揚鍾山見他交給自己這麼多錢財，甚是驚訝，連忙推辭，說道：「不，不，我怎能收下這麼多的錢？」楚瀚笑道：「這都是您自己的錢，我只不過是幫您取回來罷了。」他望向門外，說道：「門外的錦衣衛不難解決，請大夫發射金針，令那兩名錦衣衛昏厥過去便可。」

揚鍾山依言發射金針，正中兩人後腦的風府穴，兩人登時軟倒在地。楚瀚搶出門外，將兩個昏倒的錦衣衛拖入書房，踢到書桌之後。他領揚鍾山出了書房，快步來到大宅之側的馬房，卻見一個小廝抱著一包行囊，揹著一箱書篋，正坐在角落等候。原來楚瀚在錦衣衛到處搜人之際，便已著手準備，替揚鍾山收拾好了一包衣物行囊，並將揚鍾山平時最珍視的醫書古籍預先收藏起來，沒讓錦衣衛搜去或毀壞。他過去一個月曾留心觀察，發現楊家有個姓劉的小廝，性情老實忠厚，十分可靠，當其他人都作鳥獸散時，這小廝卻乖乖地待在下人房中，楚瀚找到了他，將行囊書篋交給他，囑咐他到馬房去備馬等候。

三人牽了兩匹馬，準備從邊門出去。揚鍾山擔憂地道：「那些錦衣衛呢？會不會追上來攔截？」

楚瀚道：「您別擔心，我在後倉房門口裝了一把大鎖，讓他們以為裡面藏了什麼重要的事物，他們這會兒都去對付那鎖了，一時不會留意的。」揚鍾山聽了，不禁大為佩服。楚瀚又道：「他們若是聽見馬蹄聲，追了上來，請大夫發金針解決了便是。」揚鍾山點頭稱是。

楚瀚讓兩人從邊門溜出，果然沒有引起錦衣衛的注意。楚瀚道：「快往南去，到大運河的渡口，上船往南，之後再向人問路，尋找廬山。快去吧！」

揚鍾山一怔，問道：「你不一起來麼？」楚瀚搖頭道：「大夫不必擔心，我自有辦法躲藏起來，不被他們找到。」

揚鍾山頗不放心，但想楚瀚年紀雖小，但行事世故老練，比自己強上百倍，憑著他出神入化的身手，自保應當不是問題，便與他灑淚爲別，上馬離去。他頻頻回頭，望向楚瀚撐著拐杖的小小身影，心中萬分感動；他對病家向來只有照顧和付出，從未想到在自己危難之時，竟有病家會挺身而出，幫助自己逃脫，而且還是這麼年幼的一個孩子！他怎知楚瀚天性最重恩情，胡星夜收留他並教他飛技，他打從心底感激；揚鍾山一片善心救回他的性命，又替他醫治腿傷，他也同樣決意以死相報。

第十一章　太監梁芳

楚瀚望著揚鍾山的坐騎漸漸遠去，這才稍稍放心。他口中雖說「我自有辦法躲藏起來」，心中卻知道自己必得留下，才能設法阻止錦衣衛追上逮捕揚鍾山。錦衣衛很快便會發現揚鍾山逃脫，發現之後定會立即追上，憑著錦衣衛在京城周圍的勢力，加上揚鍾山毫無江湖經驗，捉回他絕非難事。他心知要救揚鍾山，自己必得去面對梁芳和他手下那群窮凶極惡的錦衣衛。雖不久前才被錦衣衛圍毆，險些致命，如今卻不得不自願回到錦衣衛的魔掌之中，想到這點，他頭皮也不禁一陣陣發麻。他吸了一口氣，一咬牙，轉身回入揚家大宅。

這時已是傍晚，一眾錦衣衛打著火把，圍繞在倉庫前，努力對付楚瀚留下的那把大鎖，個個滿頭大汗，忙得不可開交。楚瀚出身三家村，他拿出的鎖自非一般人所能開得，這鎖不但構造繁複，而且以精鋼製成，連刀斧也砍之不斷。

梁芳貪心又好奇，也湊到倉庫外來觀看，口中不斷說道：「快加把勁兒，加把勁兒！裡面一定有好東西。說不定血翠杉就藏在這倉房裡頭哪！」

楚瀚躲在暗處冷眼旁觀，暗暗好笑。忽見一個錦衣衛從前進匆匆奔來，叫道：「揚鍾山逃走了！揚鍾山逃走了！」顯然已發現揚鍾山擊昏兩名錦衣衛，逃出揚宅了。

梁芳臉色一變，怒道：「還不快去追了回來！」

便在此時，一個瘦小的身形從黑暗中走出，說道：「梁公公，您剛才可是在找我麼？」

眾人一齊回頭，但見一個跛腿小童撐著一對拐杖，站在牆邊，衣著灰舊，土頭土腦，一張黑黝黝的臉上毫無懼色。

梁芳不禁一呆，一揮手，眾錦衣衛立時上前圍住了楚瀚，其中一個錦衣衛叫道：「公公，放走欽犯的就是這個小柴頭！」京城人慣用土語，喚鄉下人爲柴頭，楚瀚形貌樸素，確實便是地道的柴頭一個。

梁芳似乎頗爲驚訝，一來沒想到「欽犯」年紀這麼小，二來眾人搜了半天也沒搜到他的人，他卻便自己這麼走了出來，自投羅網，莫非有詐？他揮手命錦衣衛將人帶到他面前，睜著一雙三角眼上下打量著楚瀚，問道：「你叫什麼名字？」

楚瀚道：「我叫楚瀚。」

梁芳問道：「你是三家村的人？」

楚瀚望著梁芳，心中極想知道這太監究竟扮演著什麼角色，他原是上官家在京城中的撐腰，但卻反目出賣了上官家，甚至派錦衣衛去上官家抄家捉人。他並未從舅舅口中聽說過這人，但自己拼湊之下，也知道了個大概，也猜到了什麼事情最能引起他的興趣。爲了讓揚鍾山有多點時間逃脫，此時只能先用話將梁芳釣住，當下點頭說道：「不錯，我是三家村的人。你派錦衣衛去三家村捉走了上官家的姑娘，如今她已遠走高飛了。出手救她的就是我，你們想抓個人抵罪，捉我去便是了，我也正好向公公稟報一件機密大事。」

梁芳的一對三角眼仍舊凝視著他，滿月臉上陰晴不定，過了一會，忽然笑了起來，說道：「咱家知道啦。你不是上官家的人，也不是柳家的人，你是胡家的人！」

楚瀚緩緩點了點頭。

梁芳懷疑地道：「你有什麼機密，要向咱家稟報？」

楚瀚作出神祕狀，上前一步，壓低了聲音，說道：「公公想必很想知曉，三家村藏寶窟的所在，以及龍目水晶的下落。」

梁芳一聽見這兩樣事物，果然生起了極大的興趣，半信半疑地望向楚瀚，一時不知該否相信這老氣橫秋的小童，莫非他當眞知道寶窟和水晶的所在？他想了一陣，畢竟無法按捺心中的貪婪，說道：「好！你跟咱家回去。」他望向手下，不耐煩地道：「這門還是打不開麼？還不快去將揚鍾山追了回來，叫他開門？」

楚瀚插口道：「不必追了。」撐著拐杖上前，來到倉庫門外，一伸手，翻轉兩下，便將門上的鎖打開了。一眾錦衣衛見了，無不嘖嘖稱奇。

楚瀚回過頭，對梁芳道：「這鎖是我給裝上的，只不過是跟公公開個玩笑罷了。倉庫裡面什麼也沒有，你們進去看看便知。我已在揚家住了一個多月，早將他家上下翻了個遍，我們三家村的人可是識貨的，梁公公剛才說要揚大夫交出的兩件事物，這大宅中都沒有，若是有，我老早便已取去，遠走高飛了。」

梁芳對三家村人的能耐畢竟有些認識，不禁便相信了幾分，問道：「這裡既然沒有什麼好處，那你又留下來作什麼？」

楚瀚道：「不為別的，只為請大夫治好我的腿傷。如今揚家確實沒有什麼寶物，你又原本就想逼揚大夫離開京城，現在他失魂落魄地逃跑了，你又何必追他回來？」

梁芳此時對這小子愈來愈有興趣，心想三家村藏寶窟和紫霞龍目水晶果然比沒有半點眉目的血翠杉要緊得多，不願分散人力去追捕揚鍾山，反而讓這小子有機會逃脫；又想他所說沒錯，自己早想逼迫揚鍾山遠離京城，現在他的家也抄了，人也逃亡而去，又何必追回？當下對手下道：「別追了，任他去。替咱家押了這欽犯回去！」一眾錦衣衛便上前押著楚瀚，離開了揚家。

楚瀚見梁芳決定不再追捕揚鍾山，暗暗鬆了一口氣。他被一眾錦衣衛押著往北而去，這一路上那十多名錦衣衛對他看管得甚嚴，楚瀚左腿傷勢未復，需得撐兩支拐杖才能行走，本就難以逃脫，而他原也不打算逃脫；一來他生怕梁芳改變主意，又去找揚鍾山的麻煩，二來他也很想接近梁芳，從他口中探知多一些的消息。柳攀安當時曾說，胡星夜的屍體是被錦衣衛送回來的，之後錦衣衛更在太監梁芳的主使下，大舉出動，來三家村抄上官家。梁芳是萬貴妃的得力心腹，也是柳家和上官家的主子，舅舅一直跟他們作對，更讓自己出手取得他們垂涎已久的紫霞龍目水晶，莫非舅舅的死與梁芳有關？如今他親眼見到了梁芳這個關鍵人物，怎能不利用機會接近他，設法查出眞相？

他自負飛技超卓，以爲自己只要跟梁芳進了皇宮，在千門萬戶之中，自己若要逃脫，應非難事，因此決定留下探索眞相。他卻不知自己畢竟年輕稚嫩，太過自信，這留下來的決定將給自己帶來無數的災難。

梁芳雖見楚瀚是個孩子，又跛了腿，但絕不敢掉以輕心，吩咐錦衣衛嚴加看守，將他押到自己在城中的大宅裡去。

楚瀚見那房子美輪美奐，抬頭四處張望，問道：「這是皇宮麼？」一個錦衣衛嘿了一聲，嗤笑道：「小柴頭沒點見識！這是梁公公的宅邸。」

楚瀚幼年雖曾在京城中乞討，但對京城諸事所知甚少，只道宦官都住在宮中，卻不知如梁芳這般深受皇上眷寵的大太監，早蒙皇恩在城中御賜巨宅居住，因此他晚間並不住在宮裡，只在白日入宮伺候皇帝和貴妃等人。

梁芳十分謹慎，讓手下將楚瀚帶入屋後一間堅固的石牢，關上了沉重的鐵門。楚瀚見那室中有鐵銬鐵鍊，還有種種刑具，顯然是間牢房，心下暗叫不好。梁芳讓他坐在一張凳子上，自己在他面前的太師椅上坐下，仔細打量了他幾眼，但見這孩子皮膚黝黑，粗眉大眼，一副傻楞楞的模樣，臉上絲毫看不出能說出早先那番話的精明痕跡，心中不免又起疑心，問道：「小娃兒，你幾歲了？」楚瀚答道：「我十一歲。」

梁芳又問道：「你和胡星夜是什麼關係？」楚瀚道：「他是我舅舅。」梁芳皺眉道：「我沒聽說胡星夜有姊妹啊？」楚瀚道：「我是他收養的，他讓我喚他舅舅。」

梁芳心想：「這小孩兒看來土頭土腦，但他既然是胡星夜的傳人，肚中想必藏有不少祕密，我得好好從他口中問個清楚。」當下點了點頭，說道：「你要向咱家稟告的事兒，現在可以說了。」

楚瀚心中暗暗叫苦：「上官家的藏寶窟被上官無嫣藏起，紫霞龍目水晶被舅舅帶走，這兩樣的下落我都不知道。」當下只能硬著頭皮說道：「我想先請問公公，我舅舅是怎麼死的？」

梁芳微微一怔，輕哼一聲，說道：「咱家怎麼知道？」

楚瀚仔細觀望梁芳的臉色，說道：「舅舅說，如果他的冤情沒有洗雪，我就不能將祕密告訴任何人。」

梁芳疏眉倒豎，冷冷地道：「怎麼，你說有話要告訴咱家，難道就是這幾句廢話麼？」楚瀚道：「你有你想知道的事情，我也有我想知道的事情。你若不告訴我，我爲何要告訴你？」

梁芳眨眨眼，忽然仰天大笑，說道：「你這小毛頭兒，膽子可不小哪，竟敢跟咱家討價還價？」他笑完了，臉色轉爲冷酷，說道：「不知死活的小子，你若不說出三家村藏寶窟的所在，以及龍目水晶的下落，咱家定要讓你求生不能，求死不得！」

楚瀚腦筋急轉，心想該編出個什麼謊言，先騙過了他再說。不料便在此時，一個錦衣衛悄然進入石室，在梁芳耳邊說了幾句話。梁芳疏眉豎起，瞇起三角眼，望向楚瀚，冷冰冰地道：「原來你是爲了放走揚鍾山，才用話哄著咱家，是麼？」

楚瀚向那錦衣衛望去，但見他蒙著面，在梁芳耳邊說完話後，便迅速退了出去，身手十分矯捷，渾身上下都透著幾分神祕。他正猜想那是什麼人，又怎會看穿自己的用意，但見梁芳的臉色已變得十分難看，原來他此時怒悔交集，暗想：「我竟然上了這小娃子的當！他用那兩樣寶物吊住我的胃口，故意騙我放走了姓揚的。揚鍾山身上一定藏有什麼祕密，我怎能如此輕忽，白白放走了到手的寶貝！」愈想愈怒，大吼道：「說！

揚鍾山逃去那兒了？」

楚瀚眼見梁芳的神情語氣，知道自己大禍臨頭，此時說什麼都無法再騙倒他了，只能硬氣地道：「我不知道！」

梁芳勃然大怒，向左右道：「給咱家綁了起來，先打一百鞭再說！」便有幾個錦衣衛衝上前，七手八腳將楚瀚扳倒在地。楚瀚即便飛技過人，但腿傷未癒，又怎敵得過這許多身強體健的錦衣衛？

這些錦衣衛都是對付罪犯的能手，一將他扳倒，便用牛皮索子將他的手腳綁了起來，一個錦衣衛伸手剝去他的上衣，另一個取出一條小兒手臂粗的皮鞭，向梁芳望去。梁芳點了點頭，那錦衣衛慣於整治犯人，望見梁芳的神色，便知道他要重重地打，但不能眞打死了，當下舉起皮鞭，刷的一聲，打在楚瀚的背脊上。

楚瀚感到背後如火燒般疼痛，咬緊牙根不叫出聲來。之後又是一鞭落下，一鞭重過一鞭，楚瀚被打了二十多鞭後，便覺眼前發黑，喉頭發甜，暈了過去。半昏迷中但聽梁芳冷冷地道：「小子不經打。用水澆醒了，再補上八十鞭，直到他肯說了爲止！」

那錦衣衛用冷水澆醒了他，喝道：「公公問你的話，你說不說？說了便不必再挨鞭子！」

楚瀚呸了一聲，更不言語。那錦衣衛又持鞭往他背後招呼去，打在層層血痕之上，每鞭下去，便噴起一團血霧。楚瀚被打了十多鞭後，便又昏了過去。

整個晚上，楚瀚便在皮鞭狠打、劇痛昏迷、冷水澆醒中度過，也不知被打了多少鞭，昏迷了多少次，他心中只想著揚鍾山回答梁芳的那一句話：「我這兒沒有什麼欽犯。」他咬牙暗想：「揚大夫不但治好我的傷，更出頭維護我，我怎能供出他的去處！」

直到清晨，鞭打才告一段落。梁芳不耐煩在旁觀看拷打，老早歇息去了。拷打的錦衣衛見這孩子硬氣如此，自己也打累了，在一旁坐下抹汗休息，望著楚瀚罵道：「小子何必自討苦吃，打死了也是自找的！」

楚瀚勉力睜眼，斷斷續續地說道：「大人有所不知，我……我不過十來歲年紀，根本不知道……不知道什麼祕密……也不知道……揚大夫去了哪裡……他逃走時又沒跟我說……公公是問錯人了呵。」

那錦衣衛罵道：「你奶奶的，不知道還裝知道，分明欠打！」楚瀚道：「我……我見到公公威儀好像天神一樣，嚇呆了，信口……信口胡說……罷了……」

那錦衣衛也曾審問過不少犯人，大多打個二三十鞭便招了，不招也幾乎打死了。這小童被打了兩百多鞭還不招，要不就是個硬漢，要不就是個傻子，要不就是眞不知道。他見這孩子年幼瘦小，怎麼看也不是個硬漢，大約是傻的，或是眞不知道。那錦衣衛也懶得再打，天明後便將楚瀚的言語稟報給了梁芳。

梁芳哪有耐心處理這乳臭未乾的小兒之事，也實在不確定這孩子知不知道藏寶窟和龍目水晶的祕密，便對手下道：「再拷問兩日，不說，便押去東廠大牢，關他一輩子！」那錦衣衛領命去了。他不敢違背梁芳的命令，卻也不願花太多精神拷問這無關緊要的小毛頭，便命人不給他飲食，隨便又拷問了三回，多打了六十多鞭，讓楚瀚又痛昏了三次，才決定功夫作足，可以交差了，便交代手下將這半死不活的小子扔入東廠大牢。

東廠乃是有明一代最可怖的衙門之一，與錦衣衛不相上下，在逮捕臣民、羅織罪名和酷刑拷問上，手段比之錦衣衛還要高出一籌。當時民間只要聽見東廠派出的「番役」來到左近，那可比大旱或洪水降臨還要驚慌，能逃的立即攜家帶眷遠走他鄉，不能逃的也緊閉大門，不敢多吱一聲。若讓東廠番役找上門來，一家人就算不死，也得脫三層皮。如果不幸被逮捕送入廠獄，那更鐵定是有去無回，家人牽衣痛哭，悲慘訣別，知道這輩子是再也無法相見了；如果死能見屍，已該拜謝祖宗，有些極其幸運的，還能活著出來，但也多半被拷問得遍體鱗傷，支離病殘，離死不遠。因此當時廠獄的大門被人呼爲「地獄門」，廠獄中的獄卒被呼爲「牛頭馬面」，典獄長便是名正言順的「閻羅王」。

楚瀚在半昏迷中被扔入了廠獄，當時他只隱約知道自己的拷打已告一段落，接下來在等著他是如何的人間煉獄，他可是絲毫不知。他奄奄一息地伏在狹小污穢的牢室之中，背後鞭傷一片火辣辣地疼痛已極。他緩緩睜開眼，只見眼前一片迷濛灰暗，一股難聞的腥臭味直沖入鼻中。他定睛瞧去，但見囚室角落裡堆著一團事物，仔細一看，才看出是一隻半腐爛的人手，幾隻老鼠正圍繞著咬嚙，之旁還有一堆糞便模樣的事物，上面爬滿了蟑螂蒼蠅。他腹中一陣翻滾欲嘔，卻沒力氣嘔出，伏在地上喘息一陣，漸漸習慣了臭味，知道自己身上只是皮肉之傷，雖痛而不致命，也知道左膝漸漸痊癒，並未更受傷害，心中略覺安慰。

他此時雖身陷廠獄，生存希望渺茫，卻感到一股奇異的振奮。他知道揚鍾山已經逃走了，也知道自己暫時虛應了梁芳，短期間內他大約不會再來找自己麻煩。只要好好休養，這牢獄未嘗不是大好的安身之所。他強忍身上痛楚，暗暗對自己道：「我要報答揚大夫的恩德，就難免得吃一點苦頭，這沒什麼。但教有一口氣在，我就不能辜負恩人。」

過了不知多久，有個獄卒過來踢了一下他的柵欄，粗聲喝道：「起來，吃飯了！」從柵欄間扔給他一團髒臭的饅頭，放下一瓦罐清水。楚瀚勉強抓過饅頭吃了，躺在地上閉目休息。之後數日，每日都有人給他送來饅頭和水罐，他有得吃喝，精力稍稍恢復了些，可以勉力撐著坐起身來。

他的這間牢室兩面是土牆，一面是柵欄，呈三角形，狹小非常，僅僅夠他屈著身子躺下，坐起來時背脊靠著牆，勉強能夠伸直雙腿。一面土牆的高處有一扇巴掌大的窗戶，透出微弱的光線，有時能聽見外面小販叫賣的喊聲，下大雨時也會飄進不少雨滴。這間牢房似乎是臨時在牆角加上的，因此特別狹小，楚瀚見到對面和旁邊的牢房都是四方形，都比這間大上許多，關的囚犯也多上許多，擁擠不堪。楚瀚心想這間牢房雖小，但自己卻能獨居一室，也未嘗不好。

他能坐起身後，便摸摸褲子，把藏在褲子夾層中的《蟬翼神功》圖譜取出，趁獄卒不注意時，將圖譜藏在牢室角落一個乾燥的縫隙中。他坐在地上喘了幾口氣，再將破碎不堪的衣衫撕成數片，在瓦罐中沾濕了，慢慢清洗背後傷口。他記得幼年時行乞的經驗，知道傷口若不洗淨，很容易便會感染潰爛。洗淨了傷口後，他便動手趕走一眾老鼠蟲蟻，將牢房中污穢之物一一清理乾淨，堆在柵欄邊的角落。之後才用水洗淨了手，開始吃饅頭。

那獄卒發完吃食回來，見到他坐在小小的牢房中，四下乾乾淨淨，不禁一呆，多望了他幾眼，沒有說什麼，只收走了那堆穢物。

楚瀚就這麼每日自行清理傷口，打掃牢房，背後的傷口慢慢癒合，身子也漸漸恢復。

不多時，時序已入初冬，這日楚瀚躺在牢中，忽聽噗的一聲，從高高的窗口跌下了一團黑漆漆、毛茸茸的事物，在乾草堆中瑟瑟發抖。他心中好奇，低頭去看，見是一隻剛出世沒多久的幼貓，一身黑毛稀稀疏疏，眼睛都還未睜開，大約是出生後被母貓留在街角，不小心滾入了廠獄的窗戶，跌入了自己的牢房。這麼小的貓兒，離開母親自是難得活了。楚瀚不禁生起了同病相憐之心，輕輕將小貓捧起，摟在懷中，每當獄卒送水和饅頭來，便用手指沾些水，加上浸軟了的饅頭餵牠吃下。

一個冬天過去，小貓竟也活了下來，長成了一隻活蹦亂跳的貓兒，全身皮毛盡是黑色，沒有一根雜毛。楚瀚在痛苦孤獨絕望之中，見到這隻幼貓從死亡邊緣活轉過來，還長得如此健壯漂亮，心中又是安慰，又是歡喜，因牠全身漆黑，便喚牠為「小影子」。天冷時楚瀚將小影子摟在懷中，互相偎依取暖，一人一貓在牢獄中一起度過了嚴寒的冬日。

卻說梁公公貴人事忙，早將楚瀚這小娃子忘得一乾二淨，此後再也沒有派人來探問。廠獄中這等被公公們陷害並遺忘了的囚犯甚多，獄卒們習以為常，也不以為意。

冬天過後，春日降臨，牢獄中日漸潮溼，加上密不通風，甚是悶熱難耐。幾個獄卒見楚瀚小小年紀，不但喜愛乾淨、手腳勤快，而且樣貌老實，彼此商議之下，決定讓他帶著腳鐐出來幫忙清掃牢房，自己也好省點事兒。楚瀚乖順地答應了，此後便每日戴著腳鐐，一跛一拐地去各間牢室清除穢物。他左膝中的楔子已然取出，腿傷也逐漸痊癒，走路已能如常人一般，毫不跛拐，但他仍舊假裝跛腿，免得引人注意，也好降低獄卒們的戒心。他到處打掃時，黑貓小影子總跟在他的腳跟之後，將原本猖狂橫行的老鼠蟑螂一趕而盡，其他獄卒見這貓十分管用，便也任由牠去。

楚瀚發現這廠獄中共有百來間牢房，此時還不是「生意」最興旺的時候，只有一半關著犯人。這兒與一般大牢不同，一般大牢關著的多是眞正作奸犯科的強盜和殺人犯一流，這兒關的卻都是朝廷高官，被東廠中人誣陷入獄，從此不見天日，病死打死餓死者皆有之，情狀悲慘，莫以名狀。

楚瀚心中惻然，他只道自己幼年淪爲跛腿乞丐已是十分悲慘，此時見到廠獄中的囚犯，才知道「人間煉獄」是什麼意思。他無能幫助這些身陷囹圄的囚犯，只能盡量替他們打掃囚室，給他們乾淨的食物，替他們清洗傷口，以免發炎感染，偶爾坐下聽他們泣訴生平，歷數冤屈，表示同情之意。他一個十來歲的囚犯兼雜役，能作的也只有這麼多，但一眾囚犯對他都十分感念，掏心挖肺地跟他說了不少心底話，他也因此對每個囚犯的生平往事知之甚詳。

楚瀚想起揚鍾山當時曾說過，兩三個月之後，自己的腿傷應可以恢復個八九成，如今已數月過去，他感覺左膝恢復得甚好，便決定開始修練蟬翼神功。他白日清掃廠獄，夜晚人靜之時，便取出圖譜，在自己的牢房中偷偷修習。這飛技乃是從內功開始修練，先在丹田內累積一股清氣，接著讓清氣在身周遊走，最後聚積於雙腿。練完氣後，再練習不同的姿勢，如雙膝交盤，以右手二指撐地，將身子撐起離地半尺；或將雙手交叉揹在身後，以額頭頂地倒立；或以左手肘抵地，身子筆直向旁斜斜伸出等。有的姿勢得維持一柱香時間，有的得持續一整夜。他細心研究圖譜，慢慢摸索，依樣練功，漸漸有了一些領悟，開始明白練氣和每個姿勢的目的，都是爲了鍛鍊身體各個部位的肌肉和平衡，讓他的飛技能更上一層樓。

這時他已取得所有獄卒的信任，爲了避免練功時被人撞見，便請求獄卒讓他住在最裡面的一間角落牢房，左近的牢房都沒有關犯人，獄卒也鮮少來此，更無人打擾，實是練功的最好所在。至於這間牢房的鎖，獄卒們只在門上裝模作樣地掛了一把鎖，更未鎖上，免得楚瀚出入打掃不便。

東廠位於東安門之北，廠外便是好大一片野地。夜晚楚瀚偷偷練習飛技時，有時也會離開囚室，在東廠大院的高樹和圍牆上來回縱躍，或在廠外的野地中練習快奔。小影子總睜著一雙金黃色的眼睛，在黑暗中好奇地望著他，偶爾也遊戲般地跟著他一起飛縱跳躍，甚至喜歡站在他的肩頭，隨著他輕快的身形在夜空中飛躍。

白天的時候，楚瀚總裝出楞頭楞腦的模樣，幹活兒時老實勤懇，任勞任怨。獄卒們見他聽話乖順，都十分喜歡他，對他愈來愈少防範，也幾乎不將他當成囚犯對待了。他也樂得繼續住在廠獄中，白天幹活，晚上練功，日子便這麼過了下去。

第十二章　贖屍生意

又一個寒冬過去了，次年春天，聽說東廠的主子換了，皇上任命個叫作劉昶的太監擔任東廠提督。便在東廠主子換人之際，典獄長也跟著換了人，這給了楚瀚一個絕佳的機會；他日日打掃廠獄已超過一年，一眾獄卒習慣見到他四處行走清理灑掃，又見他年紀幼小，乖覺聽話，人緣甚好，久而久之，見到他不戴腳鐐了，眾人也不以為意。後來牢房太擠，他便名正言順地「讓」出牢房給新囚犯住著，自己住到廚房後的柴房去了。這時一眾獄卒們誰也沒將他當成囚犯，反倒把他當成同僚一般，拉他一起吃飯喝酒，有事還會找他商量。

他跟一個擅長文書，名叫何美的獄卒成為好友。何美是個二十出頭的白瘦青年，紹興人，家中世代作師爺，因此熟悉繕寫書案。何美見楚瀚年幼，對他十分照顧，當他小弟弟一般。他自然知道楚瀚原是獄中囚犯，有次喝了點酒，一拍胸脯，說要助好兄弟一臂之力，便趁著典獄長換人之際，神不知鬼不覺地在獄卒名冊中添上了楚瀚的名字，又將他的名字從囚犯名冊中刪除。楚瀚就此搖身一變，成為正式的東廠獄卒，其餘人既然見怪不怪，新來的典獄長自然也全被蒙在鼓裡。儘管廠獄中各種稀奇古怪的事情都有，但似楚瀚這般由囚犯而轉爲獄卒的，倒也少見。

卻說這位新任的東廠提督劉太監不知是無能還是懶惰，雖然仍舊誣陷捕捉了不少文武官員，但過了好幾個月都未曾來廠獄視察，關進來的人也就在獄中蹲著，無人聞問。偶爾獄卒想要邀功，將犯人拉去酷刑拷打，逼其告白認罪，但就算犯人認了罪，在供辭上畫了押簽了名，呈上去後也都沒有下文，漸漸的眾獄卒也都意興闌珊，懶得去施刑拷問。

廠獄中的犯人因此愈來愈多，百來間都住滿了，許多牢房得同時關了十多個犯人，擁擠不堪。到得夏日，天氣酷熱，整間廠獄有如蒸籠一般，散發出刺鼻的汗臭味、腐爛味、糞便味，眾獄卒都掩鼻不敢進入，只有楚瀚仍舊如常入內清洗牢房，發派食物。黑貓小影子此時已然長成，總是靜悄悄地跟在主人腿邊，楚瀚清掃囚室時，牠便在一旁專心追趕蟲鼠。許多囚犯在黑暗中見到一對閃亮亮的金黃眼睛，便知道楚瀚快要來了，連忙擠到牢門邊上哀號，伸手索取食物。

獄卒們因不熟識這新來的東廠提督，摸不清上意，都大感頭痛，不知該將人滿爲患的犯人暗中撲殺了了事，還是得盡責地看守著，讓他們無止境地關在獄中？楚瀚也感到自己的差事愈來愈不好幹，開始動腦筋設法變通。

一回，楚瀚和何美閒聊，說起有個名叫王吉的獄卒，家中是幹杵作的。楚瀚靈機一動，想出了個主意。他和何美便約了王吉一起喝酒，祕密討論起這件事來。

何美首先試探道：「咱們獄裡的人實在太多，大家的工作都不好幹。依我說，我們要狠一點兒，就把人撲殺了，省點事兒。」

王吉是個三十多歲的矮胖子，儘管每日家裡見的都是棺材死人，卻也頗有好生之德，臉上露出不忍之色，說道：「這不好吧？這些囚犯現在雖然被關著，日後仍有可能被釋放出獄，若是就此殺了，倒也可憐。」

何美連連點頭，說道：「王兄說得極是。但是他們長年被關在這兒，出獄無期，難道就不可憐了嗎？」王吉瞪眼道：「上頭主子不放人呀，這哪裡輪到我們來說？」

楚瀚道：「兩位哥哥，上面主子是個不管事的，上任後一次也沒來過這兒。我瞧他根本不知道這裡關了多少人，想來也不怎麼在乎。不如我們作作好事，讓犯人早日解脫吧。」說到此處，壓低了聲音，說道：「活的不能放出去，死的總可以吧？」

王吉睜大了眼睛，呆了一陣，這才明白過來，一拍大腿，說道：「使得！我家棺材多得是，送一個進來，把人接出去了便是。」

何美拍掌笑道：「王兄這主意好極！這辦法不但讓犯人解脫了，也給大伙兒方便，何樂而不爲？」楚瀚道：「只是我們得嚴密保守這個祕密，絕對不能洩漏了出去，不然大伙兒都脫不了干係。」王吉和何美一齊點頭，連聲稱是。

三人說得投機，便決定放手一試。他們挑了一個關禁已久的犯人，名叫李東陽的，聽說是個進士出身，被人無端栽了個貪贓的罪名，落入廠獄成爲囚犯，一關便是五六年。

這日楚瀚藉口上面要拷問李東陽，將他帶出牢房，來到刑房之中。楚瀚請何美守在門外，關上刑房的鐵門，悄悄說道：「李大人，小人有一事相告，還請大人勿疑。」當下說了要他裝死逃獄的計畫。

李東陽只道自己又有一頓好打，不料楚瀚竟說出這麼一番話來，又是吃驚，又是欣喜，他在這廠獄中生不如死，楚瀚就算是要謀害他的性命，也比繼續蹲這苦牢要好得多，當下便一口答應了，並告知楚瀚自己家在何處，家中有些什麼人，議定在三日之後動手。

當夜楚瀚便悄悄潛出廠獄，去找李東陽的妻子，告知逃獄之策。李夫人早爲丈夫身陷廠獄、釋放無期而憂急不已，整日以淚洗面，此時聽了楚瀚出的主意，自是感激不盡，立即取出重金作爲報酬。楚瀚原本不肯收，但心想若不收錢，人家恐怕不信自己會好好辦事，便將錢收下了，回去分作三份，自己與王吉何美一人一份。王吉和何美沒想到李家這麼有錢，笑得眼都花了，開開心心地收下了銀子。

三日之後，李東陽假作腹痛，在牢中翻滾哀號，接著便翻起白眼，口吐白沫，僵死在地，其他囚犯只道他患了什麼惡疾，都不敢靠近。

何美來到牢門外，叱罵道：「鬼叫什麼？作死麼？」過了一陣，見他不動了，便打開牢門進去，探探他的呼吸，說道：「死了。」喚了楚瀚進來，兩人將李東陽抬了出去，放在屋角，用草蓆蓋著，又讓王吉叫家人送口薄木棺材來。

不多時棺材送來了，王吉讓家中杵作「收殮死屍」，之後便將棺材抬了出去，扔棄在亂葬崗上。楚瀚事先早與李家家人聯繫好，李家已暗中派了人在當晚前來「收屍」，撬開棺材，將躺在棺材中的李東陽悄悄揹回家去。事情一切順利，李東陽逃出生天，隔日便帶著家人暗中逃離京城，遠走高飛了。

自此而始，楚瀚便與王吉、何美著手幹起偷運「死屍」出獄的勾當。何美擅長文書，事情幹完後便負責繕寫文案，寫明哪個犯人在何日何時因何病症死去，好讓事情呈報在案，有檔可查。大多的病人都只寫上「瘐死」兩字，楚瀚不識得瘐字，向何美詢問。何美解釋道：「在獄中受不了折磨寒冷飢餓，或是害病而死，都可以稱為『瘐死』。」

楚瀚這才恍然，心想：「這廠獄骯髒擁擠，一時酷熱，一時嚴寒，飲食又差，就算不遭受酷刑，囚犯便要不瘐死也難。」

他們每月放走三五個「瘐死」的罪犯，盡量不引人注意，收到的銀子三人均分，一方面作了好事，一方面也賺了一筆不小的財富。廠獄在不知不覺中空曠了起來，氣味不再那麼難聞，其他獄卒也都鬆了口氣。獄中死人本是常事，夏季瘟疫一來，一下子死一大群也是家常便飯，因此其他獄卒全沒想到其中夾雜了不少假死的囚犯，而楚瀚等三人竟藉此大飽私囊。

如此半年過去，又到了春天，聽說東廠提督劉昶被人告了御狀，流放邊疆充軍去了。新任提督還未定下，先來了個代理提督，不是別人，正是大太監梁芳。

梁芳經營設計多時，終於扳倒了劉昶，賺到了個代理東廠提督，一朝得勢，趾高氣揚，上任當日便來廠獄巡視，清點犯人。楚瀚眼見冤家上門，老早躲在廚下避不露面。

梁芳多年來歛財有道，早已調查好犯人的身家財產，能夠狠狠敲詐一筆的，便派人去犯人家中索取「清白費」，說明白點就是「贖身費」，直壓榨到人家錢財散盡，才不情不願地將半死不活的犯人放將出去。原本楚瀚等幹的「贖屍」勾當還是出自好心，隨家屬財力狀況自行出價，收費不高，最多十兩銀子，而且收人之錢，忠人之事，幾日後一定將「屍體」運出，因此受惠家屬對楚瀚等的行事都頗爲滿意，保持緘默。如今梁芳窮凶極惡地不斷索錢，拿了錢後又不放人，家屬都不禁惱怒，許多便來走楚瀚的後門，要求「贖屍」而不「贖人」。

楚瀚等的生意因而大為興隆，獄中「瘐死」的犯人陡然增多。梁芳漸漸感到不對頭，怎地家中最肥最可勒索的犯人，竟然一個個都不明不白地死了？他心中起疑，便派了親信宦官來東廠調查，命令獄卒將囚犯名冊、死亡紀錄都呈上來檢閱，又下令每當獄中有犯人瘐死，便得立即稟告他，不可延誤。

楚瀚警覺到梁芳已然起疑，他若發現許多瘐死犯人的文案都是由何美所寫，事情遲早會查到他們頭上來，心生警戒，便不敢再偷放犯人出去。王吉和何美卻不肯收手，希望能藉機狠撈一筆。楚瀚苦勸他們不聽，便心生去意。他此時雖尚未練成蟬翼神功，但飛技已極為驚人，在此又不是囚犯，若要離開廠獄，自是隨時可以走人。

不多久，獄卒間便有耳語，說獄卒中有內鬼跟頭子作對，爭搶生意。這時王吉和何美也怕了，開始收手，但卻已來不及了；所有受到懷疑的獄卒都被牢牢監視住，無法逃脫，幾個倒楣的已被下獄拷問逼供。

風聲愈來愈緊時，楚瀚確曾想過要一逃了之，憑他的本事，原本不必留下來作什麼獄卒，一旦離開京城，何處不能容身？但他卻忍住了沒走，心知自己一走，王吉和何美兩個必然逃不過一劫。王吉心地善良，除了有些貪財之外，心地倒是好的；何美則是個重義氣的好朋友，自己能從囚犯變成獄卒，全靠他妙筆一揮，仗義相助。這兩人在京城都是有家有業的，不似自己孤身一人，沒有牽累。自己若是丟下他們遠走高飛，這兩家都非落個家破人亡不可。

果然不出幾日，便有獄卒招出王吉家中是幹杵作的，王吉立即被捕下獄，拷打逼供，很快的何美也被拖下水了，打入廠獄。楚瀚見此情勢，便偷偷去獄中會見王吉和何美；兩人看到他，都是涕淚縱橫，悔不當初。楚瀚道：「我早先勸你們不聽，現在可難辦了。但是事情仍有轉機，你們聽我說來。那典獄長是個貪財的人物，你們快將積蓄都拿了出來，我去試著替你們求情，這可是唯一的生路了。」王吉和何美自知身處死地，忙寫下書信，命家人將所有的積蓄都拿出來，請求楚瀚幫忙周旋解救。

楚瀚又去探聽梁芳那邊的消息，得知他最近對柳家的辦事很不滿意。楚瀚此時年紀大了一些，也親身經歷了許多東廠和京城的人事，見識增廣，不再是兩年多前那個剛從鄉下進城的傻小子了。他心中盤算：「這或許是我的可乘之機。兩年前我年紀還小，腿仍跛著，也尚未開始習練蟬翼神功。如今我飛技有成，對梁芳應當大有用處，他不會輕易殺我。」

他計議已定，便拿了王吉何美的錢，加上自己存下的錢財，去找上任剛半年的廠獄典獄長馮大德，稟告道：「馮獄長，關於那贖屍一案，小的有重要線索告知。」

馮大德已被梁芳催了好幾次，要他儘快查出犯人，聽楚瀚這麼說，當然極有興趣，忙道：「你快說！」

楚瀚讓他屏退左右，說道：「不瞞馮大人，這一切都是我的主意。你捉到的那些獄卒們並不知道內情，也不是共犯。」一邊說，一邊將一個布袋遞過去給馮大德，裡面裝了他們三人大半年來的積蓄。

馮大德聞言不由得一呆，伸手拿起那個布袋打開了，但見裡面滿是銀錢，甸一甸總有四五百兩，心中驚疑不定。他對這跛腿的少年獄卒原本頗爲欣賞，覺得他是手下獄卒中最勤懇耐勞的一個，不但老實可靠，而且辦事能幹，怎想到他竟是「贖屍」勾當的背後主使者？馮大德想了想，問道：「你爲什麼不逃走，卻來自承其事？」

楚瀚道：「因爲我有事相求馮大人。」

馮大德伸手摸著那包銀子，心中雪亮，這銀子自是用來買通自己的。自己若照他的話去作，他便不會招出自己收下銀子的事；如果自己不肯合作，那這銀子也絕對不可能留在他的手中。他熟知官場規矩，便爽快地道：「好！你說吧。」

楚瀚道：「我想請馮大人放了王吉和何美。他二人跟我是好友，我得對他們講義氣，讓他們平安脫身，全部的罪名，就由我來承擔吧。」

馮大德狐疑地凝望著他，說道：「如此說來，你要一個人頂罪？」

楚瀚點了點頭，又道：「我還想請馮大人將過去一年的囚犯書案全數燒毀，讓梁公公無法查出哪些犯人被送了出去。」

馮大德沉默了一陣，才道：「這兩件事，我都辦得到。但如今追究此事的是梁公公，你雖出身獄卒，我卻保不了你。」

楚瀚道：「我並非出身獄卒。我原是被梁公公打入廠獄的囚犯。」

馮大德一聽，驚得臉都白了。他上任時，楚瀚已「升格」成了獄卒，獄卒名冊中載有楚瀚的姓名，因此馮大德從未懷疑過楚瀚的來歷。此時聽楚瀚自己道出來歷，不禁震驚難已，想不到廠獄中竟能有這等事！他想將銀子推走，但又有些不捨，一時猶豫不決。

楚瀚直望著他，說道：「我知道馮大人是守信重義之人，因此才來相求。我和梁公公以往有些淵源，我自有辦法應付他。王何兩個確實無辜，我不願連累他們。至於放走的囚犯，他們原本是受了冤屈，如果再行追究，一來搞得天怒人怨，二來這些人早已離京躲藏，只怕很難追回。」

馮大德心中雪亮，自己若查出楚瀚過去都放走了些什麼人，梁公公只需命自己將囚犯一一捉回，那自己便要吃不了兜著走了。上上之策，自是一把火將證據燒光了事。他想了許久，才搖了搖頭，說道：「殺頭的事有人幹，賠錢的事沒人幹。我看你這麼幹，可是又殺頭，又賠錢哪！」

楚瀚一笑，說道：「要請人辦大事，自然得花大錢。我請馮大人辦的，可非小事。至於我麼，也並非就此去送死，我自有對策。」

馮大德點點頭，爽快地道：「好！我便幫你這個忙吧。」當下便將那袋銀子包好收下了。他知道這少年年紀雖小，心思卻十分細密，當下乾脆地問他道：「你直說吧，我該怎麼作最好？」

楚瀚道：「事情要辦成，千萬不能讓梁公公懷疑到馮大人身上。我建議大人這麼作：今夜子時，我偷闖入獄長室，將書案全數燒毀。馮大人警醒謹慎，在巡邏時發現了，當場將我逮捕，之後派人在我房中床下搜出五十兩銀子，另外再加上王吉和何美的口供，說一切都是我在搞鬼，他們並不知情，那麼便可以將案情上報了。」

馮大德點了點頭，兩人又將細節討論了一遍，當晚便依計畫進行。

到得次日，馮大德將案情上報，梁芳當日便趕來了，見到獄中的少年十分面熟，不禁一怔，隔著柵欄嘖嘖道：「小跛子，原來是你哪！你還沒死啊！」

楚瀚笑道：「梁公公，您老可是愈老愈清健了。」

梁芳冷笑道：「小狐狸倒有幾分能耐。咱家將你打得半死不活，下在廠獄，你竟然有辦法變身獄卒，還敢出鬼點子跟我搶生意！怎麼，這幾年可賺得挺飽了吧？」

楚瀚道：「怎麼比得上公公的手段？幾百兩銀子是掙到了，但也給我花光啦。」

梁芳自然已聽說他房中只藏有五十兩銀子，心中不信一個孩子眞能花去幾百兩銀子。他在柵欄外踱了數步，忽然問道：「你的腿如何了？」楚瀚道：「那年給公公的手下打跛了，如今託公公的福，已好了大半。」

梁芳嘿了一聲，說道：「小狐狸說話，半句也不能信。如今你又落入咱家的手中，咱家自有辦法將你整得極慘。但你若對咱家還有用處，或許可以讓你少吃點苦頭。」

楚瀚聽他口氣鬆動，當即打蛇隨棍上，說道：「只要公公不追究這兒的事，到此爲止，那麼小人願意任您差遣一年。」

梁芳聽了一怔，隨即哈哈大笑，說道：「就只一年？」

楚瀚道：「一年已足夠幹上許多許多的事情了。公公想要什麼寶物，我上山下海都替您取到；公公想要探聽什麼消息，我一定及時替您打探個清清楚楚。水裡去，火裡去，決不皺一皺眉頭。」

梁芳聽了，不禁心動。他自與上官家決裂以來，只剩下柳家在暗中替他辦事，但柳家父子行事謹愼小心，拖拖拉拉，一件小事往往幾個月也辦不下來，梁芳早已感到不耐煩。他暗自籌思：「這小狐狸出身胡家，識得一切三家村的本領，年紀又小，容易掌握。若能得到他一年的效勞，或許確實十分值得。」又想：「這孩子看來是個貪財的貨色，我若以金錢籠絡他，一年之後，他多半還會繼續替我辦事，得此手下，此後一切都容易得多了。但我該如何牢牢掌握住這隻小狐狸，讓他跑不出我的手掌心？」

他眼珠一轉，心中已有了主意，當下臉一沉，說道：「胡家子弟，說話可不能反悔。小子，你當眞願意一年之內都聽咱家差遣使喚，咱家讓你水裡去，火裡去，你都不皺眉頭？」楚瀚道：「一言既出，駟馬難追。」

梁芳心中暗笑，滿意地道：「好！此後一年，你每夜亥時正來咱家府中報到，聽咱家指令。但在這之前，咱家得先送你去一個地方。」

楚瀚問道：「什麼地方？」梁芳滿月臉上露出奸險的笑容，說道：「不久你便會知道。」說完便轉身離開了牢房。

楚瀚望見梁芳臉上的奸笑，心中感到一陣強烈的不安，知道他定然設下了什麼奸計或圈套給自己鑽，但卻猜不出究竟是什麼。

又過數日，他從其他獄卒口中得知梁芳履行承諾，已將王吉、何美及其他獄卒都放了，也未曾追究那些被自己放走的囚犯。楚瀚心中卻愈來愈焦躁，這日他吃過晚飯後，忽然感到一陣頭昏眼花，俯身撲倒在地，耳中聽得小影子在自己耳邊不斷喵叫，用粗糙的舌頭舔著自己臉頰，但覺眼前一片黑暗，心中只動了一個念頭：「飯中有迷藥！」便已不省人事。

第十三章　刀房驚魂

楚瀚恍惚之中，聽得身邊有不少人在吱吱喳喳地說話。其中一人聲音粗厚洪亮，但聽他怒喝道：「看什麼看！排好了隊！一個個來，你們懂規矩不懂？不聽話的，待會兒一刀砍歪了，我可不管！」

楚瀚努力睜開眼，但見面前人頭攢動，一間小屋中滿滿地擠了十多個男童，有的七八歲，有的十來歲，個個臉色蒼白，雙目發直，其中有兩個眼睜睜地望著自己。他一低頭，見到自己被綁在一張木板床上，全身動彈不得。那兩個男童瞪大眼睛望著自己，臉上露出好奇之色，但更多的是驚恐擔憂。楚瀚甩了甩頭，勉力清醒過來，開口問道：「這是什麼地方？」

那兩個男童互相望望，都不回答。但聽不遠處那粗厚的聲音又響了起來：「在這廠子中，我韋來虎便是老大！你們這些領人來的通通給我出去！我今日要給二十個人動刀，你們擠在這兒，待會誰家子弟淨身不成，我可不管！」

楚瀚聽見「動刀」和「淨身」等字眼，猛然一驚，頓時醒悟自己竟然被送入了淨身房！原來梁芳這老狐狸竟險惡至此，打算乾脆閹了自己，將我變成和他一樣的宦官，入宮辦事，好藉此控制我！自己答應爲他效勞一年，說水裡水裡去，火裡火裡去，可沒想到他竟狠到將我送入淨身房，準備讓我作一輩子的宦官！

楚瀚這一驚非同小可，全身冷汗直冒，奮力掙扎，但那麻繩綁得死緊，不管他如何掙扎，都無法移動半分。他感到肚腹極餓，全身無力，卻不知自己和一眾男童已被禁閉在這密不通風的小屋中三四日，爲的是讓他們清理腸胃，免得動刀後糞便失禁弄髒了傷口，引起發炎致命。

楚瀚掙扎不開，只能空流冷汗。此時乃是春末夏初，天氣不冷不熱，正是下刀的最好時機。他眼見那名叫韋來虎的刀子匠關上了門，走到屋子當中，此人歪眼斜嘴，面貌十分醜陋可憎。他手中拿著一疊紙張，仔細檢閱了，卻是每個男童呈上的「文書」，即淨身合同。之後他便呼喝男童排成一行，喚第一個男童進入淨身間。

楚瀚從紙窗的破洞中，見到韋來虎命那男童脫去全身衣服，躺在搭在炕面的一塊門板上。韋來虎用布蒙上男童的眼睛，又用麻繩將他的手腳腰股都綁得結實，接著給男童的下身塗滿藥油，瞟了那文書一眼，說道：「叫什麼來著……嗯，張小狗，你可是自願淨身的？」那男童顫聲答道：「是。」韋來虎又道：「你若反悔，現在還來得及！」男童囁嚅道：「我不反悔。」韋來虎道：「你絕子絕孫，與老子毫無干係，是不是？」男童再顫聲道：「是……」

韋來虎滿意地點點頭，餵男童喝下一大口臭大麻水，令那男童神智昏沉，持起一把半彎的閹割刀，下手割去，但聽男童登時高聲慘叫，聲震屋瓦。韋來虎不耐煩地道：「別動！愈動血流愈多。剛才那刀是取丸；下一刀是去勢。這刀最最緊要，一定得割乾淨。你千萬別動！」說著又是一刀，又是一聲慘叫，慘叫後便是痛哭哀號。接著便見韋來虎取過一根麥桿，插在傷口中央，又粗手粗腳地抓過一只豬苦膽，敷上傷口。他俯身將割下的事物從瓦盆中拾起，小心翼翼地放在一個盛有石灰的升中，跟那男童的文書收在一起，叫道：「完了！下一個！」

便有一個韋來虎的助手上前來，餵男童喝完那碗臭大麻水，攙扶男童在屋中緩緩行走，不讓坐下，免得血氣阻塞，就此喪命，或留下後患。

楚瀚只看得全身寒毛倒豎，眼望著男童們一個個乖乖地進去挨刀，一個個慘叫痛哭，心中恐懼驚惶，無以復加，心想自己眞是錯上加錯，竟跟老狐狸梁芳討價還價，如今陷此絕境，可眞是萬劫不復了。

眼見十九個男童都挨了刀，只剩下楚瀚一個。韋來虎持著血淋淋的淨刀走上前來，說道：「囚犯也來淨身，倒是少見。我卻不知今時今日還有宮刑的？喂，小子，你全身已綁好，我也就不費事替你解開了，就躺在這兒挨刀吧！」

楚瀚驚慌已極，大聲叫道：「慢來，慢來！你要什麼我都給，你要錢，要我替你偷什麼寶物，我都幹！」

韋來虎更不去理會，皺眉道：「死到臨頭還大聲嚷嚷，未免太遲了些。」隨手將手中一塊棉布按在楚瀚的口鼻之上，楚瀚只聞到一股刺鼻的辛味，知道那是強烈的迷藥，腦中一昏，就此不省人事。

過了不知多久，楚瀚醒來時，只覺下半身麻木，毫無感覺，伸手去摸，卻只摸到一層層厚厚的紗布。他猛然想起己身遭遇，忍不住萬念俱灰，痛哭失聲，心想：「我以往只道左膝是身上最緊要之處，哪裡想得到身上還有更重要的東西可以失去！」

他哭了一陣，側過頭，見到房中一片漆黑，只有微弱的月光從窗外灑入，想是夜半時分。淨房中的其他孩童少年都躺在板床上，昏睡未醒。他掙扎著想坐起身，手腳上的綁縛雖已解開，但仍感到頭昏眼花，想是迷藥的藥效還未退去，又倒回了床上。

便在此時，忽見板門打開，一個高大的身影走了進來，正是那淨房刀子匠韋來虎。楚瀚心中又痛又恨，不願意見到這人的面孔，便閉上了眼睛裝睡。韋來虎卻直直走到他的身旁，低頭望了他一陣，壓低聲音道：「不必裝了，我知道你已經醒了。小子，睜開眼來！」

楚瀚睜開眼，但見韋來虎咧嘴一笑，一張歪斜的臉龐更顯醜陋。他低下頭，嘴巴靠近楚瀚的耳畔，悄聲道：「此事你知我知，天知地知，你千萬不能說出去，不然你我都要掉腦袋。聽明白了麼？」

楚瀚側過頭，呆望著他，心想這刀子匠莫不是喝醉了酒，卻跑來跟一個剛淨了身的小宦官說什麼胡話？便靜靜地等他說下去。

但聽韋來虎極小聲地道：「有人要我莫給你淨身，因此我沒有下刀。」

楚瀚聞言一呆，心中喜出望外，一時不敢置信，脫口問道：「當眞？是誰？」韋來虎搖了搖頭，更加壓低了聲音，說道：「總之是有這麼回事，其餘的你就別多問了。現下你有兩條路，你自己考慮考慮要如何。」楚瀚點了點頭，靜待他說出是哪兩條路。

韋來虎道：「第一，你淨身失敗，死在淨房中，我將你的屍體用草蓆一包，拿出去扔掉，之後你便好自爲之了。」

楚瀚聽這條路跟自己「賣屍」的勾當相去不遠，挺不錯的，便問道：「那第二條路呢？」

韋來虎道：「你淨身成功，跟其他小宦官一起入宮去。」楚瀚問道：「難道沒有人檢查麼？」韋來虎道：「只有剛入宮時會驗身。驗身官姓洪，跟我相熟，混入宮去是沒問題的，之後便不會再有人查驗。只要你別讓人看見，在開始長鬍子前想法子離開皇宮，那便沒事。」

楚瀚聽了，陷入沉思。他已在廠獄中待了不短的時間，東廠和錦衣衛中人都見了不少，卻始終未曾見到武功精妙，能夠正面對敵，一刀斬死舅舅的高手。莫非眞正的高手都潛藏在皇宮之中？而舅舅之死，萬貴妃又扮演了什麼樣的角色？若要尋得這些答案，他便非得入宮去不可。

此時他聽了韋來虎的話，心想：「若選第一條路，我便可逃離梁芳的掌握，若選第二條路，梁芳想必仍會緊咬著我不放，命我替他辦事；但我若能入宮去，便有機會探尋殺死舅舅的仇人，這可是難得的機會！」當下答道：「我要入宮去。」

韋來虎咧嘴一笑，伸手拍拍他的臉，不知是笑他無知，還是讚歎他的勇氣。他隨即又板起臉，說道：「小心謹愼，別出任何漏子！」又補了一句：「這兒的事，你誰都不能告訴，包括梁公公也不能說。知道麼？」

楚瀚點了點頭，心想：「梁公公一心想閹了我，這事自然跟他無關。加上這人剛才給了我第一條路走，顯然不是出於梁公公的指使。」心中不禁極爲好奇，究竟是什麼人會冒著觸怒梁公公的險，甚至冒著違反宮禁的險，從刀下救出自己？

他還想多問，韋來虎已走了開去，俯身檢視一個個剛淨過身，昏睡不醒的男童。楚瀚感到一陣毛骨悚然，這些男童想必沒有自己那麼好運，未能逃過這一刀之厄。想起他們失了男身，此後再也無法回頭，只能一輩子在皇宮中侍奉皇帝后妃太監，打理宮中雜役，永無脫離之日，心中不禁爲他們感到一陣悲憐難受。

卻說楚瀚和一眾剛淨身的男童們一同在淨身房裡休息了一個月。動刀後的四五日中不能飲水進食，半個月內不能見風。同一日淨身的二十個男童中，有三個熬不過去，傷口發炎潰爛死了，連入宮的機會都不可得。其餘的慢慢恢復過來，漸漸可以下床走路，但每回如廁都得用雞毛管子插入傷口，引導出尿，痛苦萬分。楚瀚從不知成爲宦官得承受如此慘痛恐怖的經歷，不禁對梁芳等人暗暗生起憐憫之心。

這一日，一個宮廷派出的驗身官來到淨房，說是時候該領小宦官們入宮了。那驗身官名叫洪昌，自身也是個宦官，肥頭肥腦，一身贅肉。韋來虎跟他顯然極爲熟稔，兩人見面時先互相臭罵幾句，又天南地北地聊了好一陣子，之後韋來虎才吩咐一眾剛淨好身的小宦官排排站好，鬆解褲帶，準備驗身，並故意將楚瀚排在最後一個。

韋來虎給了洪昌一紙名單，洪昌煞有介事地讓頭五個男童脫下褲子，仔細檢查，用朱筆在男童的名字旁畫押，表示通過；這時韋來虎走上前來，攬著洪昌的肩頭，說道：「洪老兄，爐上的羊肉剛剛燉好，快來趁熱吃吧！我有罈陳年紹興，特地留下等你老兄來飲用的，走，走！先吃喝完了再驗不遲。」

洪昌最愛美酒美食，顧不得一一驗完身，胖手一揮，便將名單上所有的小宦官全數畫押驗收了，自去與韋來虎大啖羊肉，暢飲美酒，好不快活。

次日，楚瀚和其他小宦官便換上了最低等的宦官服色：圓領灰衫，黑布長褲，配上紅布靴子，一行人在一個管事宦官的帶領下，戰戰兢兢地從西華門進入宮中。入門不遠，左首便見到一座高聳的牌樓，牌樓後有座宏偉的宮殿，屋頂以黃琉璃瓦鋪成，在陽光下熠熠閃爍，十分耀眼奪目。一個圓臉的小宦官忍不住低聲問道：「皇帝就住在那間大屋裡麼？」

領頭宦官嗤的一笑，說道：「咄！沒見識的！喏，那道門叫作武英門，門後是武英殿。這殿堂原本是給皇帝齋居時住的，眼下讓一些畫師們住著，等候傳奉。你要覺得這宮殿雄偉，等見到奉天殿，可要嚇壞你了！」

眾小宦官抬頭望去，但見武英殿高大宏偉，雕樑畫棟，眾小宦官都是窮苦出身，哪裡見過這等高大華美的房舍？只看得目瞪口呆，讚歎不已。

一行人過了武英殿，左轉經過斷虹橋，來到一座園子。但見那園子好生寬廣，眾人從園子中央的石板小徑走過，左右草地上各有數株巨大的古槐樹，枝杈分歧，綠葉茂密，巍巍而立，十分壯觀。那領頭的宦官說道：「這兒是十八槐園，你們好生記住了。」小宦官們伸指數去，果然共有一十八棵槐樹。

過了十八槐園，迎面又是一座大殿。領頭的宦官說道：「這是仁智殿，俗稱白虎殿，是大行皇帝停靈之所。如今萬歲爺春秋鼎盛，英宗皇帝已然下葬裕陵，此地自是空空蕩蕩的了。」

眾小宦官只聽得一愣一愣地，什麼「大行皇帝」、「春秋鼎盛」，都不甚明其意，只猜想「停靈」應當是指放棺材的地方。放眼望去，但見仁智殿外只有幾個宦官閒散地在打掃著，眾小宦官心中都想：「畫師待的地方已然了不得了，皇帝放棺材的地方也一般壯觀。卻不知皇帝住的地方卻是如何？他剛才說的奉天殿又是什麼所在？」

領頭宦官帶著眾人往北行去，過了仁智殿，來到一處低矮房室前的空地，當地已有幾個衣著光鮮的中年宦官坐著等候，看來都是位階甚高的大太監。楚瀚後來才知道，這是司禮監南司房，乃是專供宮中大太監辦公的處所。

領頭的宦官將名單交給了一個職司宦官，那職司點了點頭，尖著嗓子催促一眾小宦官列隊站好，接著便開始唱名，分配職務。一眾小宦官有的被分發到御用監、御馬監，有的被派去惜薪司、鐘鼓司，也有的去兵仗局、銀作局等。明朝內官共有十二監、四司、八局，號稱「二十四衙門」，各設專職掌印太監，屬下各設數十以至數百名宦官，人手眾多，職務龐雜。楚瀚當然立即被分派到大太監梁芳所掌管的御用監之下。

眾小宦官被分配了衙門後，便分別跟隨各衙門派來的管事宦官去往各衙門報到。被派到御用監的除了楚瀚外，還有一個小宦官，八九歲年紀，身材高瘦，模樣甚是伶俐，喚作麥秀。兩人跟著御用監派出的管事宦官往北行去，經過一條長長的窄廊，左右依稀能見到更多高大的宮殿，卻都不知其名。走出好長一段，窄廊才往左轉，又往北去，復折往東行，從一扇門出了紫禁城。楚瀚抬頭一望，見門上匾額寫著「玄武門」三個大字。

一出了玄武門，迎面便是好高一座山，正是皇帝的御用庭苑萬歲山；往西走去，則一片盡是衙署，大門旁各自懸掛著衙署名稱，有「尚衣監」、「銀作局」、「兵仗局」等，御用監也在其中，是眾衙門中較大的一座。

進了御用監的大門，左首便見一間大倉庫，裡面放滿了各式檀木和烏木家具，有圍屏、床榻、茶几、座椅等等，有的尚未完工，還有木匠在刨木修整；有的業已完成，木面已刨光上漆，光鮮亮麗。之後又經過好幾間倉庫，有的堆放各種原料，有的是已完工的成品；除了剛才見過的大件家具外，另有小件的珍玩用品，如象牙、玉器、瓷器等等。原來御用監專職爲皇室製作各式家具和珍玩，監內聘有巧手工匠製作各物，分批送入宮中待用。因所存不乏珍貴之物，爲防竊盜，御用監的守衛甚是嚴密，高牆上裝嵌了尖刺，大門緊閉上鎖，門內門外都有守衛巡邏。但在楚瀚這等高明飛賊眼中，這些防衛自是不足一哂的了。

那管事宦官領了二人來到後進的值房，說道：「這兒是值房。剛入宮的都住在這值房後面，隨時等候傳召。一會兒有執事來分配工作。」他讓那高瘦小宦官麥秀住進一間大通鋪，對楚瀚說道：「上面吩咐了，讓你住在別處。」領他往後走出一陣，來到角落的一間偏房，指著旁邊的一間大屋道：「這兒便是大太監梁公公的辦公房。你平時小心謹慎，安安靜靜的，莫吵擾了公公。」楚瀚答應了，但見自己的住處雖又暗又小，卻是一間獨門獨戶的單房，十分隱密。

當日下午，梁芳便召楚瀚去辦公房相見。楚瀚早已想好應對，一見到梁芳，便佯作怒發如狂，破口大罵，衝上前去朝他吐了一口唾沫，才被其他人阻止拉住。

梁芳毫不介意，哈哈大笑，說道：「你自己說了，一年之中，咱家讓你水裡水裡去，火裡火裡去。咱家不過是讓你淨身入宮，又沒要了你的命，你惱個什麼哪？」

楚瀚只顧臭罵不絕，將梁芳罵了個狗血淋頭，祖宗十八代都罵了個遍。

梁芳卻愈聽愈高興，笑嘻嘻地道：「罵也無用。一朝淨了身，你這輩子就是作定了宦官啦。乖乖待在咱家身邊，總有得你好處的，你慢慢便會明白了。」

楚瀚心知自己裝得愈怒，梁芳愈不會懷疑自己其實並未淨身，便足足發了一個月的脾氣，將自己鎖在單房中又摔又鬧，不肯見人。梁芳也不著急，一個月後，等他冷靜下來了，才讓一個御用監的執事來教他各種宮中規矩。

這執事在宮中資歷甚久，他向楚瀚詳細講解宮中各級嬪妃宮女和太監宦官的服色，又教他種種進退禮儀，在何處遇見什麼人需迴避讓路，遇到什麼人需立即跪下磕頭；又告訴他上奉御膳的種種規矩。當時皇帝每日三時所進御膳，分別由司禮監掌印太監、稟筆太監和掌管東廠的太監輪辦。但梁芳受到皇帝信任，雖掌御用監，卻也不時供應皇帝和貴妃的御膳，藉以親近帝妃，並討得二人的歡心。

那執事又教了楚瀚種種宦官應守之道，說道：「在主子身邊時，需彎腰低頭，不可直視；主子召喚時，需立即答應，站在主子面前左方五步之外，躬身領旨；答主子的話，需自稱『奴才』；主子責罵時，切不可分辯頂嘴，只能認錯賠罪，跪下磕頭領責。被主子打了，得立即磕頭謝恩，感激主子的教誨。」

楚瀚口中答應，心中暗想：「太監眞不是人幹的活兒。我寧可被關在廠獄之中，至少挨打時可以破口大罵，不必磕頭謝恩。」

他不願太早開始替梁芳辦事，便盡量拖延時間，故意裝成傻頭傻腦的模樣，那執事教他一個規矩許多次，他都裝作聽不懂，學不會，只將那執事急得不住跳腳。這執事受到梁芳嚴令，必得在一個月內教會這小子，只好一遍遍不厭其煩地教他，急起來時，不免打罵兼施。教好之前，那執事更不敢讓楚瀚在宮中亂闖，只留他在御用監中幹些簡單的雜役。

第十四章　初入宮禁

便在楚瀚入宮不久，於御用監幹雜役時，宮中發生了廢后的大事，驚動朝野。楚瀚不明宮中狀況，聽得機伶的小宦官麥秀轉述，才知道原委。麥秀外號小麥子，他不知道楚瀚是梁芳特意召入宮來的，但見他楞頭楞腦，老挨執事的罵，便總在暗地裡幫他的忙，偷偷提點他，對他好生照顧。楚瀚心中感激，暗想：「這孩子心地倒好，對我這惹人嫌的蠢小子竟如此關照。」不多久，他便與麥秀結爲好友。

廢后事件發生時，小麥子剛好隨一個執事入宮，替后妃們送上新製好的鑲金彩玉髮飾，親眼見到第一場劇變。他氣喘吁吁地跑回御用監，向大家叫道：「事情不好了，萬貴妃給人打了！」

眾宦官一聽，盡皆瞠目結舌，不敢置信，忙問給誰打了。小麥子緩過氣來，說道：「是給皇后娘娘打了。」眾人都是怔然，交頭接耳，議論紛紛。

楚瀚私下向小麥子詢問，才知當年英宗皇帝曾給太子擇了一位吳氏爲太子妃，成化皇帝登基後，便封吳氏爲皇后。但萬貴妃早在此前便已得皇帝專寵，哪裡將年輕的皇后放在眼中？在宮中驕橫如故，對皇后更無絲毫尊重，連覲見皇后時的禮節都省了。

吳皇后自然將跋扈的萬貴妃視為眼中釘，兩個女人爭風吃醋，明爭暗鬥了起來。不久前萬貴妃好不容易生了一個兒子，不料皇子還未滿月便死了。萬貴妃怨天尤人，更加憤恨吳皇后，認定是吳皇后在背後搞鬼，使符術詛咒她，從此禁止皇帝去見吳皇后。吳皇后大惱，便找了個機會，捉住萬貴妃的錯處，命人將萬貴妃狠打了一頓。

這個寵冠六宮的橫霸女子竟然也會被打，所有的宮女宦官聽聞後都暗暗稱快，但也不禁感到驚悚憂懼，知道事情絕不會善了。梁芳是萬貴妃的親信手下，如果萬貴妃失寵，那麼御用監這批人大約也要跟著遭殃，因此當小麥子傳來這消息時，大伙兒都驚恐萬分。

楚瀚卻絲毫不擔心，他對小麥子道：「萬娘娘怎會輕易被打？這其中必然有詐。」小麥子奇道：「什麼有詐？」楚瀚道：「這是苦肉計。萬娘娘故意被打，好藉機鬥倒吳皇后，拔掉她的眼中釘，除去這個大對頭。」小麥子聽了，將信將疑。

果不其然，次日便傳來消息，說萬貴妃挨打後，立即去向皇帝哭訴，聲淚俱下。皇帝震怒，稟告周太后，隔日便下詔指吳皇后「舉動輕佻，禮度率略，德不稱位」，將吳皇后給廢了，謫去西內居住。吳皇后的父親原本封了官，這會兒也被罰戍邊去了；當初舉薦吳皇后的司禮監太監叫牛玉的，被發配到孝陵種菜，而吳皇后親屬朋友受牽連丟官的，更是不計其數。

自此之後，宮中更沒有人敢質疑萬貴妃的無上權威。小麥子見楚瀚料事甚準，不由得對他另眼相看，暗想：「瞧他傻楞楞的，原來實際上再聰明不過。」

吳皇后被廢之後，眾人只道皇帝會冊立萬貴妃為皇后，萬貴妃也不斷向皇帝懇求廝纏。小麥子問楚瀚怎麼看，楚瀚搖頭道：「她當不上皇后。」小麥子奇道：「你怎知道？」楚瀚道：「只要皇帝的娘不准，她便當不上。」

小麥子嘖嘖稱奇，說道：「我們同時入宮，你還沒離開過這御用監，怎地知道得倒比我還多！」

楚瀚只笑了笑，沒有回答。事實上，他自住入御用監起，便每夜從玄武門潛入紫禁城，探索宮中宮殿廳堂的方位，辨明誰人住在何處，並開始偷聽偷窺。皇帝所居的乾清宮，萬貴妃所居的昭德宮，皇太后所居的仁壽宮，還有諸多嬪妃居住的六宮，他早已在暗中探勘過好幾遍。

他也見到了剛入宮時那領頭宦官口中所說「會嚇壞你們」的「奉天殿」：那是紫禁城中最高大最宏偉的一座殿堂，坐落於以漢白玉包築的三層石臺之上，石臺四邊圍以白石欄杆，欄杆上的雕刻精美細緻。殿廣三十丈，深五十丈，面闊九間，進深五間，取其皇帝九五之尊之意；屋頂的金色琉璃瓦全以最大件的頭樣瓦鋪成，金碧輝煌，極為壯觀。平時這奉天殿很少使用，只有最盛大的皇家典禮儀式才在此舉行。殿中陳列的珍奇異寶甚多，楚瀚一一細覽，但覺華貴有餘，而精緻不足。後來他才知道，整座紫禁城中最珍貴的古董珍寶早就全被萬貴妃搜刮了去，收在她的昭德宮中。這奉天殿中的珍寶都已被調換過了，因此只屬次品。

他也曾數度潛入萬貴妃所居的昭德宮，但見宮中陳設著諸般古董珍奇字畫，件件都是精品，果然不同凡響。楚瀚留意到其中數件顯然出自三家村，想是上官家或柳家進獻的。昭德宮的主人萬貴妃顯然是個喜愛寶物的人，但她似乎偏愛精巧細緻的手工藝品和稀罕華麗的珠寶，對於真正有古董價值和歷史意義的寶物卻並不如何珍惜，大多擱置在較遠的偏廳之中，擺設雜亂，毫無章法。楚瀚不禁暗歎：「這女子不懂得珍惜真正的寶物，搜羅了這許多好東西，卻隨處亂放，真是暴殄天物。」

昭德宮守衛森嚴，多設機關，儘管大多數的機關楚瀚都曾在三家村中學過或見過，他卻不願打草驚蛇，並未在昭德宮中停留細觀。

卻說他幾夜前潛入紫禁城時，恰好見到萬貴妃在成化皇帝的寢宮乾清宮中大哭大鬧，吵著要皇帝封她爲皇后。二十來歲的成化皇帝看來稚氣未脫，手足無措，滿面難色，口中只道：「不成的，不成的，太后不會答應的。」萬貴妃怒道：「太后不答應又有什麼關係？只要皇上下一道聖旨，不就成了？」成化皇帝被她逼迫不過，忽然紅了雙眼，頓足說道：「別說啦，別說啦！朕好生心煩，妳再說下去，朕就要哭啦！」

萬貴妃見皇帝鬧起小孩兒脾氣，只好溫言道：「算啦，算啦！好，臣妾不說了。」

皇帝見她讓步，更撒起嬌來，一頭滾到她懷中，膩聲道：「愛妃，朕想睡了，妳幫朕拍背，唱首歌兒，好麼？」

萬貴妃見皇帝擺出這副憨態，也拿他沒辦法，只好摟著他，開始拍背唱歌，但仍不肯放棄，輕聲說道：「那皇上明日去請示太后，太后若同意了，您便封臣妾作皇后，好不好？」皇帝閉著眼，點了點頭，哼道：「好啦，朕知道了。」萬貴妃這才滿意了，替皇帝唱起歌來，皇帝便在萬貴妃的懷中緩緩沉入夢鄉。

楚瀚看得不禁皺起眉頭，心想：「皇帝這麼大個人了，還像個小娃娃一般，萬貴妃簡直便如皇帝的奶媽一般。不知皇帝會聽親媽的話，還是聽奶媽的話？」

他又潛入周太后住的仁壽宮，傾聽了好幾夜，偷聽到周太后與親信太監懷恩之間的交談。兩人一致反對立萬貴妃爲后，認爲她不但出身低微，而且年高無子，加上性格暴虐驕縱，無德無能受封皇后，更無法母儀天下。楚瀚聽到此處，知道太后是反對到底了，也知道皇帝稚弱無能，無法決斷，立后這等大事，畢竟得讓身分地位較高的太后來決定。

果然，皇帝不敢違背母親周太后的懿旨，終於冊立了另一個當初曾入選太子妃的女子王氏爲后。這王氏天性淡薄，更不與萬貴妃爭寵，獨居於坤寧宮中，與世無爭，自顧過著她清淨無爲的日子，宮中倒也一時無事。

但自從廢后事件後，萬貴妃的驕縱專橫只有更變本加厲，所有曾經忠於吳皇后的嬪妃、宮女和宦官都倒了大楣，成了萬貴妃的出氣筒；有的直接賜死，有的無緣無故暴病身亡，有的被她抓去狠打一頓，打個半死不活。其他無關人等也牽連甚眾，宮中各人都戰戰兢兢，生怕一不小心拂逆了萬貴妃的意，就此丟掉性命。

梁芳當初並未押錯寶，他素來專心致力於奉承討好萬貴妃，吳皇后被廢後，萬貴妃雖未能當上皇后，但威勢如日中天，梁芳仍舊得寵不衰，他屬下的御用監連帶受到庇蔭，御用監內的一眾大小宦官不但不必害怕萬貴妃的淫威，還頗受青睞照顧。

梁芳洋洋得意，對手下大小宦官們說道：「咱們在宮中辦事的，最要緊的就是跟對了主子。主子權力愈大，咱們便愈安全，愈發達，日子也愈好過。好似貴妃娘娘，便是宮中掌握大權的主子，咱們的生死榮辱，全都掌握在她老人家的手中，伺候好了貴妃娘娘，大家便都有好日子過。」

楚瀚聽在耳中，心想：「梁芳這人老奸巨滑，但在跟對主子這一點上，倒是精細聰明得很，有萬貴妃這樣穩固的靠山，他才能放手去幹他的壞事。」

楚瀚受那御用監執事調教了幾個月，言行舉止全然像個小宦官了，梁芳便升他爲御用監的長隨，那是從六品的官位。御用監眾人聞訊後，盡皆愕然，都沒想到這呆頭呆腦的小宦官竟會如此受到梁芳的重視，甚至特意破格拔擢。只有小麥子和楚瀚交好，暗暗知道楚瀚這人頗不簡單，除了頭腦清楚之外，定然還有著不爲人知的本領。

這一日，梁芳見楚瀚情緒平穩，規矩也學全了，便準備讓他開始幹正經事了。梁芳命楚瀚換上整齊的新衣新鞋，叫他進來自己的辦公房，關上房門，悄聲吩咐道：「咱家現在帶你入宮，讓你覲見貴妃娘娘。你記清楚了昭德宮的方位，咱家也會指出萬歲爺的居處所在。以後你便每夜潛入宮中，到這兩處地方打探消息。聽明白了麼？」楚瀚心道：「昭德宮和乾清宮，我都已去過幾十次了，豈會不知道它們的所在？」當然也不說破，只點頭答應了。

梁芳便讓他捧著一只以錦繡裝飾的華麗盒子，吩咐道：「這是要獻給貴妃娘娘的，小心捧著，別砸了！」領著他和兩個隨從宦官，從玄武門進入紫禁城，往東行去，再轉南走入一道長廊，由長壽宮旁的宮東門進入後宮，這是進入後宮東六宮的重要門戶。一行人在東六宮間的迴廊走了一陣，才來到萬貴妃所居的昭德宮外。

昭德宮是東六宮中央靠西的一間，就在皇后所居的坤寧宮之側。萬貴妃很早就被冊封爲「貴妃」，但對更上一層的「皇后」封號垂涎已久；她選擇居住在離坤寧宮最近的昭德宮，顯示出她對皇后之位仍舊虎視眈眈，從未放棄。她住在此地，更可將皇后的一舉一動盡收眼底，牢牢掌握。每當皇親國戚、內外命婦、掌權太監、得寵嬪妃來向皇后請安，都得先去萬貴妃所居的昭德宮叩見送禮，才能獲准去坤寧宮覲見皇后。若不曾先向萬貴妃報備，便去覲見皇后，來人必然要吃不了兜著走，災禍立即臨頭。

不多時，昭德宮中便有宮女出來，請梁公公入內覲見。萬貴妃對梁芳甚是信任，在便廳之中接見他。早前楚瀚已來過昭德宮偷窺數次，這是第一次正式拜見這權傾天下的女人。但見一名女子斜倚在一張梨花鑲玉雕鳳躺椅上，約莫四十來歲年紀，身形肥大臃腫，臉上厚施脂粉，容貌實在說不上秀麗，眉目間更帶著一股凶猛戾氣。楚瀚不禁暗想：「這麼一個凶老婆子，任誰看了都要害怕躲避，虧得皇帝還如此親近愛惜她！」想起上官無嫣曾說起，萬貴妃比皇帝大了十九歲，在皇帝年幼蒙難時曾照顧保護他，想來皇帝感念其恩情，才會對這臃腫醜陋的婦人如此依賴癡黏，成年後仍絲毫不改。

楚瀚依照宮中規矩，將手中捧著的錦盒交給一旁的宮女，便跟著梁芳一起趨前，向萬貴妃磕頭請安。他偷眼望去，見這萬貴妃不但毫無女子該有的嬌貴秀雅，舉手投足間更充滿了粗率霸氣。他聽小麥子說起，每回皇帝出宮遊幸，萬貴妃便身穿戎服，騎馬在前引導，威風八面，儼然是個豪壯武勇的女中丈夫。楚瀚心中暗暗警惕：「這萬貴妃並非簡單人物，看來很可能是會武功的。但她手下眾多，想來什麼事情都不會需要她親自動手，往後來窺探她的動靜，可得萬分小心。」

磕完頭後，楚瀚便退在一旁，垂手伺候。梁芳趨上前，媚笑著向萬貴妃道：「娘娘精神奕奕，神采飛揚，面色光潤，福體康健，眞是可喜可賀啊。奴才特別給娘娘帶來了御用監剛剛燒好的一套精瓷茶具，請娘娘過目。」說著從宮女手中接過那只錦繡裝飾的盒子，雙手呈上。

萬貴妃讓貼身宮女接過盒子，命她打開，見是一套鬥彩鳳茶具，一只托盤，一把茶壺，八只茶杯，作工精緻，彩繪的鳳形活靈活現，展翅欲翔。托盤上寫著「大明成化年製」及「御賜昭德宮珍藏」等字樣。

萬貴妃低頭檢視，似乎十分滿意，凶悍的臉上露出一絲笑容，說道：「我說梁公公，你手下工匠的手藝，可是愈來愈好了。你瞧這鳳，畫得多有精神！」

梁芳笑道：「這飛鳳的姿態，正是模擬娘娘的高貴儀態而畫的，只可惜畫師功力有限，沒法完全將娘娘的精神表露出來啊。」

萬貴妃笑道：「可不是？要眞畫出了我的精神，這鳳可就要展翅飛走啦。」

梁芳顯然清楚她最歡喜飛鳳圖案，因爲唯有皇后才可以稱得上「鳳」，而她又一心想當上皇后而不可得，便愛在圖騰上爭取多一點兒的榮耀地位，自我陶醉一下。梁芳當下又說了好些奉承諂媚的言語，只哄得萬貴妃眉開眼笑，闔不攏嘴。

楚瀚眼見萬貴妃自大高傲，不可一世，心想：「上官婆婆當年事奉的便是這女人，卻弄得家破人亡，柳家至今仍對這女人盡忠；舅舅入京後死於非命，很可能跟這女人有關。」心中對她十分忌憚，立誓要探明舅舅之死，是否出於萬貴妃的指使。

梁芳在萬貴妃面前作足了功夫，才率領楚瀚退下。經過乾清宮時，梁芳暗暗指點道：「那就是萬歲爺的居處。」楚瀚點頭領教，梁芳便領著他和兩個隨從，沿原路離開東六宮，出了紫禁城，回到御用監。

楚瀚自入宮以來，不但勤練蟬翼神功，也在暗中將梁芳的底細摸了個遍。他的飛技原已十分精熟，住處離梁芳的辦公房又近，一有機會，便潛伏在梁芳辦公房的窗外，偷聽梁芳與手下宦官對話。他也趁梁芳入宮執勤時，闖入梁芳在城中的宅第，找到他收藏帳簿信札的祕密櫃子。這櫃子當然層層鎖著，但怎難得倒三家村的傳人？楚瀚隨手便開了鎖，取走其中的帳簿信件，帶回住處仔細翻閱，看完後再送回梁芳宅邸，小心地一一放回櫃中，歸還原位。

如此慢慢偷聽偷看之下，楚瀚得知梁芳對奉承萬貴妃可是用盡了心思，四處搜羅各種稀奇珍寶呈獻，以博得其歡心。他從萬貴妃處當然也得到了不少好處；在萬貴妃的默許下，梁芳安排自己的黨羽出監大鎮，派了太監錢能出鎮雲南，太監韋眷任廣東市舶太監，兩人貪污搜刮，每年替梁芳送回上萬兩銀子，一部分進獻給萬貴妃，一部分用以替萬貴妃採買珍奇寶貝、製造精巧器物，剩下的一部分當然便進了梁芳自己的口袋。

此外，梁芳繞過負責任免官員的吏部，直接向皇帝取得「中旨」，任命了數千名號稱「傳奉官」的閒俸冗員。這些官員給他的酬謝自也十分可觀，甚至依照官爵大小訂出價格，只要送錢給梁芳，立即便有官作。梁芳將這賣官鬻爵的生意搞得轟轟烈烈，坐收暴利，家中有一整櫃的帳簿記載與這些「傳奉官」的金錢來往。

楚瀚也找到了梁芳與三家村互通的書信，大多是柳攀安和上官婆婆寫信向梁芳稟報盜取某某寶物的進展，其中半句也沒提到胡家或龍目水晶。楚瀚心中滿是疑團：「當時舅舅帶著龍目水晶來到京城，這水晶卻似乎並未被送入宮中，不然梁芳又怎會拷打逼問於我？那這水晶究竟去了何處？舅舅如果不是被梁芳害死的，卻又是被誰害死的？」

梁芳在領楚瀚見過萬貴妃後，便召他來自己的辦公房，問道：「楚瀚，你說說，咱們在宮中辦事的，最要緊的是什麼？」楚瀚已聽過他的「教誨」許多次，當下答道：「我們要跟對了主子，盡心替主子辦事。」

梁芳滿意地點點頭，說道：「不錯，不錯，你學得倒是挺快的哪。那你說說，咱們的主子是誰？」楚瀚道：「是貴妃娘娘。」

梁芳點點頭，又搖搖頭，說道：「對，但也不對。娘娘是咱們的頂頭主子，但是千萬別忘了，宮中還有別的主子，也同樣緊要。」楚瀚當即醒悟，說道：「公公是說萬歲爺，還有太后。」

梁芳微笑道：「不錯。每一位主子，咱們都得伺候好，千萬不能輕忽，更加不能得罪，這一點緊要非常，千萬不可忘記。」楚瀚點頭受教。

梁芳又道：「咱家今日再教你第二件緊要的事，那就是咱們不但得伺候好了主子，還得防範好對頭。」楚瀚一呆，他從未想到過這一點，心想：「我道三家村中，三家之間的明爭暗鬥已是十分複雜的了，看來宮廷中的權謀鬥爭還要更加複雜百倍。」

梁芳傾身向前，說道：「咱家的對頭，你想必不知道是誰，因爲咱家也說不準是誰。檯面上的大太監，個個都在爭權奪利，這麼說起來，他們全都是咱家的對頭。但是只要他們跟咱家相安無事，不來搶我地盤，奪我財源，或是想扳倒咱家，那咱們便可以不去理會。這些大太監中，咱家比較擔心的有兩人：司禮監的懷恩和尙銘。你得幫咱家留意他們的動靜。另外還有一些檯面下的宦官，尙未成氣候，但或許有一日忽然受到主子重用，一朝飛黃騰達，這等人咱家們也得防範。」楚瀚點頭道：「楚瀚明白。」

梁芳揮揮手，說道：「好，你明白了就好。好好去幹，以後每日來此向咱家報告，大小事情都別放過。」楚瀚便行禮退出。

他離開了梁芳的辦公房，心下尋思：「我若要取得梁芳的信任，便得作出一番成績來，好讓他覺得我對他有用，未來才有跟他討價還價的本錢。」便決意認真替梁芳採聽出一些消息。

之後數日，楚瀚日夜潛伏在紫禁城中，暗中偷窺皇帝的生活起居，記下他近期最寵幸哪幾個嬪妃，又打探萬貴妃近來對哪種珠玉寶貝胭脂飲食最爲偏愛；有空時，也去監視其他幾個得勢的大太監的動靜，特別留心司禮監的懷恩和尙銘二人。

楚瀚憑著超凡的飛技，加上在三家村學得的採盤本領，不到半個月，便替梁芳採聽到了不少絕密消息。他也不全數告訴梁芳，只說了幾個大的：皇帝好色無度，近來有雄風漸失之徵，梁芳得知後，立即暗中進獻祕製春藥，令皇帝龍心大悅；另一個楚瀚探聽得到的消息，則是萬貴妃人入中年，口味偏愛甜食，梁芳聽聞後，立即找了三名巧擅製作精緻甜點的蘇州廚子，讓他們淨身入宮，專爲萬貴妃調理甜食。在這幾位蘇州廚子的用心鑽研下，發明了聞名天下的「絲窩虎眼糖」、「玉食糖饄」、「佛波羅蜜」等，成爲一朝最膾炙人口的宮廷甜點，萬貴妃每餐必食，讚賞不絕。

注 奉天殿始建於永樂年間，建成不久便毀於雷火，於正統年間重修，規模略遜於前。楚瀚所見到的奉天殿，便是重修於正統年間的那一座。嘉靖年間，奉天殿再次被雷火燒毀，重建後規模大大地縮小了，與原有的石臺不成比例，琉璃瓦也由原來的「頭樣瓦」縮小為「二樣瓦」，並改名為「皇極殿」。清朝又改稱為「太和殿」，即今日在北京故宮可以見到的太和殿。此殿數度毀於祝融，數度重建，重建的規模愈來愈小，今日猶存的太和殿，比之明永樂初建時的奉天殿已小上許多。即使如此，太和殿仍是故宮中最核心、最龐大的主要建築物，也是中國現存最大的單體木造建築。

故事中萬貴妃居於昭德宮，乃有史實根據。今日仍流傳不少明朝的古董瓷器，上書「大明成化年製」及「御賜昭德宮珍藏」等字樣，應是成化皇帝為討好萬貴妃而特意命御用監精製的工藝品。

第十五章　小試身手

卻說梁芳對楚瀚探祕的本領十分滿意，不時喚他進辦公房，祕密吩咐他去探聽各種消息，對他日益信任重視。

這日梁芳叫了楚瀚進去，楚瀚見他怒氣沖沖，門才關上，梁芳便拍桌罵道：「尙銘那老傢伙，竟敢拆咱家的臺！可惡，可恨！」

楚瀚垂手侍立，等他罵完了，才問道：「公公，請問尙銘如何得罪您了？」

梁芳怒道：「我代理提督東廠好好的，眼看就要扶正，豈知這位子竟被尙銘橫刀奪了去！」這件事情楚瀚早有聽聞，他曾多次提醒梁芳，告知尙銘正在暗中謀奪東廠提督的位子，梁芳雖想盡辦法阻擾，卻終究輸了尙銘一籌，失掉了東廠提督的位子。此時楚瀚沒有答腔，只點了點頭。

梁芳大步來到他面前，咬牙切齒地道：「我不管你怎麼作，總之去給咱家挖消息、想辦法，咱家一定要扳倒尙銘這老混蛋！」楚瀚垂首應諾，行禮退出。

楚瀚入宮後不久，便已看出梁芳雖炙手可熱，仍並非宮中最有威勢的太監。司禮監大太監懷恩的威嚴權力都遠在他之上，梁芳充其量不過是主掌御用監的太監，並較受萬貴妃寵眷罷了。因此梁芳想要掌握勢力龐大的東廠，仍力有未逮，才會代理提督東廠一陣子，便被尚銘擠了下去。楚瀚知道即使扳倒了尚銘，梁芳仍舊坐不上東廠提督的位子，但梁芳是小人心眼，只要能損人便好，即使不利己也不打緊。

楚瀚此時對宮內諸事已十分熟悉，他之前曾在東廠待過兩年，對東廠也不陌生。他在宮內打探過關於尚銘的背景，知道他是司禮監的大太監之一，地位僅次於懷恩，爲人卻不似懷恩那般正直不阿，貪財收賄的事情幹了不少。然而成化一朝的內官，上至大太監，下至小宦官，只要有點兒權勢，沒有哪個不收賄的，連梁芳那般公然賣官鬻爵者都不乏其人，因此尚銘收點賄賂，也算不得是什麼大罪。

楚瀚便想從東廠入手，看能不能探出尚銘的什麼隱祕。自從他被梁芳迷昏送入淨身房後，便再也沒有回去過東廠廠獄，一來他不敢去見昔時同僚，二來也不知自己該如何面對往年好友。

但他想自己總得回去望望，終於鼓起勇氣，悄悄回到東廠，去找好友何美。何美此時仍在東廠負責抄繕文書，他見到楚瀚，好生驚喜，連忙問起近況。楚瀚簡單說了自己淨身入宮的前後，何美聽了，當場便流下熱淚，伸臂抱住了楚瀚，哭道：「楚老弟，你爲了保護我和王吉，這犧牲也未免太大了！哥哥一輩子欠你一份情！」

楚瀚雖不願意欺騙他，但他未曾淨身之事太過重大，畢竟不敢輕易透露，便只安慰他道：「何兄不必太過介懷。這原要怪我自己失算，我當時去自首，滿以爲自己有辦法對付梁芳，全沒料到他手段竟如此陰狠。現在事情都過去了，我在梁公公手下辦事，也未必沒有前途，我早就已經看開啦。」何美仍舊感動傷心不已，說道：「總而言之，哥哥欠你一份情。你往後有什麼需要哥哥幫助的，儘管來找我，我義不容辭，一定幫你到底。」

兩人聊將起來，楚瀚得知王吉經過那番拘捕刑求，後來雖平反復職，但受驚過度，不久便辭去獄卒之職，回去幫忙家裡棺材舖的生意了；而尙銘走馬上任不久，便已開始利用東廠的淫威勒索囚犯，跟梁芳一般，讓家中有錢的犯人繳付「清白費」，直到繳足了銀兩，才肯放人。楚瀚心知東廠提督人人都這麼幹，已屬常例，也非不可告人的過惡。當夜他跟何美談到甚晚，約定往後定期相聚，才道別離去。

楚瀚在東廠沒有探到什麼消息，便又到京城裡繼續打探。市井之中，關於宦官作惡的流言可多了；楚瀚很快便聽到不少關於尙銘的惡行，包括強占民田、強奪民宅、干攬訴訟、冤枉良善、超徵田稅等等，但都不足以動搖尙銘的地位。

這日楚瀚來到京城的煙花街巷，潛入幾間去探聽，但都沒探得什麼有用的消息。正想回去時，恰好聽見一間院子裡傳來人聲。他潛入偷瞧，正見到兩個老鴇和幾個烏龜聚在那間院子的後院裡，老鴇站著把風，烏龜拿著鏟子在地上挖坑。一個老鴇不斷催促烏龜趕快挖，另一個老鴇喃喃罵道：「我操他十八代祖宗！這什麼世道，賣笑的，唱戲的，誰被那尙家的小霸王看上，誰就倒了大楣！這回死的是我們院子的，下回也不知輪到哪個院子的倒楣鬼！」前一個老鴇道：「別多說啦，錢都收了，快把人埋了了事。」

不多時，烏龜們挖好了坑，從旁邊抬過一具用布包住的人形，放入坑中，又用鏟子將坑填上。

楚瀚聽她們說到「尙家的小霸王」，頓時留上了心。他繼續留在那間院子偷聽，幾日之後，終於探知枉死的是個年輕的娼女，被一個叫尙德的紈褲子弟給打死了。這尙德便是尙銘的乾兒子，之前也打死過一個戲子，但是眾人畏懼尙銘的威勢，尙家又總肯花錢消災，因此也沒人敢多說什麼。

楚瀚知道太監放縱親友在市井橫行，說起來也非大罪，弄出人命來雖麻煩些，但死的若是些娼家戲班裡的卑賤之民，官府更不會去查察追究，更別說動搖尙銘的地位了。

但楚瀚並不死心，繼續調查下去，發現這尙德最新的相好是個擅長唱蘇曲的歌女，恰巧兵部尙書王恕的姪兒對這名歌女也十分有意，請她來家中唱過幾回。楚瀚並不出面，只靠何美去傳播流言，說道尙德的相好被王恕的姪兒搶了去，讓他戴了綠帽云云。小霸王尙德聞言大怒，想也沒想，便帶了人衝入「情敵」家中，一陣亂打胡揍，將王恕的姪兒打了個半死不活。

打死戲子娼女是一回事，打傷大臣的子姪可是另一回事了。王恕性情耿直，大怒之下，便上奏皇帝，次日文武百官全都聽聞了此事，在城中傳得沸沸揚揚。事情鬧大後，終於驚動了皇帝和萬貴妃。萬貴妃叫了尙銘來叱罵一頓，免了他東廠提督的職位。

楚瀚將事情經過向梁芳稟報了，梁芳高興已極，對楚瀚的手段極爲讚賞滿意，著實誇獎了他一番。

這日他喚了楚瀚來，請他喝清茶，吃甜點，閒閒問道：「我說楚瀚哪，咱家交辦你的這些事兒，你都辦得極爲妥當，想來對你來說實是大材小用了。你覺著無聊了麼？」楚瀚道：「那怎麼會？楚瀚日子過得挺高興的，多謝公公掛心。」

梁芳持著茶杯，三角眼一轉，說道：「咱家卻有件心事，想讓你去解決了。」楚瀚道：「公公請說。」

梁芳道：「有個傢伙，之前在朝中老與我作對，我已將他貶到武漢去了。這人頗有才幹，我怕他哪天又被召回朝中，找我算帳。因此咱家想尋個法子，徹底解決了他。」

楚瀚沒想到他竟想派自己出京辦事，抬起頭，與梁芳四目相接，心中都生起了同一個念頭：楚瀚這一去，大可就此不回，天下茫茫，梁芳絕對找不著他。但他會一走了之麼？他對梁芳顯然毫無忠心可言，但梁芳願意賭一賭：賭他一個淨了身的小宦官，離開皇宮後便再無安身之所。他在宮中有吃有住，有錢有勢，淨了身這回事又無法逆轉，不如就此安心在皇宮中混下去，安身立命，幾年後說不定還能掙得個太監的位子，有何不美？

楚瀚臉上不動聲色，只道：「請公公告知這人的姓名和處所，我今夜便出發。」

梁芳微微一笑，喝了一口茶，說道：「這人姓謝名遷，餘姚人，被貶到了武漢的陽邏縣擔任縣令。那人精明得很，只有你去最合適。你替咱家探探，回來告訴咱家該如何下手最好。是栽贓個罪名，讓他來嘗嘗廠獄的滋味呢，還是就地派人毒殺了？咱家期待你的好音。」

楚瀚領命而去，當夜便裝扮成個小商販，收拾包裹，獨自騎了快馬出京，來到大運河口。他將馬匹寄託在驛站，上官船經大運河南行，一路來到長江；換了船，又沿著長江西上，往武漢航去。他雖從未到過這麼遠的地方，但自幼顛沛流離，自不害怕獨來獨往，加上身上帶著梁芳給的充裕旅費，而且只需出示一張宮中印發的「行通狀」，隨時可以在驛站吃喝住宿，行路投宿都不是問題，這一路行走得甚是愜意。

不一日，他乘官船來到九江府，一問驛站的驛卒，得知離武漢只有兩日路程，便想該是藏身匿跡的時候了。其實他老早發現有人尾隨在後，想來梁芳對自己並不放心，派了人出來跟蹤監視。他一路上乖乖地在驛站落腳，行路不疾不緩，讓身後那人跟得十分輕鬆。楚瀚不擔心有人跟蹤，卻擔心在刺探消息時露出形跡，便在九江府悄悄換了裝扮，捨了船，買了馬，往南疾馳一百里，再次改換裝扮，又換了馬，緩緩騎入武漢城。這麼一兜一轉，登時將身後跟蹤的人甩脫了。

武漢乃是漢中水陸交通的樞紐，市面繁華，號稱四大名鎮之一。楚瀚在武漢城中繞了一圈，但見江上千帆航行，街上車水馬龍，各種商品貨物琳琅滿目，各式商舖食肆交錯林立，果眞熱鬧非凡。

楚瀚找了間不起眼的客店住下，心中盤算，他難得出京一趟，而梁芳給的差使又沒有一定得回報的期限，不如便在這武漢城中玩上一玩兒，逍遙一番，有何不可？他年輕好玩，身上又不乏銀兩，便略作改裝，獨自到街上逛去。楚瀚出身寒苦，即使看慣了宮中的錦衣玉食，仍自奉樸素儉約，不喜花費。他到歸元寺旁的小街上吃了武漢出名的石頭餅、紅燒蹄，又去武大門外吃了紅油乾麵、雞汁煎包和油炸豆腐等小食，吃得飽呼呼地，便打算回客店休息了。經過一家酒舖時，見酒招上寫著「天成糟坊特製」數字，他想起宮中的許多公公們對「漢汾」情有獨鍾，往往特別指定要武漢天成糟坊所釀的漢汾。他不喜飲酒，但耐不住心中好奇，便走了進去。

酒館中好生熱鬧，總有十來桌，六七十個酒客。他見到好幾桌的酒客都以青布包頭，捉對兒吆喝招呼、猜枚賭酒，看來彼此都是相識的。楚瀚找了個角落的座頭坐下了，叫了一壺天成汾酒，自斟自酌。

但聽隔壁座的一個鬍子漢子舉杯敬酒，說道：「老弟難得來一趟武漢，哥哥招待不周，還請多多擔待！」對座一個青年漢子回敬道：「大哥說哪裡話來？你對我甲武壇弟兄盛情招待，兄弟們感激不盡。」鬍子漢子道：「同是青幫兄弟，還分什麼彼此！哥哥雖在總壇幹得久些，但地方上的事情，全要靠兄弟們撐持，功勞不可謂不大。來來！這漢汾在我們武漢可是出了名的，兄弟們多喝一杯！」

楚瀚聽他們言語，心想：「聽來這些都是什麼青幫中人。青幫又是什麼東西？」

但聽那青年漢子問道：「請問大哥，兄弟來到武漢，可有什麼人物應當拜見？」

鬍子漢子說了幾個當地的武師鏢頭、成名豪傑，最後說道：「然而不瞞老弟，人都說武漢有一武一文兩大奇人，不可不見。那一武，自然便是咱們成幫主了。成幫主年紀輕輕，但武功高強，英雄豪邁，豁達大度，江湖中人聽見他的名頭，無不豎起大拇指，稱一聲『好英雄，真豪傑』！」青年漢子道：「幫主英雄過人，自然稱得上是奇人了。那麼另一位呢？」

鬍子漢子道：「另一位是個文人。他是個從朝廷貶下來的大官，姓謝名遷，聽說乃是當朝狀元，因跟朝中公公們過不去，才被貶來了這兒作個小小的縣官。這人滿肚子的文章，我們粗人是不懂的。但本地人都說，讀書人若不識得謝狀元，那可眞是白活了。」

楚瀚聽他吹噓自己幫主有多麼了不得，不禁有些好笑，但聽他提起謝遷，正是自己要找的人，當即留上了心。他繼續傾聽那伙人的談話，卻聽那鬍子漢子又說了不少謝遷不畏權貴、秉公辦案的事跡，言下甚是欽服，其他漢子也齊聲稱讚謝公是個難得的清官好官。楚瀚不料一群幫派中的粗豪漢子，竟也對謝遷這一介文人如此尊敬，想來這謝遷確是個十分特出的人物。

之後這伙人又談了些幫中事務，楚瀚聽出青幫是個包辦河運的幫會，總壇便設在武漢。青幫成幫主年紀輕輕便坐上了幫主大位，武功了得，才智過人，統領屬下數萬幫眾，無人不服，將幫務整頓得蒸蒸日上。楚瀚心想：「聽來這成幫主似乎也確實有些本領，不只是這些人自吹自擂而已。」

次日，楚瀚打探到了謝遷府邸所在。當晚過了子夜，他悄悄潛入謝府，暗中觀察。縣官職位不高，謝遷又是受貶而來，住處不過是間一廳兩進的屋子，年久失修，十分破敗。楚瀚在屋中繞了一圈，來到書房之外，見到一個容貌俊偉的青年正與一個道士下棋。楚瀚心想：「這青年想必就是謝遷了。原來他年紀還這麼輕。」

但見謝遷神情淡定，和那道士默然對奕，有時思考良久，才下一子。一個僕人候在門外，不斷搓手踱步，唉聲歎氣，似乎極爲焦慮，又不敢放肆打擾。

過了許久，那僕人終於鼓起勇氣，伸手輕輕敲了敲門，低聲稟道：「啓稟大人，萬老爺的人在外面等了很久啦。」

謝遷皺起眉頭，輕輕哼了一聲，說道：「我不是要你趕他走麼?去，去!莫再來擾我下棋。」僕人道：「是，是。但是萬老爺差他送來的那許多事物……」

謝遷打斷他的話頭，提高聲音說道：「通通送了回去!一件也別給我留下!」僕人聽他語氣決絕，這才愁眉苦臉地去了。

道士抬眼問道：「可是那自稱與萬家有遠親的萬宗山?」謝遷道：「可不是!此人無賴，因著姓萬，便自稱與京城萬娘娘攀上了關係，在縣裡作威作福。他兒子打傷了人，我判他入獄，萬老兒不依，一定要我放人。第一回老兒帶了一群打手來圍住衙門，給我一頓話罵得抱頭鼠竄而去。第二回帶了京城來的一個什麼京官，向我軟逼硬求，百般勸喻，我幾句話也將那人說得面紅耳赤，訕訕地回去了。這次差人送來重禮，想是打算賄賂我來了。」

那道士聽了，哈哈大笑，說道：「謝公侃侃善言，天下聞名，誰能不被謝公說倒?這幫小人逼之以武，動之以情，誘之以利，當眞是無所不用其極!」

謝遷也笑了，說道：「我倒要看看他們還有什麼花樣。我謝遷讀聖賢書，以君子自許，還能怕了這群宵小不成？」

道士神色卻有些憂慮，說道：「謝公需聽貧道一言。所謂君子不與小人爭，這姓萬的若在京城中眞有靠山，事情可不易善了。謝公今日已受讒謫居，不好再生事端。」

謝遷輕歎一聲，說道：「謫居便謫居，我早已死了這條心，不期望有回去廟堂的一日。我如今只能盡心作好我本分中事。若連縣官都幹不好，就算回去京城，又能如何？還不是得終日見那些小人的嘴臉，與那群小人虛與委蛇？」道士歎了口氣，便不再說，兩人繼續下棋，直至夜深。

此後數日，楚瀚每夜都來觀察偷聽謝遷的言行舉止，心中對這人愈來愈敬佩。謝遷不但善於辯說，所說皆能服人，而且他在別人見不到之時，亦是個光明磊落的君子。楚瀚一生中接觸過的人，不是乞丐小偷，就是宦官宮女，哪裡見過如此有膽識、有風骨的讀書人？不禁好生欽慕，暗想：「這人有德有才，皇帝不用他，卻任用萬貴妃那幾個草包兄弟，豈不是大大地浪費了人才？」心中也不禁擔憂，這麼一個硬骨頭的君子，梁芳顧忌他並非過慮，要自己「解決」他也不是空話一句。要不就是派人來毒殺，要不就是構陷誣指，將他打入廠獄，關上幾年，讓他自動瘐死獄中。楚瀚暗暗尋思：「我卻該如何，才能保住此人？」

第十六章　義保謫臣

他又觀察了數日，得知常來與謝遷下棋的道人法號無生，面目看來頗有點眼熟。他想了半天，才想起這無生道人原來卻是自己的舊識，東廠囚犯李東陽！他原是進士出身，後來被人無端栽了個貪贓的罪名，落入廠獄成爲囚犯，一關便是五六年，生不如死，家人幾乎散盡家財，也未能救出他來。楚瀚當時和何美、王吉合伙幹「贖屍」的勾當，這人便是他們第一個選中以假死脫身的囚犯。聽說他離開廠獄之後，便攜家帶眷悄然離京而去，不料卻來到了武漢，出家作了道士。

楚瀚心中思量：「謝公不識得我，自然不會聽信我的言語。或許通過李大人去勸他，能讓他躲過這一劫。」

當天夜裡，楚瀚悄悄來到無生道士所住的道觀，潛入內室，往窗內望去，見到無生道士並不在念經打坐，卻在燈下讀書。楚瀚在外敲了敲門，無生道士只道是徒弟或道婆進來換茶，未曾回頭，只說了聲：「進來。」

楚瀚推門而入，低頭垂手而立，說道：「道長，小人楚瀚，有事求見。」

無生道士聽了，一驚回頭，待看清他的臉面，登時跳了起來，臉上又是驚愕，又是歡喜，說道：「你……是你！」

楚瀚微微一笑，問道：「道長近來可好？」

無生道士快步走到門邊，往外張望，關上了門，又轉身關上了窗戶，回過身來對著楚瀚，忽然噗通一聲跪倒在地，泣道：「恩人！東陽日夜感念您的恩情，無敢或忘！」

楚瀚絕未料到他竟會對自己如此感激，不禁一呆，連忙扶他起來，壓低聲音說道：「李大人快別折煞小人了！小人這回來，是有事情想請李大人幫忙。」

李東陽道：「但教恩人吩咐，東陽一定竭心盡力，在所不辭。恩人快請坐下。」楚瀚道：「李大人叫我楚瀚便是，千萬別再稱我恩人了，小人擔當不起。」李東陽不肯直呼其名，便稱呼他「楚小兄弟」。

二人在蒲團上坐下了，楚瀚問起李東陽的近況。李東陽歎道：「東陽能保住一條命，重獲自由之身，已是心滿意足。如今我將家人都接來了武漢安置，自己假扮成道士，隱姓埋名，只盼能安度餘生罷了。」

楚瀚道：「大人不必擔心。當年的事情，廠獄中一把火，早將囚犯名冊燒了個乾淨，無從查起。我也已離開東廠，另求營生了。大人大可放心，絕不會再有人來追查。」

李東陽聽了，略鬆口氣，又問道：「楚小兄弟卻爲何來到武漢？有什麼東陽能幫得上忙的，儘管吩咐。」

楚瀚問道：「大人可識得謝遷謝大人？」李東陽點頭道：「謝公是我好友。」

楚瀚道：「我離開廠獄後，輾轉被派在梁芳公公手下辦事。如今梁公公遣我出來暗中觀察謝大人，打算伺機出手對付。梁公公說了，不是下毒，便是羅織個罪名，將謝大人下入廠獄，免得謝公公往後有機會翻身，回到京城，跟他作對。」

李東陽聞言，臉色大變。楚瀚又道：「我來到武漢後，見到謝大人光明磊落，正直不阿，心中十分敬佩，因此很希望能相助謝大人避過這一劫。」

李東陽聽了，凝望著楚瀚的臉，許多往事陡然浮上心頭。他幼年時曾是個名聞天下的神童，四歲便會寫字，曾在景帝面前書寫「龍、鳳、龜、麟」四個大字，景帝龍顏大悅，特准他進順天府學讀書。十七歲時，他考中了英宗朝的進士，宦途一帆風順；怎知到了成化皇帝一朝，宦官當道，無端陷害於他，竟受冤下入廠獄，從此天崩地裂，命運逆轉，從天之驕子淪爲廠獄中求生不得、求死不能的囚犯。

他仍記得約莫三年前，一夜他獨自躺在廠獄的角落裡，忍受著刺鼻的臭味、滿地的蟲蟻和溼冷的石板地，正想著該如何自我了斷，結束這獄中無止無盡、不生不死的苦楚。忽見一個瘦小的身形來到柵欄之前，手中拿著掃帚鐵鉗，顯然是個來清理穢物的雜役。但這瘦小少年跟一般的雜役頗爲不同，他腳上繫著鐵鍊，也不知是雜役還是囚犯，而他清理牢房時極爲用心，不但將糞罐尿盆收拾乾淨，更將牢房四下打掃了一番，最後來到他的身邊，用清水替他洗淨腿上被腳鍊刮出的一道道血跡斑斑的傷口。

李東陽當時萬念俱灰，一心求死，但這少年的奇特舉止卻讓他改變了主意。之後數月，這少年每日都來清理他的牢房，照顧他的傷勢，認眞細心，讓他第一次感覺到自己仍是個人。他入獄多年，這是第一次有人將他當人看待。李東陽極爲感激，心底生起了一絲微弱的希望：或許這還不是我人生的盡頭，或許我該活下去，等待離開這人間煉獄的一日。

夜深人靜時，他曾抓著那少年獄卒的手，向他述說自己當年受到景帝賞識的往事，以及高中進士的榮耀；也吐訴了自己如何受人冤屈，和下獄後所遭的非人待遇，今昔相較，實是雲泥之別。他曾對那少年獄卒說道，此生若能重獲自由，他一切都看開了，不再汲汲於功名利祿，但求能心安理得，了此一生。

那乾瘦的少年蹲在牢獄一角，默默地聽著，稚氣未脫的臉上沒有什麼表情，眼中卻流露出理解和同情。能見到這樣的眼神，李東陽當時心想，便値得我多活幾刻，多撐幾日。

一年之後，當楚瀚悄悄來找他，向他訴說裝死逃獄的計策時，他一口便答應了，心中沒有絲毫懷疑。他甚至請楚瀚傳話給自己的妻子，要她拿出最珍貴的傳家之寶，一幅唐代書法大家顏眞卿的眞跡《祭姪贈贊善大夫季明文》，變賣了將銀兩全數交給楚瀚。

然而楚瀚卻不肯收。這個十二三歲的小伙子，似乎對金錢沒有什麼興趣，只搖搖手，說他只收定價十兩銀子，不需要更多。那天晚間，楚瀚和另兩個獄卒合力將他放入一口薄薄的棺材，在頭旁留了個通氣口，便命杵作將他抬了出去。

李東陽在棺材中搖搖晃晃，悶熱難受，但心中卻出奇地平靜，他想像自己已經死了，這會兒正讓人抬去下葬；自己的墓誌銘上不知會寫些什麼？隨即自嘲起來：我是死囚之身，又怎會有墓誌銘？轉念又想：如果楚瀚他們騙了他，眞的將他活活埋葬了，那又如何？那也沒什麼不好；我不會感到受了欺騙，反而會感激他們，感激他們結束了我在廠獄中生不如死的痛苦。

當然楚瀚信守諾言，當夜便有人撬開棺板，將他放了出來，正是跟隨自己十多年的老家人。老家人一把鼻涕一把眼淚，偷偷將他揹回家去。他和妻子連夜收拾細軟，天一亮便喬裝改扮，逃出京城。那時他便向妻子說道：「那個救我出來的孩子，是我此生的大恩人。我要一世燒香禱告，祝願他善心得到善報。」

這時李東陽聽了楚瀚的一番話，心中確知這孩子說的是實話，出自一片眞心。即使這孩子仍十分年輕，卻因緣際會，手中掌握著許多人物的生死命運；難得他懂得分辨是分善惡，有心保護忠良，不肯盲目誣陷迫害，這一分正直善心，在滾滾濁世中實是極爲珍貴，極爲罕見的。

李東陽心中感動，對楚瀚道：「請楚小兄弟告訴我，我該如何向謝公說明此事，他又該如何，才能躲過這場劫難？」

楚瀚道：「很多事情我都不懂得，還須請兩位大人商量定奪。依我猜想，梁公公是害怕謝大人哪日翻身了，回京作官，去找他的麻煩，以報當年陷害之仇。如果謝大人立即辭官還鄉，或許能躲過這一劫。但是謝大人是否願意這麼作，我卻不敢臆測。」

李東陽苦笑道：「他若不肯，難道想跟我一樣，去廠獄中蹲上幾年麼？楚小兄弟且勿擔心，待我去勸說謝大人，讓他藉病辭官，先保住性命再說。」

兩人又商討了一陣，計議已定，復又談起京中近況。李東陽聽聞東廠仍舊猖狂，不禁唏噓憤慨，說道：「幸好奸人之中，還有楚小兄弟這樣的好心人在。今日正道不彰，難遏妖邪，但至少天理良心猶存，猶存於小兄弟的身上！」

楚瀚連連搖手，說道：「小人低賤卑微，哪裡懂得什麼天理良心？只知道辦好上面交代下來的事，混口飯吃罷了。李大人和謝大人是讀書人，明白道理；小人粗陋淺薄，只盼見到兩位大人平安無事，我便放心了。」

第二日，李東陽一早便去找謝遷，閉門密談，告知楚瀚所言的危機。謝遷是出了名的硬脾氣，起初還不肯聽信；李東陽便讓楚瀚來見他，三人在謝遷的書房中密談了半夜，才終於說服了謝遷。次日，謝遷便上書稱病辭職，說要還鄉養病。

楚瀚為了不讓梁芳知道實情，特意找到梁芳派出來監視他的錦衣衛，在李東陽的協助下，花錢買通了幾個本地胥吏，讓他們向那錦衣衛說了一番預先編造的故事：說謝遷脾氣剛直暴烈，在武漢得罪了不少人，人人欲去之而後快。又說楚瀚來到武漢之後，便串連了幾個小官，寫了封黑函給謝遷，威脅告發他對皇帝心存怨懟，狠狠嚇了他一頓，他才主動上書辭官。

那錦衣衛聽了，信以為真，快馬趕回京城，向梁芳一五一十的稟報了。梁芳得訊大喜，一問吏部，謝遷的辭呈果然已經送到。他立即讓吏部批准了謝遷的辭呈，儘快送回陽邏縣去。謝遷收到准辭的公文，當即讓家人收拾書籍衣物，簡簡單單一車子，啓程回往家鄉浙江餘姚泗門，耕田隱居去了。

數日後，楚瀚回到京城，梁芳高高興興地召他來見，直誇他辦事妥當，手段靈活，不過一個月的功夫，便拔去了自己背後的這根芒刺；而且他乖乖回京入宮述職，毫無逃走的意思，梁芳心中極為滿意，知道此後還有許多事情能派他出京去辦，對楚瀚大大賞賜了一番。

之後梁芳便時時派楚瀚出京探訪消息，偷取寶物，總之幹的盡是些不可告人、污七八狗的勾當。憑著楚瀚在胡家學得的飛技取技，要刺探什麼消息、偷取什麼珍寶，對他而言都非難事，要逃走也是輕而易舉。但他衡量局勢，在梁芳手下辦事十分輕鬆容易，雖然幹的都不是什麼善事，倒也並不傷天害理，更有餘暇苦練蟬翼神功，並能趁機在皇宮中探索紫霞龍目水晶的下落和殺死舅舅的凶手，何樂而不爲？便安然留在御用監替梁芳辦事，未曾動過離去的念頭。

他偶爾回去東廠，與何美敘舊閒聊，探聽消息。一次到廚下取水時，恰巧見到一隻黑貓從灶上跳下，竟然便是自己當年收養的黑貓小影子！楚瀚心中大喜，當即出聲招呼，小影子甚有靈性，回頭見到了他，興奮非常，快步奔上前來，喵喵叫個不停，一縱便跳上了他的肩頭，不斷用臉摩挲他的臉頰。

楚瀚想起那些跟小影子相依爲命的日子，滿心懷念，便將牠帶回了御用監住下。小影子日夜跟在他身邊，冬日替他取暖，夏日替他趕蟲驅鼠，還能聽從他的指令去叼回事物，極爲乖巧。

春去秋來，楚瀚入宮已將近一年，感覺自己飛技日進，不但能夠點紙而走，甚至庶幾能夠御風而行。這夜他夜晚出外練功，感到一股清氣充滿脈絡，輕輕一提氣，身子便陡然高升，飛到了樹梢之上；再輕輕一縱，身子便如落葉一般飄過牆頭，無聲無息地落在隔壁園中。

楚瀚欣喜若狂，從沒想到一個人的飛技竟能達到這等境界，也才領悟胡家子弟為何一定得在幼年時在膝蓋中嵌入楔子；唯有這麼作，雙腿才能累積足夠的力道，在一瞬間爆發出來，達到飛技絕頂之境。

此後每到夜裡，他便在皇宮中四處遨遊，宮中數萬名宮女太監、嬪妃選侍、御前侍衛，甚至皇帝、萬貴妃和其他得寵妃子，每個人的一言一行、一舉一動他都能盡收眼底，但卻從來沒有任何人見到他的身影，或察覺到他在左近。他好似清風樹影一般，穿門入戶有如輕風拂過，闃然無聲，神不知鬼不覺。他當時並不知道，除了已過世的舅舅胡星夜之外，自己乃是百年來唯一練成蟬翼神功的人。

然而儘管他在宮中不斷探查偷窺，卻始終沒有找到關於紫霞龍目水晶或殺死舅舅凶手的任何線索。他懷疑萬貴妃，一一跟蹤觀察接受萬貴妃指令的錦衣衛，但發現這些人都武功平平，不可能正面揮刀殺死舅舅。他不禁臆想舅舅當時到底有沒有入京，有沒有將龍目水晶交給任何宮中之人？最後殺死他的又是何人，為什麼送舅舅遺體回來的竟是東廠的錦衣衛？

他曾去東廠探問過，卻沒有人知道這回事，都說從未奉命送過什麼人的屍體去三家村。當時柳攀安說送屍體回來的乃是東廠錦衣衛，或許消息並不真確，也或許根本是他胡謅的障眼之辭？

楚瀚百思不得其解，也只能繼續暗中探訪。他又想起舅舅離家之前，曾有位神祕客在深夜來拜訪他，舅舅告訴自己那人乃是虎俠王鳳祥，是專程來告訴他一些事情的。楚瀚不知內情，只能暗自揣測：「舅舅在王鳳祥造訪的次日，便倉促決定出門，難道他離家竟跟王鳳祥告知他的消息有關？王鳳祥又會有什麼重大的消息要告訴舅舅？」

楚瀚曾向江湖人物探聽關於虎俠王鳳祥的事蹟，知道他是一位特立獨行的俠士，武功奇高，名聲斐然，爲人卓然不群。這樣一位公認的武林高手、江湖俠客，怎會在半夜三更來到三家村探訪舅舅，這跟舅舅的死又有什麼關連？楚瀚曾想去江湖上尋找虎俠，探問此事，但他知道虎俠行蹤不定，極難找尋，才打消了這個念頭。

注李東陽、謝遷和劉健乃是明孝宗弘治朝的三位賢相，時人有言：「李公謀，劉公斷，謝公尤侃侃」。謝遷口才便給，在殿堂上議論國事，每能服人。明史說他「儀觀俊偉，見事明敏，善持論。……天下稱賢相。」

李東陽幼爲神童，四歲能寫字，成年後以書法詩文聞名。李謝二人宦途順遂，於弘治朝受到重用；正德朝時曾受宦官劉謹排擠，但在成化朝並無陷身廠獄或遭貶謫的經歷，此乃小說家所編造也。

第十七章　驚豔紅伶

卻說梁芳眼見楚瀚為自己刺探出許多極有用的訊息，辦事又十分俐落明快，對他日益賞識關照，在御用監配給了他一間獨門獨戶的大屋居住，又提拔他連升數級，擔任御用監右監丞，那是正五品的官，對一個十多歲剛入宮的孩子來說，實是求之不得的高位。梁芳也給了他大筆銀兩花用，更帶他去見京中重要人物，增廣他的見聞，不時指點他如何巴結主子，討主子的歡心。

楚瀚仍舊裝得傻楞楞的，升了官也不顯得高興得意，給他錢也不知道花用，見到大人物也總呆子似地，既不趨炎附勢，也不奉承巴結。梁芳只當他年紀幼小，還未開竅，也不在意。

然而楚瀚卻非沒有心計之人，他瞞著梁芳，暗中將錢都花在手下一眾宦官身上。許多比他年長的宦官，入宮十多個年頭，仍沒謀得任何有品的職位，對他這少年得志的小孩兒自然甚感嫉妒眼紅。楚瀚一來對這些淨身入宮的宦官們頗感憐憫，二來也知道自己需要收買人心，便在暗中將梁芳給他的銀兩都分給了御用監及其他衙門的宦官們。二十四衙門中凡是賭輸的，家中貧窮的，家人需急用的，不得志的，都多多少少得到過楚瀚的好處，大家交相稱讚這位小公公急公好義，心地善良，出手大方，一時在宮中人緣極好。

楚瀚常居宮中，整日接觸到的都是宦官宮女，不由得對這群皇室奴婢生起了由衷的憐憫。宦官淨身後已不復是男身，其悲慘卑下自是不消說的了。有些便認了命，乖乖在宮中服役幹活，了此一生；有些不死心的，便著力巴結主子，盡力將主子服侍得舒舒服服，好逮著機會往上鑽營攀升，汲汲營營，求官求財，爭權奪利，梁芳便是其中極爲成功的大好例子。

至於宮女，情況又更悲慘些，儘管所有選入宮中的宮女都可能受到皇帝的臨幸，但眞正能夠得到皇帝青睞的卻是萬中無一。如果有機緣得侍皇寢，懷孕生子而攀上枝頭變身鳳凰，那也值得宮女們企盼想望。但事實上六宮全在萬貴妃的嚴密掌控之下，那女人殘狠忌刻，哪個宮女嬪妃若得皇上臨幸，懷了身孕，萬貴妃立即便派手下宮女去強逼該女灌藥打胎，最後往往母子不保；即使沒有身孕，萬貴妃也不輕饒，總有辦法將那倒楣的宮女整得死去活來。因此宮女們都戰戰兢兢，誰也不敢奢望得到皇帝的注意，只能祈求自己一輩子都不受到關注，平平安安地活下去。

楚瀚所領職務是個虛銜，所有梁芳眞正交辦的事務，都是在夜晚或到宮外去辦。他平日清閒，便讓小麥子出宮去買些精緻昂貴的好酒好菜，請相熟不熟的宦官們來他的大房中吃喝玩耍，有時也開個賭局。楚瀚自己從來不賭，只偶爾賒錢給輸光了的賭徒，就算那賭徒再度輸光了，他也從不去討還本錢。因此人人都說楚小公公出手最是大方，都愛上他這兒吃喝開賭。楚瀚藉此遍識二十四衙門的大小宦官，消息靈通，哪一宮哪一殿哪一衙門發生了什麼事情，他總是第一個知道。眾人都知他是梁芳手下，起初對他頗有些忌憚迴避，但見他年紀輕輕，樣貌老實，出手又十分慷慨，逐漸放下戒心，紛紛與他交往。

楚瀚手中有錢，辦起事來便方便了許多。自從上回他花了許多功夫探查尚銘的把柄之後，便醒悟在紫禁城中布置眼線並不足夠，需得將之拓廣至整個京城。於是他便常常懷抱著小影子，領著小麥子去京城街頭閒逛，見到窮苦的乞丐上來乞討，便大方地施捨幾文錢。他仍記得當年自己流落街頭行乞之時，常常瞪著過路人的銀包，咬牙切齒，壓抑不住心中的憤憤不平：「我已經三天沒吃東西了，你囊中的幾文錢，對你不過是個零頭，卻夠我吃好幾餐。瞧你緊抓著銀包，半文錢也不肯施捨的勁兒，難道我的命就比你的命低賤這許多？」

此時換成他囊中有錢，施捨起來便大方得很。街頭乞丐一見到楚小公公到來，便滿面喜色，歡呼雀躍，一齊圍將上來，知道未來三天可以不愁吃喝了。當年曾經打斷楚瀚左腿的城西乞丐頭子也受過他的施捨，但卻早認不出他來，楚瀚也裝作不識得他，不提舊事。

他知道宮中事情全由宦官宮女掌持，但宮外的事情就得靠其他的眼線了。他因此物色了幾個聰明伶俐、值得信任的年輕乞兒和街頭混混，請他們吃喝，順便詢問城中瑣事。這些人剛開始時也只來跟他說些雞毛蒜皮的小事，後來楚瀚慢慢訓練他們特意去打探一些消息，又給了他們不少銀兩，這些人很快便替他搭起了一個眼線網，專事蒐集傳遞消息，此後城中大小事情，他都瞭若指掌。

同一時候，梁芳野心漸大，不只想掌握宮中情形，更想探知宮外諸事。因此冬天過後，梁芳每出宮去，便叫楚瀚跟在身邊，讓他跟著到各閣臣、尚書、侍郎等人的府第造訪，並讓他開始蒐集各個重要官員的動向隱情。這時楚瀚在宮外的眼線網早已布好，辦起事來駕輕就熟，輕鬆勝任，梁芳對他的倚賴也日益加重。

這日萬貴妃的兄長萬天福作壽，梁芳帶了楚瀚和小麥子來到萬府祝壽。萬貴妃權傾朝野，兩個哥哥萬天福和萬天喜也被封爲大學士，入值內閣。但這兩兄弟正事是不會幹的，只顧著在京中興建巨宅，極盡華麗奢侈。楚瀚眼見那萬宅富麗堂皇，華美壯觀，氣派比之皇宮有過之而無不及，心想：「人人都說天下遲早是萬家的，我看今日天下已經是萬家的了。」

壽宴之上，楚瀚跟其他宦官們一起喝酒吃菜，之後便與賀客們一同去院中看戲。萬家請來的戲班乃是京城中正正走紅的「榮家班」，尤以武戲聞名。榮家班這回得著機緣來萬大學士家中唱戲，自是極為賣力，擺出大戲《泗州城》。楚瀚出身寒微，從無機會聽戲，也不十分懂，坐在臺下一邊嗑瓜子，一邊隨意聽聽。

方開場時，但聽臺後一聲清脆的暗唱，卻是「南梆子」倒板：「五湖四海——為我尊！」

便見一個妙齡女子身穿搶眼的大紅褲衫，挑著兩桶水，碎步出場，體態婀娜，步履輕盈。她右手持線尾子，左手扶擔，走花梆子，面對上場門一亮相；之後扭三步，扔線尾子，顛顛擔子，轉身面向前臺又一亮相。只見她面目姣好，精神抖擻，頓時贏得臺下一片喝采。胡琴聲中，少女捋捋頭髮、理理衣服、顛顛擔子，接著唱道：「來了我賣水的二八佳人，小金蓮忙往前進。」側頭見到臺上一個老婆婆坐著哭泣，又接著唱道：「卻為何老媽媽臉帶淚痕？」

這幾段一作一唱，臺下已是掌聲如雷。楚瀚雖也看過幾場戲，但從未見過如此精湛的演技，只覺眼前一亮，問身邊小麥子道：「這戲演的是什麼？」

麥秀是個戲迷，當即答道：「這是《泗州城》，這女子扮的是水母。」

楚瀚又問：「水母是作什麼的？」小麥子答道：「水母是個妖精，專愛興風作浪，淹了泗州城幾回了。她這會兒提了兩桶水，就是來淹城的。」

楚瀚點點頭，問道：「那老婆婆又是誰？」小麥子道：「那是南海觀音大士。泗州城的州官怕水母發水淹城，請求南海觀音大士出手保護，她便裝成個老婆婆，特意來此阻止水母為惡。」

但見臺上那老婆婆哭著答道：「老身口渴得緊！」水母便將擔子放下，讓老婆婆取水桶中的水喝。不料水母才走開幾步，老婆婆一仰頭，已將一桶水喝了個乾淨，伸手抓過第二桶又待喝下。水母回頭望見，大驚失色，衝上去一把搶回水桶，桶中卻只剩下幾滴水，不夠淹城了。水母大怒，指著老婆婆破口大罵。老婆婆現出觀音大士真身，水母全無顧忌，依舊向觀音大士怒罵叫陣。

之後便是一場熱內非凡的大戰；但見觀音大士派出神將輪番上陣，水母獨戰眾神，先用女大刀戰孫悟空、靈官、玄壇，再用槍戰青龍、白虎、伽藍、金吒、木吒，又用鞭戰哪吒、孫悟空。只見水母愈打愈精神，刀槍棍棒滿臺飛舞，抛、蹬、踢、接，目不暇給。水母動作俐落，施展拍槍、挑槍、踢槍、前橋踢、後橋踢、虎跳踢、烏龍絞柱踢和連續跳踢等種種絕技，將驚險的打鬥場面發揮得淋漓盡致，臺下掌聲采聲不絕，楚瀚也看得目眩神馳，心想：「要練就這樣的武戲功夫，恐怕不比練蟬翼神功容易！」

他問小麥子道：「這演水母的是誰？」小麥子只看得目不轉睛，一時沒有回答，直等到這一幕完了，才在如雷掌聲中扯著嗓子回答道：「這演水母的武旦，又稱刀馬旦的，名叫紅倌，聽說才十五歲年紀，是榮家班的挑班臺柱。他出道不過一年，便已紅遍京城，大家都稱他爲『京城第一刀馬旦』。」楚瀚點了點頭，口中念道：「紅倌，紅倌。」

《泗州城》演完之後，榮家班又演了幾齣祝壽慣演的《玉枚記》、《蟠桃宴》等，就沒那麼精采了，紅倌也未出場。戲散了後，萬天福讚不絕口，命人賜茶與榮家班班主及幾位挑班名角。不多時，但見三兩個卸了妝的武生花旦從後堂轉出，身形最小的一個便是飾演水母的紅倌。他身形雖瘦小，但神采飛揚，面容秀麗無匹，一走出來，便讓人眼前一亮，當時在場的貴宦子弟著實不少，都爭相上來與紅倌攀談結識。

榮家班班主是個勢利之人，眼見紅倌如此受人矚目，自然想在萬家多留一會兒，好跟這些皇親國戚多攀些關係，便讓紅倌坐在席間，陪一眾子弟飲酒談笑，自己趕緊去跟幾個名門望族的管家攀交情去了。紅倌年紀雖幼，性情卻極爲豪爽大方，毫不靦腆，與一眾子弟乾杯猜枚，說笑戲謔，玩得不亦樂乎。

萬天福的小兒子名叫萬文賢，此人文才是沒有，賢德更是缺缺，生得小眼暴牙，容貌頗讓人不敢恭維。此時他藉著酒醉，便對紅倌言語輕薄起來，將臉湊到紅倌的臉旁，笑嘻嘻地道：「不知紅師傅願不願意賞臉，今兒晚上便在我們府上小住一夜吧？」

尚銘的乾兒子小霸王尚德也在座，他上回打傷了兵部尚書王恕的侄子，害乾爹尚銘丟了東廠提督的位子，被尚銘狠狠訓斥了一頓。事情平息後，他又依然故我，舊態復萌，開始花天酒地、任性放蕩起來。他顯然也對這紅倌大有興趣，挨上來涎著臉道：「那怎麼行，紅師傅今夜當然要陪我哪！」瞪了萬文賢一眼，嗤笑道：「你也不照照鏡子，紅師傅哪裡看得上你？」

萬文賢聽他出言侮辱自己的長相，一拍桌子，回罵道：「你這太監的乾兒子又是什麼貨色了？」兩個少爺高聲互相謾罵起來，一來二去，幾乎便要捲起袖子，大打出手。

梁芳坐在上首喝酒，遠遠望見了，眼看便要出事，讓小宦官叫了楚瀚過來，對他道：「那姓尚的小子又要鬧事了。快去阻阻，別擾了萬大爺的興致。」

楚瀚躬身答應，快步上前，攔在萬文賢和尚德的中間，行禮說道：「兩位公子快別爭吵，沒的打擾了壽宴，嚇著了紅師傅。」

萬文賢認出他是大太監梁芳手下的人，稍稍收斂了些，說道：「楚公公何必管這閒事？是那姓尚的渾帳出口罵人在先……」尚德聽他出口傷人，又高聲喝罵起來，兩邊的家僕紛紛擁上護主，眼看便是一場群毆混戰。

楚瀚眼見萬文賢一副準備開打的架勢，心想這是在他老子萬天福的壽宴上，若是眞打起來，最後被怪罪倒楣的，很可能還是那幾個戲子。他熟知這些權宦子弟的下流行徑，不禁甚爲紅倌擔心，心想此時最好的辦法，莫過於釜底抽薪，趕緊將紅倌帶離此地，便讓小麥子上前攔阻兩邊的子弟，自己拉起紅倌，說道：「紅師傅也喝多了，還是先到外邊醒醒酒吧。」說著不由分說，便將他拉出了內廳，來到庭院之中。

紅倌確實已喝了不少酒，醉眼乜斜，腳步不穩，對兩個公子爲自己爭風吃醋似乎司空見慣，毫不驚懼，只覺得十分有趣。此時他被庭院的涼風一吹，酒略微醒了些，笑嘻嘻地道：「這位公公，請問你貴姓大名啊？」

楚瀚道：「我姓楚名瀚，在梁公公手下辦事。」

紅倌向他打量了幾眼，見他甚是年輕，似乎跟自己年歲相仿，問道：「楚小公公，你拉我出來幹什麼？」

楚瀚心想：「你被那小霸王尙德看上，不死也得脫掉一層皮，留在裡面實在危險得緊。」但這話他也不能明說，便遞上剛才從桌上順手取過的一杯濃茶，說道：「你喝醉啦，該醒醒酒了。」

紅倌卻不接，搖頭道：「醒什麼酒，醉了不是更好？喂，你愛看戲麼？」

楚瀚老實道：「我很少看。」紅倌啐了一聲，轉過頭去，似乎感到跟此人沒什麼可以談下去的。楚瀚對他臺上的武打本事著實欽佩，誠懇地道：「我雖不常看戲，但我今夜看你演水母，委實精采極了。你小小年紀，卻是如何練成這等出神入化的功夫？」

紅倌撇嘴一笑，說道：「我從七歲開始練功，花了八年時光才練成這樣。你要問我，這八年時光等於全扔水裡去啦！」楚瀚奇道：「這話怎麼說？」

紅倌臉上似笑非笑，接過楚瀚手中濃茶，仰頭一口喝盡了，將杯子隨手往地上一扔，在花園中的一張石凳上坐下了，往內廳投去不屑的眼光，說道：「整日得跟這等俗物打交道，又有什麼意思？你說，這八年不等於是白費了？」楚瀚默然不對。

紅倌哈哈一笑，說道：「『人生得意須盡歡，莫使金樽空對月。烹羊宰牛且爲樂，會須一飲三百杯！』」說著站起身，似乎還想回內廳去喝。楚瀚連忙拉住了他，說道：「別進去了，我送你回家去吧。」

紅倌點頭道：「好，好，回家也好。」站立不穩，忽然撲倒在楚瀚身上，笑嘻嘻地道：「我走不動了。小公公，請你揹我回去吧？」

楚瀚心中暗自嘀咕：「這傢伙怎地如此無賴？」但他向來沉穩忍讓，當下也沒說什麼，俯身將他揹起，往萬府大門走去。門房識得楚瀚，上前行禮。楚瀚道：「梁公公吩咐了，讓我送紅師傅回家去。」門房問道：「楚公公要馬車轎子不要？」楚瀚還未回答，紅倌已在楚瀚背上大呼小叫道：「不要馬車，不要轎子！你沒見你家爺四肢健全，能跑會跳？」

楚瀚見他藉酒裝瘋，微覺窘迫，對門房道：「不必了。」揹著紅倌快步走出大門。

此時夜已深，他揹著紅倌走在黑暗的巷道中，但聽背後紅倌以男聲唱道：「月色溶溶夜，花影寂寂春。如何臨皓魄，不見月中人？」又改為女聲唱道：「蘭閨深寂寞，無計度芳春。料得行吟者，應憐長歎人。」

這是《西廂記》中張生和崔鶯鶯初識時的對詩，流傳甚廣。楚瀚甚少聽戲，並未聽過，只覺這幾句唱辭十分好聽。但聽他嬌聲唱了下去：「碧窗下，輕畫雙蛾，臉兒上，粉香淡抹。小兔兒輕輕，撞胸窩，臉龐兒燙燙似燒灼。」

楚瀚聽他聲音嬌嫩細柔，實在無法相信他是個男子，忽又感覺背後軟綿綿的，心中一動，慌忙將他放下地。紅倌一呆，問道：「怎地？」

楚瀚凝望著他，說道：「妳是女子！」紅倌臉色一變，喝道：「胡說八道！」

楚瀚卻知道自己說中了，心中不禁甚是吃驚。當時唱戲班中男女戲子都有，女戲子拋頭露面，上臺演出者雖頗為常見，但身為一間戲班的挑班主角，更是京城當紅武旦，而蓄意女扮男裝者，卻屬少見，甚至可說十分膽大妄為。

紅倌一張俊臉陡地煞白，忽然一躍上前，揮拳打向楚瀚面門。楚瀚出其不意，趕緊腳下一點，往後退出一丈，躲過了這一拳。紅倌不料他身手如此矯捷，也是一驚，快步追上，矮身一個掃腿。楚瀚輕輕躍起避過了，回了一拳，兩人在小巷中交起手來。楚瀚身形快捷，拳腳卻並不擅長；紅倌拳腳雖俐落，卻追不上楚瀚，忍不住叉腰罵道：「沒種的小宦官，就知道逃！」

楚瀚平時甚少跟人說笑，但面對這潑辣可喜的小女戲子，忍不住笑道：「小宦官原本是沒種的，妳一個姑娘家，知道得倒多！」

紅倌怒極，忽然抽出腰帶，向前甩出，捲住了楚瀚的腳踝。楚瀚不防，被她一扯，摔倒在地。紅倌撲在他身上，用手肘緊緊抵住楚瀚的脖子，惡狠狠地道：「臭宦官，我是男是女，不准你亂說！」

楚瀚左手用力在地上一撐，身子一翻，反將她壓在身下，說道：「妳是男是女，原本不關我事。妳怕我亂說，那也容易，何不脫了褲子給我瞧瞧，驗明正身？」

紅倌呸了一聲，罵道：「你臭宦官才要脫褲子驗明正身！」膝蓋一頂，正撞在楚瀚下身。楚瀚不料她出此陰招，大叫一聲，痛得滾倒在地。

紅倌原本只想將他踢開，沒想到他竟痛成這樣，連忙爬起身，拍手笑道：「我道宦官下面啥都沒了，不會痛的。莫非你是個假宦官？」

這下換成楚瀚惱了，翻身站起，一縱上前，伸手抓住了她的雙腕，喝道：「胡說八道，不准妳亂說！」

這下紅倌笑得更開心了，格格格地笑得彎下腰去。楚瀚見她如此，也不自禁放鬆了手。紅倌笑了好一陣子，才終於止住，站直了身，努力板起臉，直視著楚瀚，嚴肅地道：「我是堂堂正正的男子漢，往後還要唱戲攢錢的。你若敢散播謠言，毀了我的生計，白費了我八年功夫，我定要以牙還牙，揭發你是個假公公！」

楚瀚也板起臉，說道：「只要妳不散播謠言，我便也放妳一馬。」

紅倌格格嬌笑，伸出小指頭來，說道：「勾勾手，信約守。小瀚子，我信了你！」

楚瀚還沒回答，紅倌已抓起他的手，跟他勾了勾小指，嘻嘻一笑，轉身快步跑去了。

楚瀚望著她的背影發了一陣子呆，一時不知是何滋味。

自從那夜赴萬家壽宴聽戲之後，楚瀚雖曾隨梁芳出宮作客多次，卻再未見到紅倌，心中不時掛念。

注《泗洲城》是近代京劇，明朝時並不存在。故事中關於《泗洲城》的場景形容，大體忠於原劇。

第十八章　善心保赤

幾個月過去了，楚瀚愈來愈無心留在宮中，去意漸強，心想自己反正沒有淨身，在宮中又查不出舅舅身亡的線索，何不離開京城，另覓天地？唯一讓他無法割捨的，是他在宮中優渥舒適的生活；他在這兒飲食豐足，錢財地位無一不缺，對這樣一個乞丐出身的孤兒來說，能掙到今天的地位，畢竟十分不易。若要離開，就得放棄這一切，從頭來過。憑他的取技本領，當然也不致於挨餓受凍，但終歸是無法享受到此時擁有的地位和權勢了。

這日晚間，他一如往常，潛入昭德宮外偷窺，正見到萬貴妃大發脾氣，將一本書冊摔到地上，怒道：「豈有此理！我定要叫這小賤人知道厲害！」

楚瀚見她的情狀，猜知定是宮中又有哪個嬪妃懷上身孕了。萬貴妃年高不育，這在宮中已是公開的祕密；而皇帝正當壯年，雨露遍沾妃嬪宮女，卻始終無子，皇帝為此十分憂心，雖遍請太醫開藥，恭請方士作法，卻毫無成效。宮中眾宦官宮女都心知肚明，原因其實簡單得很：只要哪個妃嬪宮女被發現有娠，立即被萬貴妃派人強迫灌下打胎藥，或者乾脆將這膽敢威脅她無上地位的女人逼死。有萬貴妃嚴密掌控後宮，皇帝似乎命中注定不會有子，服藥作法自然無濟於事。

楚瀚感到十分無趣，正想離開，卻聽萬貴妃氣沖沖地質問道：「一個管理藏寶庫房的小小女官，萬歲爺怎會無端看上她？妳說，妳說啊！」楚瀚聽見「藏寶庫」三個字，被勾起了興趣，便沒有離去，留下繼續偷聽。

跪在她面前的宮女當然答不上來，爲了平息萬貴妃的怒氣，只能惶恐地答道：「啓稟娘娘，聽說萬歲爺幾個月前去內承運庫巡視，剛好她在那兒値勤，萬歲爺詢問她庫中的收藏，她回答得體，萬歲爺一高興，便召她侍寢。」

萬貴妃更怒，伸腳亂踢地上的冊子，怒道：「哼！侍寢不過一回，就懷上了身孕，豈有此理！」

楚瀚自然知道那是什麼冊子，皇帝每夜臨幸了哪個嬪妃宮女，這些女子的月事以及是否有娠，宮中都有專職的宦官負責記錄，因此並非什麼機密，也用不著楚瀚去打探。這些專職記錄的宦官自然老早被萬貴妃買通，不時將冊子呈上給萬貴妃閱覽。萬貴妃妒心極重，每見到哪個女子有了身孕，便怒氣勃發，絕不放過，儘管這管理庫房的女官身分低微，遠遠摸不著受封嬪妃的邊兒，但萬貴妃怎肯讓任何人替皇帝生下龍種？當即對親信宮女碧心道：「妳這就去找那賤人，將胎兒給我鈎了下來！」碧心低頭應了，便即離開昭德宮。

那宮女碧心約莫三十出頭年紀，身形高瘦，跟萬貴妃身邊其他的宮女一般，無甚姿色，面容平凡甚至有些醜陋。她從十多歲入宮起便服侍萬貴妃，因忠誠老實而受到萬貴妃的信任。萬貴妃派手下宮女去鈎治有娠宮人，這等事情在宮中時時發生，誰也沒多理會，楚瀚卻留上了心。他之前來萬貴妃的昭德宮偷窺時，曾多次見到碧心，知道她篤信觀音菩薩，心地十分善良，尤其不喜殺生。楚瀚不禁好奇，想知道她會不會眞的下手鈎殺胎兒，便悄悄跟上去看。

但見碧心皺著眉，咬著唇，顯然甚是苦惱。她到後面藏藥室中取了一帖墮胎藥，收在懷中，愁眉苦臉地在宮中行走一陣，來到皇宮邊緣的一排窄小房舍。此地乃是宮女的聚居之所，許多低階宮女都在此通舖而睡，有官職的宮女則大多住在單間的房室中。碧心向人詢問，來到紀女官的住處外，敲了敲門。門內一個柔弱的聲音說道：「是哪位？請進來。」

碧心跨入房中，見到一個二十來歲的女子病懨懨地斜躺在炕上，一雙黑亮的眼睛充滿疑懼地望著自己，顫聲問道：「姊姊半夜來訪，不知有什麼事？」

碧心見她面貌溫婉柔和，生得十分討人喜歡，心就先軟了，又見她面面色蒼白，嬌瘦羸弱，更下不了手，心中暗想：「她身子這麼弱，胎兒想來是保不住的，我又何必多造殺業?」於是便關上了門戶，坐在炕邊，拉起了紀女官的手，說道：「我叫碧心，在昭德宮伺候。妹妹，我爲何而來，妳想必清楚。但我跟妳往日無冤，近日無仇，又怎能多造罪業，殘害性命?妳身子不適，多多保重吧。」

紀女官自然已猜知她是萬貴妃派來墮胎的，聽她竟肯放過自己，不禁又驚又喜，含淚向她拜倒道謝，二女手拉著手，一會兒哭，一會兒笑，又低聲說了好些話語，碧心才告辭離去。

楚瀚瞧在眼中，甚感驚訝，心想這宮女碧心的膽子著實不小，竟敢違背萬貴妃的旨意!他也不禁暗暗佩服碧心的勇氣，心想：「在皇宮內院這等烏煙瘴氣的地方，也仍有好心人默默地作著善事。」

碧心當然不曾知道，楚瀚在暗中將自己的所作所爲都偷聽偷看了去，離開時怡然自得，神情十分輕鬆。她回到昭德宮，向萬貴妃稟告道：「那女官不是有了身孕，而是生了怪病，月事停潮，肚腹脹大，看來已沒有多少日子好活，不如把她送到安樂堂去吧。」

萬貴妃聽了，雖有些懷疑，但她知道碧心素來老實忠心，便也沒有再深究，依照碧心的建議，免去了紀女官的職位，將她貶到安樂堂去住著，好讓皇帝再也沒有機會見到這可惡的女子。

這事情原本這樣也就結束了，唯有楚瀚按捺不住好奇心，仍不時去安樂堂探訪這紀姓宮女的消息。安樂堂乃是遭貶、病重或年老宮女居住之所，偏僻破敗，冷冷清清，住著一群毫無希望生趣的宮女，在此打發餘生。紀宮女被分派到其中最骯髒破舊的一條小巷中，叫作「羊房夾道」，顧名思義，往年這一帶曾是養羊之所，今日的房舍都是昔時的羊房所改建的，其簡陋可知。被貶宮女中稍有一點辦法的，都不願住在此地，早早搬出，因此這條巷子十室九空，冷清荒涼已極。

當初紀宮女當然是真的有孕，蒼白羸弱一部分自是害喜的徵兆，但她的身子原本便也十分虛弱。如今被貶到羊房夾道中住著，憂懼交加，加上住處飲食都十分簡陋，病勢更加嚴重，幾乎無法起身，只能在飢餓病弱中掙扎求生。

楚瀚見她仍懷著身孕，知道這是件大事，她若生下個兒子，便會直接威脅到萬貴妃的地位。這事情眼下還沒有人知曉，自己若去稟告梁芳，讓他去向萬貴妃報密，便是大功一件。但楚瀚始終不忍心這麼作，他雖在梁芳手下辦事，但向來能不作傷天害理的事情，便盡量不作，能不傷人命，便盡量不傷。他想：「如果連碧心都有勇氣違抗萬貴妃的旨意，我又怎能沒有這點勇氣？」

這一日，楚瀚來到安樂堂羊房夾道紀宮女所住的陋屋之外，見到她躺在炕上，氣息奄奄，虛弱得沒有力氣出門覓食，不禁想起自己作乞丐時日夜受飢餓煎熬的情狀，心生同情，便去御用監的廚房取了幾個饅頭，送到她房中。

紀宮女在半昏半睡中，見到一個少年宦官走進自己的屋子來，嚇得清醒過來，全身發抖，顫聲道：「這位公公……請問……請問有什麼事情？」

楚瀚道：「我看妳很餓了。我最見不得人挨餓，快吃了吧。」放下饅頭，便出去了。

紀宮女只道他是萬貴妃派來毒死自己的，不敢吃他送來的食物。當晚楚瀚又送了一碗粥來，見饅頭放著沒吃，登時明白，對她道：「我不是來害妳的。」當下將饅頭拿起吃了一口，又喝了一匙粥，說道：「妳看，沒有毒。」

紀宮女餓得狠了，見他如此，才端起粥喝了，饅頭也吃了個乾淨。她吃完後，說道：「小公公，謝謝你。請問你貴姓大名？」

楚瀚道：「我叫楚瀚。」

紀宮女聽了這名字，大吃一驚，雙眼圓睜，直瞪著他，顫聲道：「你……你就是楚瀚……楚公公？」

楚瀚心想：「我是梁芳手下紅人，宮中知道的人自然不少，她大約也聽聞過我的名頭。」當下好言說道：「妳別擔心，我不會去向梁公公告密的。」

紀宮女向他上下打量，眼中疑懼似乎並未減少，良久都沒有說話。楚瀚也向她打量去，見她年紀並不很輕，似乎將近三十，身形嬌小，面容生得十分婉麗，膚色略黑，雙眼甚大，不似漢人。但見她眼中忽然噙滿淚水，哽咽道：「謝謝……謝謝你替我送吃的來。」說著掩面而泣，一時竟泣不成聲。

楚瀚見她如此，心想：「她獨自在這兒與死神掙扎，自是滿心孤獨恐懼。有人對她稍微好些，便如此感動感激。」不禁想起自己初到三家村胡家時，受到所有人唾棄鄙視的處境實有天壤之別，自己還對他十分親切愛護，跟他作小乞丐時受到所有人唾棄鄙視的處境實有天壤之別，自己當時便感動得熱淚盈眶，立誓要報答舅舅的收留照顧之恩。

他想到這裡，心頭一暖，不禁動念：「沒想到有一日，卻輪到我來照顧別人了。」想起萬貴妃凶惡的嘴臉，殘狠的手段，種種張揚跋扈、霸道濫權的舉止，心中憎惡，更生起了保善護弱之心，當下說道：「妳不要擔心，我會想辦法保全妳的。」

紀宮女仍舊無法收淚，緊緊握著楚瀚的手不放，激動得不能自已。楚瀚輕拍她肩膀，安慰了她好一陣子，才告辭離去。

之後楚瀚便時時來探望紀宮女，爲了避免被人看見，他總在三更半夜造訪，替她送來各種飲食用物。紀宮女的病狀由此漸有起色，身子慢慢健朗起來，胎兒也保住了。羊房夾道太過偏僻，紀宮女又極少出門，因此她懷胎十月，竟然始終沒有被人發覺。

這一日，紀宮女就將臨盆。楚瀚對這等事情自然毫無經驗，那天晚上他來到安樂堂時，見紀宮女已請了一個早年被貶到安樂堂、有接生經驗的老宮女，來此幫她接生。楚瀚雖是個「宦官」，那老宮女仍將他趕了出去，要他在門外等候。

楚瀚在門外走來走去，只聽得紀宮女在屋中喘息呻吟，顯然極爲痛苦。老宮女不斷安撫道：「再忍忍，再忍忍。還早呢！」

楚瀚徬徨不安，手心出汗，只聽屋內紀宮女的喘息愈來愈粗重，呻吟也愈來愈淒厲，生產過程艱難漫長，似乎永無止境。好幾個時辰過去了，才聽老宮女道：「可以了。現在妳得用力蹦了。」接下來傳出的不是喘息呻吟，而是慘叫了。那老宮女忙道：「別叫，叫有什麼用！愈叫，愈分散了力氣。聽我數到三，用力蹦！」

楚瀚只聽得心驚肉跳，一顆心怦怦亂跳，只能勉強壓抑心頭的焦慮憂急，繼續等候，最後終於聽那老宮女道：「很好，很好！就是這樣。是了，是了，頭出來了！再蹦！」接著便聽紀宮女長長吁出一口氣，屋內響起了嬰兒的哭聲。

此時正是三更時分，老宮女開門對楚瀚道：「快進來幫手！」楚瀚正在外面探頭探腦，聽她呼喚，只嚇得跳了起來，連忙答應，衝入房中。

老宮女命楚瀚端過裝了溫水的木盆，自己將初生嬰兒放入盆中清洗。楚瀚見那嬰兒黑黑瘦瘦，全身血跡，半截臍帶還連在肚子上，模樣十分嚇人，只看得頭皮發麻。

紀宮女在炕上虛弱地問道：「嬰兒可好？」老宮女沉聲道：「是個男娃娃。」楚瀚這才注意到，水盆中的確實是個男娃娃。

老宮女將嬰兒清洗乾淨了，用布包起，交給楚瀚抱著，自己去替紀宮女沖洗穿衣，扶她躺好。老宮女知道這事情干係不小，不敢多留，處理完後，便匆匆去了。

楚瀚從來沒有抱過初生嬰兒，不禁有些著慌，小心翼翼地抱著那團襁褓，眼見那嬰兒皺起小臉，似乎便要哭泣，連忙輕輕搖晃，口中哄道：「不哭，不哭！」但嬰兒仍舊哭了出來，人雖小，聲音卻十分洪亮，直哭得楚瀚心慌意亂，不知所措。

紀宮女聲音微弱，說道：「請你把孩子抱過來，讓我餵他。」

楚瀚將嬰兒抱到炕邊，紀宮女蒼白的臉上露出微笑，雙手接過孩子，望著他的小臉，低聲道：「眞像！」

楚瀚心想：「眞像誰？像萬歲爺麼？」他回想成化皇帝的臉容，皮膚白白嫩嫩，臉頰浮腫，雙目無神，唇厚皮鬆；而眼前這小嬰兒乾乾皺皺，膚色紫黑，雙目緊閉，如何也瞧不出他跟皇帝有什麼地方相似。

他正疑惑時，紀宮女已將孩子放在胸前，開始餵奶。楚瀚離開炕邊，忽然聽見窗外傳來極細微的聲響，似乎有人碰觸到了屋旁小樹的枝葉。他心生警覺，一個箭步搶去窗邊，但見黑影一閃，一個人影快捷無倫地疾奔而去，消失在轉角。楚瀚心中大驚，這人身法靈巧，顯然輕功極高，而且似曾相識。

他勉強鎮定下來，想了許久，忽然腦中靈光一閃，這才憶起：「我在揚大夫家中養傷時，有次大夫來我房中替我換藥，談起我的身世，我忽然警覺窗外有人在偷聽，但一轉頭往窗口望去，那人影便消失無蹤了。揚大夫以爲是他家小廝經過，但那身法絕非尋常人物。難道剛才窗外那人，跟出現在揚家的是同一個人？莫非從那麼多年前開始，便有人在跟蹤監視我？我怎地一點也未曾警覺？」

他心中雖懷疑，卻畢竟無法確定，只能祈求是自己眼花多心，或希望那人並不是萬貴妃的手下。但如果自己並未看錯，卻又如何？那人若眞是萬貴妃派出來的眼線，回去向萬貴妃報告紀宮女生子之事，萬貴妃定會火速派人趕來「善後」，這對母子性命定然不保。他心知紙是包不住火的；宮中除了自己之外，還有不少宮女宦官充當萬貴妃的眼線，皇子誕生這等大事，即使在偏遠的安樂堂中，也不免會傳到萬貴妃的耳中，只是時間遲早罷了。而事情一旦爆發，自己很可能也會被牽連在其中。此時此刻，他該怎麼作才是？

楚瀚站在窗前，望向迷濛的夜色，回想起童年的經歷：舅舅收留了孤弱無依的他，即使上官家和柳家對自己充滿敵意，舅舅始終盡力保護他，直到舅舅離村身亡；揚大夫收留重傷瀕死的他，當梁芳帶著錦衣衛來搜索拿人時，揚大夫也不曾將他交出，只說自家這兒沒有欽犯。如今自己是世間唯一能保護紀宮女和她的孩子的人，自己又怎能捨棄她們？

他回過頭，望向紀宮女，但見她疲憊的臉上滿是慈愛，嘴角帶著一抹微笑，低頭望向懷中的嬰兒。楚瀚陡然意識到這對母子是多麼的珍貴，又是多麼的孤弱。他知道自己絕不能置身事外；他不能眼睜睜地看著萬貴妃下手荼害這對母子。

他回想當初自己因同情紀宮女的處境，不忍見她餓死，出於一念善心，才開始替她送些飲食來，當時並沒認眞想過事情會走到這一地步，而在親歷今夜那場漫長的生產掙扎，嬰兒終於呱呱落地之後，他才意識到自己面對的，乃是兩條性命的生死存亡。

他默默地守在紀宮女的炕前，感受落在自己肩上的重擔，和這重擔帶來的莫大責任和危險。他一定要保護她們，但是，他能作什麼？

就在這時，紀宮女餵完了奶，嬰兒沉沉睡去。她輕聲道：「楚公公，夜已深了，你也早些回去歇息吧。」

楚瀚如從夢中驚醒，說道：「我……」他想說出自己擔心事情會傳到萬貴妃耳中，萬貴妃就將派人前來加害，但隨即又想：「說出來又如何？不過徒令紀宮女擔驚受怕罷了。除非我有辦法解救二人，不然多說也是無益。」當下說道：「娘娘也請多歇息，我明日再來探望。」

他離開紀宮女的住處後，便立即趕去昭德宮探聽消息。他才來到昭德宮外，遠遠便聽見萬貴妃的怒吼聲。楚瀚心中一跳：「三更半夜的，老婆娘惱怒如此，莫非已知道了那事？」當下悄悄掩上，隱身在屋簷偷看。但見黑暗的宮中點起了許多燭火，萬貴妃叉腰站在昭德宮正殿當中，戳指怒罵：「一群蠢才！這麼大的事情，竟然到現在才發現？

你們都是幹什麼吃的？」七八個宮女宦官匍伏在她面前，驚得簌簌發抖，頭也不敢抬起。

萬貴妃大步走上前，伸腳重重踢上一個宮女的臉頰，喝道：「死娃子碧心，我不是叫妳去將那孽種鉤了下來？妳卻說那狐狸精是病了，命不長久！現在孩子生下來了，妳怎麼說？」

那宮女正是碧心。她被踢得滿嘴鮮血，倒在地上不敢回口。萬貴妃又狠狠踢了她幾腳，怒喝道：「妳說話呀！」碧心趴在地上，口齒不清地顫聲道：「娘娘息怒，奴婢……奴婢……看她可憐……」

萬貴妃大怒道：「妳看她可憐，妳憑什麼？誰來可憐我呀？來人，將這賤婢拖下去，給我活活打死了！」便有兩個宦官上來，將碧心拖了下去。

萬貴妃生性殘暴，隔幾日便打死一兩個宮女宦官也是常事，碧心膽大包天，竟然敢矇騙忌刻好疑的萬貴妃，死罪原也是難免。

楚瀚心中不忍，悄悄跟了出去，但見兩個宦官將碧心拖去後邊院外的空地，持大棍子一五一十地打了起來，碧心哀號幾聲，便昏厥了過去。

楚瀚看不下去，決意出手相救。他從懷中摸出一枚三家村的法寶「落地雷」，往牆角扔去，但聽轟的一響，炸碎了好幾個花盆。那兩個宦官一驚，轉頭望去，一個宦官站著沒動，另一個宦官走上前去探視，說道：「大約是耗子撞倒了花盆吧。」走回來還想繼續打時，卻發現地上只剩一灘血跡，碧心的身子竟已憑空消失了！兩名宦官臉色大變，互相望望，一股恐懼直竄上心頭，同時低呼：「有鬼！」

兩人扔下棍子，驚恐莫名，四下張望，生怕那鬼怪會來取己性命，卻又不敢張揚此事。兩人低聲商議了一陣，都認定是遇上了妖魅鬼怪，約定三緘其口，只向萬貴妃回報人已打死，扔入井中去了，絕口不提遇上鬼魅之事。

碧心自然是被楚瀚救了去。他施展高超的飛技，趁兩個宦官分神的一剎那間，飛身落地，抱走了碧心，又閃身躲入暗處，那兩個宦官竟然更未瞥見他的身影。

楚瀚救了人，一時卻沒想到該如何處置她，抱著她的身子奔出一段，遠遠見到一個老宦官提著燈籠在巡夜，打從夾道經過。楚瀚看清了他的臉面，卻是自己曾關照過的尙衣監馬源。楚瀚生怕萬貴妃就將出手對付紀娘娘，自己時間不多，當下從懷中掏出一些銀兩，上前塞給馬源，說道：「老馬，萬娘娘的宮女受了責罰，傷得很重。你將人抬去我那兒，交給小凳子，讓他照看著。」

馬源之前向楚瀚借過不少錢，一直很感念他的大方慷慨，這時忙道：「能爲楚公公辦事，馬源榮幸之至，一定辦得妥妥貼貼，公公請放心。」

楚瀚又低聲道：「別張揚，也別讓人看見了。」馬源連忙點頭，扛起了昏死的碧心，快步從夾道中奔去了。

第十九章　蒙面錦衣

楚瀚望著馬源走遠，等到四下無人，又趕緊飛身回到昭德宮，此時萬貴妃又已發了一回飆，將其餘的宮女劈頭臭罵了一頓，最後吼道：「張敏，天亮以後，你立即去安樂堂，替我溺死了那孽種！」

楚瀚側過頭，見到門監張敏爬在地上磕頭道：「奴才謹遵懿旨。」萬貴妃氣沖沖地轉身入內。

楚瀚稍稍放心，萬貴妃命他天明去動手，那麼時間尚不緊急，還有幾個時辰可以想法應付。他與這張敏並不甚熟，只知他是從南方一個叫作金門的小島來的，因家境貧窮而淨身入宮。平日他謹慎少言，是宦官之中少見的厚道老實人。萬貴妃派他去溺死嬰兒，他眞的會下手麼？他親眼見到碧心被拖下去亂棒打死，想來是不會敢違背萬貴妃的意旨。

楚瀚又想：「嬰兒才出生沒多久，萬老太婆立即便知道了這件事，那麼報密的人必然是剛才躲在窗外偷聽、輕功高絕的傢伙。那人究竟是誰，我怎地從未在宮中見過他的身影？」

他一時想之不透，只能暫且將這件事置諸腦後。他心想：「我要保住嬰兒，必得事先到安樂堂布置好，最好是假裝嬰兒已死，甚至將張敏也騙過了，才是上策。」他趕緊向安樂堂奔去，不料卻見一人躲躲藏藏地走在自己之前，手中提著一盞小油燈，看清楚了，那人正是張敏。楚瀚甚是奇怪：「萬老婆娘不是要他天明才來動手麼？他卻爲何提早趕去？」

當下悄悄跟在張敏身後，來到安樂堂的羊房夾道，紀娘娘的住處之外。楚瀚生怕張敏一入門便對嬰兒狠下殺手，躲在窗外偷窺，心中打定主意：「張敏若動手傷害嬰兒，我便立即衝進去阻止。」又想：「最好他將嬰兒抱了出來，我便能重施故技，跟救走那宮女碧心一般，趁黑將嬰兒奪走。這樣既能保住嬰兒，張敏也無從追究到紀娘娘頭上。」

正思量時，張敏伸手敲門，紀娘娘清醒過來，低聲問道：「什麼人？」語音滿是驚恐。

張敏答道：「昭德宮門監張敏。」

紀娘娘聽見「昭德宮」三個字，臉色煞白，雙手抱緊了懷中的嬰兒，不再出聲。張敏又敲了幾下門，眼見門內沒有回應，便伸手推門，門應手開了，原來楚瀚剛才離去後，她無力下炕閂門，因此門並未閂上。

張敏跨入屋中，見到紀娘娘坐在炕上，懷中抱著一個初生嬰兒，一時竟似傻了，站在昏暗的屋子當中，手中仍提著那盞小油燈，沒有出聲。

房中靜了一陣，只有幾聲嬰兒發出的嚶嚀聲響。

張敏開口問道：「孩子……多大了？」

紀娘娘冷冷地道：「有勞公公相詢，才出生幾個時辰。」張敏點頭道：「健壯結實，長得好樣兒啊。」

紀娘娘聽了，忍不住怒從心起，提高聲音道：「我道你還有些人性，竟有臉說出這等話？你爲何而來，我豈有不知？你若要像貓捉耗子那般玩弄我母子，不如趁早給我們個爽快來得乾淨！」

張敏甚覺窘迫，漲紅了臉，靜了好半天，才低聲道：「皇上至今無子，這孩子可寶貴啊。龍種福德齊天，我又怎有膽量下手呢！但是……但是……唉！」只聽噗通一聲，卻是張敏跪倒在地，哽聲說道：「娘娘，奴才這點良知還是有的。這事我不能幹！娘娘好生保重，我們想個法兒，將皇子藏了起來。宮中地方大，不會那麼容易便被人發現的。」

紀娘娘大出意料之外，直望著張敏，顫聲道：「公公可是認眞的？」張敏連連點頭，說道：「不瞞娘娘，主子命我天明來幹這事兒。我心裡不安，因此立刻趕來了，希望早些通知娘娘，趕快想法將小主子藏起來了才好。」

紀娘娘哽咽道：「多謝公公大恩！紀善貞永生不忘。」

楚瀚心想張敏畢竟甚是個淳厚之人，不肯作那弒嬰之事，而紀娘娘得知愛子獲救有望時，語音中的狂喜、欣慰、感激等情，雖只是幾句話，已將一個母親深愛孩子的心思表露無遺。楚瀚不禁眼眶濕潤，大大地鬆了一口氣。

紀娘娘和張敏便開始商議該將嬰兒藏去何處。張敏道：「我往年有個妹妹在宮中，因病被送到安樂堂休養。我來這兒照顧過她一段時候，知道安樂堂的水井曲道上有間角屋，平時用來堆積雜糧布料，少有人去。我曾見到放置黃豆的倉房牆後有個夾壁，甚是隱密，不如先將孩子藏去那裡，再作打算。」紀娘娘同意了，兩人便著手準備。

楚瀚心想：「若是動作快些，要將事情藏得不露痕跡，也是可能的。」他正要入屋相助，忽聽夾道一端傳來細微的腳步聲，聽來是好幾個練過武功之人，正快步奔近。

楚瀚心中一凜，飛身上屋，沿著屋頂奔到西首觀望，但見來者共有四人，身穿錦衣衛服色，大吃一驚：「莫非萬貴妃不放心，另外派了人來殺害嬰兒？」

果見那四人悄聲來到紀娘娘的屋外，分散在門外監視，顯然正是爲了殺死嬰兒一事而來。

楚瀚知道事不宜遲，立即從屋頂躍下，轉到後門，從窗戶躍入屋中，向張敏和紀娘娘作個噤聲的手勢。二人正快手打包嬰兒的衣物用品，見到他忽然出現，都吃了一驚。紀娘娘鬆了一口氣，張敏認得他，張口想叫：「楚公公！」卻被楚瀚上前按住了嘴巴。張敏心中驚惶無已，他知道楚瀚是梁芳手下的人，而梁芳又是萬貴妃的親信，此時見到他出現，只道事機敗露，後果難料，一顆心直如沉到肚子底下一般。

楚瀚壓低聲音道：「張公公莫要驚慌，我是來相助的。此刻門外已有四個錦衣衛監視著，我們得趕緊行動。」

張敏仍舊懷疑地望著他。楚瀚悄聲道：「張公公的話我都聽見了。這孩子我們一定得保住。」他四下張望，見到床角的木盆，盆中有一堆生產時留下的血污和胎盤。他靈機一動，快手抓過床上棉被，將血污胎盤裹了一包，低聲道：「張公公，你將這包事物拿去宮後的亂葬場，趕緊埋了。」轉向紀娘娘，說道：「娘娘留在此地，只管放聲大哭便是，我帶孩子藏到水井曲道的角屋裡。」

張敏完全慌了手腳，僵立當地，無法動彈。他未曾按照萬貴妃的命令殺死嬰兒，本是出於一念不忍，一念好心，一念僥倖；此刻被人發覺了，不知自己是該信任這小孩兒，與他一起解救小皇子，還是乾脆反臉，放聲呼喚門外的錦衣衛進來殺了小皇子，以保住自己的性命？一時天人交戰，全身冷汗直冒，無法委決。

當此情境，紀娘娘竟出奇地鎮靜，她一眼便看清了張敏心中的掙扎，知道必須敲釘轉角，讓他不能反悔，當下走上前來，對張敏拜倒，說道：「感謝張公公救命大德！」將襁褓交在楚瀚手中，說道：「楚公公，我兒就託付給你了！」

楚瀚低聲道：「娘娘請放心。」他望向張敏，張敏眼見紀娘娘對楚瀚如此信任，當此情境，也不容他再猶疑，便伸手接過了楚瀚手中的棉被包裹，向楚瀚和紀娘娘點了點頭，大聲說道：「妳這女子還算乖覺聽話，省我事兒，我也不爲難妳了。這事物我拿去埋了，妳便當作什麼都沒發生過吧！」說著拎著棉被，開門出去。

楚瀚已抱著嬰兒，竄出窗外，躍上屋頂，正見到四個錦衣衛站在張敏身前，當先一人問道：「張公公麼？事情可辦成了？」

張敏見到眾人，裝作嚇了一跳，顫聲道：「辦成了。我這去……去埋了這……」舉起手中那包血布。這時夜色正濃，當先那錦衣衛低頭見那布包中血肉模糊，鼻中聞到血腥味兒，無心多看，揮了揮手，說道：「知道了。張公公快去辦事吧。」

張敏戰戰兢兢地舉步往亂葬場走去，卻聽那錦衣衛又道：「我們跟張公公一塊兒去。」

張敏想要拒絕，卻說不出個好理由來，便閉上了嘴。其中一個蒙著面的錦衣衛卻不動，嘶啞著聲音道：「你們去，我留下。」

那錦衣衛頭領似乎有些驚訝，卻也沒有出聲反對，只道：「好吧。你且留下，我們走！」便與另二人跟在張敏身後走去。

那蒙面錦衣衛待他們走遠，上前推開紀娘娘的房門，闖了進去。楚瀚生怕他傷害紀娘娘，伏在屋簷上，屏住呼吸，不敢就此離去。

紀娘娘正坐在床上掩面而泣，抬頭望見那錦衣衛，哭叫道：「你們要了我兒的命，現在連我的命也要了去麼？那敢情好，讓我跟我兒一起去罷了！來呀！動手呀！」

那蒙面錦衣衛絲毫不爲所動，冷冷地問道：「剛才還有誰來過？」

紀娘娘心一跳，隨即鎮定下來，說道：「不就是那天殺的張敏？」

那蒙面錦衣衛嘿了一聲，大步衝入屋中，翻箱倒櫃乒乒乓乓地搜索起來，將床褥和床底都搜過了，都沒有見到人。那蒙面錦衣衛冷哼一聲，說道：「小賊想是溜了。」回身出屋，快步離去。

楚瀚在屋簷上望著他離去，一顆心怦怦而跳，暗想：「這人怎會知道我來過此地？」他藏在屋頂上，憑著蟬翼神功，自然不會發出半點聲響，但嬰兒可就難說了。所幸孩子剛吃完奶，睡得香甜，這段時間中一聲未吱。楚瀚暗暗吁了一口氣，又等了一會兒，才跳下地來，辨別方向，往水井曲道的角屋奔去。

將近水井曲道，便聽見遠處有人高聲說話。楚瀚掩上前去，見是剛才那四個錦衣衛，正在水井邊爭執。但聽那蒙面人尖聲道：「張敏呢？」錦衣衛頭領道：「回去了。」蒙面人怒道：「你就這麼放他走了？」那錦衣衛頭領也提高了聲音，說道：「他辦完了事，不讓他走，難道要他留在墳場守墳麼？」

蒙面人問道：「當眞埋好了？你們親眼見到屍體了？」

那錦衣衛頭領頓了頓，才道：「不就是個小嬰兒麼？早埋好了。」蒙面人追問道：「黑夜之中，你當眞見到了？你打了燈麼？點了火摺麼？」錦衣衛頭領語塞，支吾道：「打燈是沒有，但是……」

蒙面人打斷他的話頭，冷然道：「你們幾個怠忽職守，總有一日會知道厲害！帶我去墳場，我要挖出屍體來瞧瞧！」

那錦衣衛頭領吞了口口水，說道：「明日再去吧？」蒙面人怒道：「推三阻四的，莫非你們收了張敏的什麼好處？那地方滿是野狗，今夜不去挖出看個明白，明日還有什麼可看的？」

其餘三個錦衣衛互相望望，都是愕然，但在那蒙面人的堅持下，三人雖極不情願，仍不得不回頭往墳場走去。

楚瀚心中念頭急轉，生怕他們挖出那個胎盤，發現其中有弊，決定先安置嬰兒，再去引開那幾個錦衣衛。他飛步追上張敏，低喚道：「張公公！」

這時張敏已走到西內門口，聽見楚瀚呼喚，連忙停步回頭。楚瀚道：「那幾個錦衣衛不死心，回去墳場挖屍查驗了。你快跟我來，我們將嬰兒安頓了，我去引開他們。」

張敏點點頭，領著楚瀚來到水井曲道的角屋，進入那間堆積黃豆的倉房。張敏走到一個不起眼的角落，說道：「暗門在這兒。」伸手推開了一扇兩尺見方的矮門，裡面果然有間小小的夾壁。楚瀚讓張敏和嬰兒躲入夾壁之中，自己拉起領巾蒙住了臉，說道：「張公公小心，我去引開他們。」便即離開曲道，奔到亂葬場邊。

但見那幾個錦衣衛打著火摺，正滿頭大汗，尋找方才埋葬嬰屍的墳地。楚瀚看準時機，忽然大叫起來：「飛賊！宮中來了飛賊啊！」

四個錦衣衛一齊抬頭，楚瀚特意高高躍起，讓他們見到自己的身形。但聽那錦衣衛頭領叫道：「追！」四人先後追了上來。

楚瀚本意便是要引開這幾個錦衣衛，見他們追了上來，才拔步快奔。以他飛技之佳，那些錦衣衛原本連他的影子也見不到，此時他故意放慢腳步，讓眾人全數追上了，才在眾人注視下，一躍出了數丈高的圍牆。但聽眾錦衣衛在牆後高聲喝罵，忙著尋找門戶。

楚瀚知道他們無法躍上這座高牆，微微一笑，正要轉身離去，卻見牆頭上站了一個人，蒙著臉面，身形一閃，已落在自己身前。

楚瀚從未遇到過飛技與自己相若之人，更未想到錦衣衛中竟有這等人物，一驚之下，立即一個後翻身，彈出數丈，飛奔而去。那蒙面人如影隨形地跟了上來，離他身後不過五步之遙。楚瀚熟悉路徑，一徑闖出了皇宮，鑽入京城狹小的胡同之中，左穿右繞，仗著黑暗掩護，漸漸拉開自己與追者的距離。

又穿過幾條胡同，他將追者甩出七八丈外，但仍能聽見那人輕捷的腳步聲如蛆附骨般地跟在身後。他知道自己若能聽見對方的腳步聲，對方必定也能聽見自己的腳步聲，總能循聲追上，畢竟未能完全甩脫對方。他不敢停下腳步，施展蟬翼神功，一時躍上樹梢，一時跳上屋簷，一時在高高的圍牆上疾行，一時在彎曲的胡同中亂竄。但那蒙面人即使在黑暗之中，卻絲毫不失敏銳精準，循聲探影直追而上。

楚瀚此時再無懷疑，這人定然便是多年前曾到揚鍾山家偷窺，並在昨夜到紀娘娘房外觀望的那人。他感到芒刺在背，他自練成飛技以來，從未遇過如此可怖的對手，心中又是驚詫，又是焦急，只能盡量鎮定下來，對自己道：「我在宮中這些時候，竟然不知道錦衣衛中有這等人物，眞是瞎了眼！好在他尚未見到我的面目，也不能確定我與張敏殺嬰之事有關。我得趕緊躲藏起來，絕不能讓他追上。」

他暗不擇路，在胡同中亂奔，老早迷失了方向。這時他一抬頭，見到不遠處有間寺廟，廟門緊閉，廟前香爐兀自冒著殘煙。楚瀚奔到廟外的天井，四下一望，見到廟門上掛著橫匾，廟門旁放著個香油箱，天井當中立著一座銅香爐，左首堆疊著一人高的羅漢座，右首放著一只大水缸。他念頭急轉，當機立斷，從懷中掏出幾樣事物，快手布置好了，隱身在天井之中。

那蒙面錦衣衛轉眼便已追上，他停下腳步，側耳細聽，知道楚瀚並未離去，定然躲在這天井之中。他冰冷的眼光四下一掃，停留在廟門上的匾額，上面寫著「淨圓寺」三個大字。他一躍而起，揮刀斬去，登時將匾額斬成兩段，轟然落地，但匾後無人。

蒙面人哼了一聲，轉身去望那香爐，兩步搶到香爐邊，揮刀向內斬去，一時香灰飛揚，爐中無人。蒙面人又去推倒了左首那堆羅漢座，砰然聲響，羅漢座後無人；他又去踢翻右首的大水缸，清水流了一地，仍舊無人。

蒙面人又驚又惱，他知道對頭定然躲進了這個天井，絕對未曾逃出，但所有能躲的地方他都找過了，對頭是人不是老鼠，還有何處可躲？他眼光掃向天井的各個角落，最後停在門旁的香油箱之上。這箱子不過三尺見方，孩童大約躲得進去，成人若擅長縮骨功，或許也能藏身於此。他慢慢走上前，打算持刀劈開箱子，忽聽腳步雜沓，箱旁的大門呀一聲開了，一個和尚探頭出來，睡眼惺忪地罵道：「他奶奶的，大半夜兒的，哪個王八蛋在這兒發瘋撒潑?」抬頭見到那錦衣衛手中亮晃晃的刀，驚呼一聲，正要關門，蒙面人已搶上前去，一把抓住那和尚的衣領，喝道：「我是錦衣衛！有欽犯逃入你這廟裡，快交出人來！」

那和尚聽說是錦衣衛，嚇得要命，忙不迭跪下求饒道：「官爺！小僧瞎了眼，官爺恕罪則個！」他身後又有三五個和尚聞聲出來，七嘴八舌地探問究竟，就在這一團亂中，楚瀚已從屋簷下鑽出，如燕子般輕巧地翻上屋頂，飛身而去。

這藏身屋簷下的功夫乃是三家村的獨門絕技，楚瀚往年早晚苦練以兩指之力懸掛在木梼上，能夠掛上幾柱香的時間而不稍動彈。這廟的屋簷甚是窄淺，他用雙手捏住木梼，身子緊貼在屋簷之下，除非站在廟門口抬頭上望，不然便無法見到他的身形。加上天井中有許多更明顯的藏身處，楚瀚又一一在匾額、香爐、羅漢座堆、水缸處留下痕跡，讓對頭心生懷疑，先行搜索這些地方，始終沒想到他竟會藏在最容易被見到的屋簷之下。他的算計也甚準，知道對方弄出聲響後，定會有人出來探視，自己便能趁亂逃走。這一切都如他所料，他從屋簷下溜出逃逸，那錦衣衛更未見到，在那幾個和尚的大呼小叫聲中，也未能聽見他遠去的腳步聲。

楚瀚心中暗叫好險，知道若是在幾個月前，自己尚未練成蟬翼神功，必然躲不過這蒙面人的追趕。他又在宮外繞了許久，確定那蒙面人不曾跟來，才悄悄回入皇宮。

他猜想天明之後，那幾個錦衣衛定會再回去亂葬場試圖挖掘嬰屍，但他知道亂葬場中野狗和黃鼠狼甚多，不消幾個時辰，便會將掩埋得不好的屍體掘出來吃了。到得天明，就死無對證。只要張敏小心躲藏，不讓人發現嬰兒的蹤跡，這件事情畢竟不會敗露。

第二十章　藏匿幼主

楚瀚回到御用監自己的住處時，已是四更時分。他見到手下小凳子趴在臥房外的桌上打盹兒，一張圓臉靠在胖胖的手臂上，口水沾濕了一片衣袖。黑貓小影子縮在他的懷中，也睡得香甜。

楚瀚微微一呆，他不想讓小凳子知道自己這麼晚才回來，便先悄聲入房，假作開門出來，問道：「小凳子，你在這兒作什麼？」

小凳子名叫鄧原，是個十二歲的少年，比楚瀚還要小上幾歲，一張大臉圓圓平平，酷似板凳面兒，因此得了個「小凳子」的渾號。他生性憨厚老實，但辦事極為認眞，交代他什麼事情，一定全心全意辦好，從不推辭叫難。他和小麥子兩人都是和楚瀚同日淨身的一批小宦官，入宮後小麥子跟楚瀚一起被派到御用監，小凳子則被派到惜薪司去，在那裡幹了幾年雜務。楚瀚升任御用監右監丞後，便將兩人都調來自己手下辦事，是他此時最忠心能幹的兩個手下。

這時小凳子一驚醒來，趕緊站起身，小影子滿不情願地跳了開去。小凳子揉著眼睛道：「楚公公！早些馬公公抱了一個宮女過來，傷得很重，我給敷了藥，放在外間床上，仍昏迷不醒。」

楚瀚這才記起自己讓馬源將萬貴妃的宮女碧心送來之事，點點頭，說道：「我知道了，你早些去休息吧。」

小凳子低聲問道：「楚公公，那宮女該如何處置？」

楚瀚當時一念不忍，出手救了碧心的命，一時也想不出該如何處置她，說道：「萬貴妃命人打死了她，我看著可憐，才讓馬公公悄悄將她救了出來。我們得小心將她藏起，別讓人發現了。等她養好了傷，或許讓她改名換姓，送去安樂堂或浣衣局避避風頭，之後再說吧。」小凳子答應了。楚瀚便讓他快去睡覺，自己也回入房中，關上了房門。

他掛念著嬰兒，心想自己得趕緊去看看張敏和嬰兒如何了，心中一動：「就怕嬰兒餓了，哭起來可麻煩。」他也不知能餵什麼給嬰兒吃，手邊又不可能有奶水，四下一望，隨手拿了一盒外臣進獻給梁芳的軟糖，一罐蜜粉，塞入懷中，便又出門去了。

他小心翼翼地趕回水井曲道的角屋，此時錦衣衛已然離去，他確定四下無人，才偷偷入屋，來到堆積黃豆的倉房，輕輕敲了敲牆壁，低聲道：「張公公，是我楚瀚。」

張敏開了門，楚瀚矮身鑽入，張敏將手指豎在口前，示意別出聲。楚瀚藉著透過板壁縫隙射進來的曙光，但見嬰兒窩在張敏懷中，沉沉睡著，雙眼緊閉，神色極爲安祥。張敏低頭望著嬰兒，臉上滿是溫柔的神色，四下寂靜，兩人一齊望著嬰兒好一會兒，心中都感到一片異樣的平安滿足。

過了一會兒，嬰兒動了一下，側過頭，張開小嘴想要吸吮。張敏皺眉道：「這時節，可不能送回去給他娘餵奶。這可怎麼是好？」

楚瀚從懷中取出軟糖和蜜粉，說道：「不知嬰兒吃不吃這個？」

張敏自幼淨身入宮，也沒有育兒經驗，說道：「不如試試？」便用手沾了蜜粉，餵入嬰兒口中，嬰兒張口吸吮，吃了下去。張敏和楚瀚心頭都是一喜，忍不住相視一笑。

張敏沾著密糖哺餵嬰兒，餵了一陣，嬰兒吃飽了，便閉口不再吃了。張敏輕輕搖著嬰兒，讓他入睡，轉頭望向屋外，問道：「天亮了麼？」楚瀚道：「寅時快過了。」張敏道：「我得回去昭德宮覆命了。外面那些人如何？」

楚瀚將錦衣衛去亂葬場挖掘、自己引他們追趕、逃出宮去、甩開追兵的前後說了。張敏聽了楚瀚的敘述，不禁皺眉說道：「我若回去說嬰兒已經解決了，他們要再去挖，挖不到嬰兒屍體，卻又如何？我可不想被打入詔獄！」說著不由得身子一顫。

楚瀚聽他提起「詔獄」，也不禁頗爲忌憚。他入宮已久，知道錦衣衛乃是皇帝直屬的內廷親軍，負責保護皇帝的安危及調查偵緝皇帝交辦的案件，有權逮捕疑犯，加以審問用刑，甚至設有自己的法庭和監獄。由於錦衣衛承辦的案件乃由皇帝親自下詔偵查，因此被稱爲「詔獄」。錦衣衛的權力凌駕於正規的三法司之上，不受任何機構管轄，其無法無天、可怖可畏處與東廠可謂不相上下。相對於東廠，錦衣衛指揮使乃是外官，東廠則一般由司禮監的秉筆太監擔任提督，更加受到皇帝的信任。這兩個機構互相依恃，關係密切，東廠中的屬官和隸役大多由錦衣衛中選任。眼下皇帝懶散庸懦，從未親身指揮錦衣衛，錦衣衛實際上是操縱在萬貴妃手中。張敏自然知道其中厲害，自己違抗貴妃旨意，若被錦衣衛捉個正著，下詔獄、受酷刑自是免不了的。

楚瀚想了想，說道：「張公公但說不妨。那幾個跟你去墳場的錦衣衛口稱親眼看見嬰兒被埋，絕對不會改口。過了半夜，野狗早將什麼都挖出來吃了，死無對證。」

張敏點點頭，歎了口氣，說道：「我反正拚著一死，也顧不了那麼多了。我去後，這兒就靠你了。」

楚瀚拍拍他的肩膀，安慰道：「張公公別擔心，好人不會那麼容易便死的。」張敏微微苦笑，出門去了。

楚瀚獨自在黑暗中抱著嬰兒，四下一片寂靜平和，忽聽懷中發出一陣呼嚕呼嚕的聲響。楚瀚一呆，輕輕將嬰兒放下，解開襁褓，果然見到嬰兒解了大便。他哪裡知道該如何處理，慌忙伸手在懷中亂掏，掏出一張手帕，胡亂替嬰兒擦乾淨了，又用襁褓將嬰兒包了起來，心中打定主意：「下回來，得多帶上幾條棉布充當尿布。」

嬰兒解完大便後，肚子又餓了，張開小嘴不斷想吸吮。楚瀚學著張敏的樣，用手指沾蜜粉餵了他一些，嬰兒便又沉沉睡去。楚瀚望著嬰兒紫紅色的小臉，緊閉的雙眼，安穩的神情，心中忽然感到一股奇異的平靜，覺得能懷抱一個柔弱溫暖的初生嬰兒，眞是世間最美好、最神奇的事情。

他傾聽著屋外破曉時分的清脆鳥囀，感受著懷中溫暖的小生命，頓覺人生實是不可思議；他照顧紀娘娘數月，直到她臨盆產子，期間從未想過嬰兒生出來後，會是如何的情景。昨夜情勢瞬息萬變，他一心搶救嬰兒性命，直到此刻安定下來，他才意識到保住這嬰兒的性命，對他來說居然如此重要。至於這嬰兒乃是當今皇帝的唯一子息，甚至可能是未來的皇帝，這些念頭他卻連想都沒有想過。

次日中午，張敏偷偷回到水井曲道，滿面喜色，對楚瀚道：「主子沒起疑。我們輪流照顧小主子，等鋒頭過後再想辦法。」

於是兩人悄悄找了各自最信任的兩個宮女秋華和許蓉，兩個宦官小凳子和小麥子，輪流來此餵哺嬰兒。這孩子在一眾一輩子不能生育、從未保抱過嬰兒的善心宦官，和一輩子沒機會生育、渴望滿足母性的寂寞宮女照拂下，就此存活了下來。萬貴妃大約是聽了錦衣衛模稜兩可的報告，心中仍不信嬰兒已死，不斷派人來安樂堂左近探伺，但眾人將消息瞞得滴水不漏，萬貴妃派出的探子一無所得。數月之後，便未再派人出來窺查。

此後楚瀚每隔數日便來看護嬰兒，對於餵奶水、換尿布、包襁褓、哄睡覺，早是一把能手，駕輕就熟。這嬰兒也似乎特別喜歡他，別人哄不來時，只要楚瀚一抱起，他便停下不哭，沉沉睡去，臉上露出滿足的神情。小凳子和小麥子都笑道：「這嬰兒跟楚公公有緣，把你認作親人啦。」

楚瀚心中疼愛這嬰兒，往往抱著嬰兒不肯放手，即使不是輪到他照顧嬰兒，也不時跑來看他一看，抱他一抱，親親他的小臉。躲在這狹窄的夾壁中逗弄嬰兒，已成了他每日最快樂的時光。

這一日輪到楚瀚照顧嬰兒，他正逗著嬰兒玩時，忽聽得輕盈的腳步聲走入堆積黃豆的倉庫。他從版壁的縫隙望出去，卻見來者是兩女，一個是紀娘娘，另一個卻非張敏的親信宮女秋華或許蓉，而是個不相識的大眼女娃，約莫十二三歲年紀，身著低等丫鬟裝扮。紀娘娘伸手輕敲版壁，楚瀚連忙打開暗門，讓兩女進來。

那丫鬟見到楚瀚懷中的嬰兒，大眼睛立即亮了起來，露出驚喜的笑容，上前開開心心地逗弄起嬰兒來。楚瀚不知這丫鬟是誰，甚是驚疑，向紀娘娘望去。紀娘娘道：「楚小公公，這位是吳皇后的貼身侍女沈熗蓮。」

那丫鬟沈熗蓮抬頭對他一笑，說道：「娘娘聽說了大好消息，特遣我來探望小主子，送些奶品過來。」打開手中包袱，裡面一罐罐都是奶膏奶漿之類。

楚瀚心想：「原來這丫鬟竟是吳廢后身邊的人。吳廢后和萬貴妃乃是死對頭，難怪如此關心。」又想：「娘娘卻爲何主動將此事透露給吳廢后知道？那不是危險得緊麼？」但見紀女官神色平靜沉穩，似乎一切都在她的計畫之中。

沈熗蓮問娘娘道：「我家娘娘請問娘娘，小主子叫什麼名字？」

紀娘娘似乎早已決定了，說道：「我喚他泓兒。三點水，弘揚的弘。」沈熗蓮笑道：「泓兒，泓兒，這名兒好！」她又逗弄了嬰兒一會兒，才留下奶品，和紀娘娘一起離去，離去前笑嘻嘻地對楚瀚道：「娘娘說，改日她要親自來探望孩子呢。」

果然過不幾日，廢后吳氏便在沈熗蓮的陪伴下親自來了。吳氏身形高瘦，氣度雍容華貴，也不過二十來歲年紀。楚瀚向她跪下磕頭請安，吳氏只淡淡地擺手道：「我是受貶負罪之身，楚公公何須多禮？」

她從楚瀚手中接過孩子，滄桑的臉上露出又憐又愛的笑容，將嬰兒溫暖的身子緊緊摟在胸前，親吻不止，讚道：「好漂亮的娃兒！寬額大耳，白白淨淨，準是個有福氣的孩子。」說著說著忍不住潸然淚下。

楚瀚和沈熗蓮在旁看著，不禁對望一眼，哀然無言。他們年紀雖小，卻已看多了宮中的悲歡離合，殘酷爭鬥。他們眼見吳后被廢後處境悲涼，淒慘絕望，心中都爲她感到難受。

吳廢后住在西內，離安樂堂不遠，此後便常常帶著丫環沈熗蓮走過金鰲玉蝀橋，到水井曲道來探望嬰兒，每回都抱著嬰兒不肯放手，顯然對這孩子發自內心疼愛。

楚瀚看在眼中，不禁想道：「這孩子貴爲皇帝長子，原該受封太子，正居東宮，享受無上尊榮寵愛才是，然而卻不得不藏在陰暗的倉庫夾壁之中，躲躲掩掩，生怕被人發現，寧不可悲！」轉念又想：「他雖沒有名位尊榮，卻受到親生母親、吳皇后和許許多多宮女宦官的盡心疼愛，又何嘗不是福氣？更何況大伙兒疼愛他，不是因爲他是皇子，也不是因爲伺候好他能得到皇帝的誇讚賞賜，而只是單純的因爲他是個應當受人疼愛的嬰兒，這可是更加難得的了。」

後來楚瀚找著機會，向肚中頗有墨水的小麥子請問，才知道「泓」字形容水淵深無底，而自己名字中的「瀚」字則形容水廣大無邊。他甚覺驚喜，感到泓兒這名字極好，與自己的名字「瀚」字似乎隱隱相配，對泓兒益發疼愛關懷，此後生活的重心便全放在這嬰兒身上。

幾個月過去了，照顧嬰兒的宮女宦官和紀娘娘、吳廢后等都極爲謹慎小心，不曾走漏半點風聲。楚瀚探知萬貴妃那兒再無動靜，才漸漸放下心來。

他心中記掛著那夜來搜尋泓兒的蒙面錦衣衛，生怕他再次來下殺手，便去錦衣衛中打探，但卻沒有人知道那蒙面人是誰，叫什麼名字，從何而來。楚瀚大覺古怪：「錦衣衛號稱皇帝親軍，編制嚴謹，怎麼可能憑空冒出一個人來？」

他一時探查不出結果，而那蒙面人又再也未曾出現，只好暫且將此事放在一邊。

這夜正是元宵夜，梁芳和其他大太監結伴出宮飲酒作樂去了，當夜輪到張敏看護泓兒，楚瀚獨自在宮中悶得慌，便決定出去走走。他換上便服，帶著小影子潛出宮外，在街頭閒晃。這夜京城城門大開，金吾不禁，通宵達旦，讓小民盡興宴飲玩樂。街上掛滿了五顏六色的燈籠，形狀爭奇鬥艷，處處歌舞昇平，遊人摩肩接踵，好不熱鬧。到得戌時，東門外開始放起煙花，楚瀚嫌街上人擠，便施展輕飛技躍上一座寶塔，獨自抱膝坐在屋簷上觀看煙花。小影子不愛煙花的巨響和刺鼻的煙硝味兒，逕自溜下寶塔，跟別的野貓聚會去。

楚瀚叫了小影子幾次都沒回來，便索罷了。他抬頭望向滿天的火樹銀花，又望向地上洶湧的人潮，只見萬頭攢動，心中忽然感到一陣難言的寂寥孤獨。煙花結束後，人潮漸散，他心頭忽然想起另一個孤獨的人兒，不知如何竟極想見見她，便跟她坐著說幾句話也好。

他下了寶塔，信步來到榮家班大院的後門外，問一個守門的老婦道：「婆婆，請問紅倌在麼？」老婦答道：「紅倌出戲去了。今兒元宵，他們唱完總要去喝上幾圈。請問小兄弟是哪位？」

楚瀚搖了搖頭，說道：「我改日再來便是。」逕自走開，來到榮家班大院後的小溪旁，望著天上點點繁星，耐心等候。一直到了丑時過後，才聽見紅倌才和班中其他戲子一道回來，一群人嬉笑打鬧，口齒不清，顯然都喝得醉醺醺地。

楚瀚已從窗口躍入紅倌房中，坐在她的梳妝臺旁等候，見到她跌跌撞撞地上樓進屋，便輕聲喚道：「紅倌！」

紅倌就著月光見到他，微微一呆，認出他來，笑道：「原來是楚小公公，稀客，稀客！你怎麼來啦？」

楚瀚臉上一紅，說道：「我來看看妳，這就走了。」紅倌一笑，拉住他道：「別走。你是來看我的，怎不坐坐才走？」楚瀚聞言道訕訕地留下了。

紅倌點起燈，逕自在梳妝臺前坐下，見到臺上放著一杯濃茶，猶自冒煙，知道是楚瀚爲自己準備的，心中一暖，端起喝了，略略清醒了些。她對著鏡子開始卸妝，眼光瞄著鏡中的楚瀚，口中說道：「嬷嬷有沒有好好招呼你？餓麼？」

楚瀚坐在床邊，睜著黑亮的眼睛凝望著紅倌，搖搖頭，說道：「我是自己闖進來的，沒讓人知道。」

紅倌問道：「今兒宮中放假，你獨自出來玩耍？」楚瀚道：「我想起妳，出宮來看看妳如何了。」

紅倌望著鏡子，拆下頭上束髮，抹去臉上脂粉，眼睫下垂，低聲道：「還不是老樣子？」

楚瀚道：「我擔心妳得緊。」紅倌撇嘴道：「擔心什麼？我唱戲可唱得開心了。」楚瀚歎了口氣，他知道她近來愈來愈有名氣，日日受到那幫權貴子弟的包圍糾纏，不堪其擾。她心高氣傲，不屑周旋於那幫子弟之間，已得罪了不少人。當下低聲道：「我掛心妳，因爲聽宮中的公公們說，有好幾個大官和公公的子弟們都在詢問妳的身價。」

紅倌雙眉豎起，哼了一聲，說道：「身價身價，他們以爲自己有幾個臭錢，就什麼都買得到！不要臉！那等無賴子弟，就愛跟男旦廝混！你可知道臧家班的臧清倌一夜要多少錢？」楚瀚搖頭表示不知。紅倌伸出兩根手指，說道：「臧清倌的一夜要兩百兩銀子！比珠繡巷多嬌閣的頭牌花娘方豔豔還要貴上足足兩倍！」

楚瀚心道：「妳的身價，恐怕也不遑多讓。」搖頭道：「身價還是其次，他們若發現妳不是男旦，事情可不易了。」

紅倌當然知道這是個棘手的問題，卻作出滿不在乎的神氣，對他扮了個鬼臉，笑道：「我們一個假男旦，一個假宦官，也不知誰比誰糟些？」

楚瀚望見她調皮的神情，也忍不住笑了，辯解道：「我才不是假宦官呢。」

紅倌嫣然而笑，說道：「是，是。咱們都是真的，誰也不是假的。」披散著長髮，站起身來到床邊，一頭滾倒在床上，踢了鞋子，說道：「今夜連趕三場，唱了幾齣大戲，《泗州城》、《打店》、《打焦贊》全唱了，可累壞了我。」

楚瀚此時對戲曲已通熟了許多，這幾個戲牌他都聽過數次，笑道：「妳又扮水母，又扮孫二娘，又扮楊排風，今兒可撒夠了潑，過足了癮吧？」紅倌笑道：「可不是？要有人給我搥搥腰腿就好了。」楚瀚一笑，說道：「乖乖趴好了，待我替妳搥搥。」

紅倌一聽樂了，笑嘻嘻地道：「當紅小宦官替當紅武旦搥腰腿，這可不大對頭吧？」楚瀚道：「妳不要就算了。」紅倌忙道：「要，當然要！」翻身趴在床上，任由他替自己搥腰揉腿，一時興起，隨口唱道：

「繡鞋兒剛半拆，柳腰兒夠一搦，羞答答不肯把頭抬，只將鴛枕捱。雲鬟彷彿墜金釵，偏宜鬆髻兒歪。」

楚瀚自從聽過紅倌的《泗州城》後，便時時跟著小麥子出去聽戲，這紅極一時的《西廂記》自已聽過了許多回。紅倌唱的正是第四本中的精采處，張生和鶯鶯夜半偷會，結下私情。他忍不住接口唱道：

「我將這鈕扣兒鬆，把縷帶兒解；蘭麝散幽齋。不良會把人禁害，咍！怎不肯回過臉兒來？」

紅倌格格而笑，啐道：「小子使壞！上回你說聽戲不多，這會兒你可成了精啦！」楚瀚也笑了，手裡替她搥著，口中低聲道：「妳房中好香。」紅倌閉著眼睛，說道：「是我房外那株夜來香。我愛極了，誰也不准動它。」忽道：「我聽說紫禁城東華苑裡，有株非常名貴的夜來香，是南方進貢來的，香氣清雅極了。一到晚上，整個東華苑都是它的香味兒。」

楚瀚道：「我知道。那株花樹的香味兒確實清新得很，奇的是愈高枝上的花兒愈香，頂上的幾束更是芳香無比。」紅倌奇道：「你怎麼知道？」楚瀚微笑道：「我聞過，當然知道。」紅倌悠然道：「我要能聞聞就好了。」楚瀚道：「下回我採來給妳。別多說啦，好好躺著別動。」

紅倌被他搥得通體舒泰，忍不住讚道：「舒服極了！沒想到小公公還眞有一手。」楚瀚道：「我小時候腿不好，常常得給自己揉揉搥搥的，久了就會了。」紅倌笑道：「我還以爲你成日給皇帝搥腿呢。」楚瀚道：「我連萬歲爺的面都沒見過，哪有福分替萬歲爺搥腿？」紅倌啐道：「聽你一口奴才話。」楚瀚道：「我能替妳搥腿，可比給萬歲爺搥腿還有福分。」

紅倌被他逗得笑了，翻過身來，直盯著他瞧，笑嘻嘻地道：「你說說，我不過是個小小武旦，給我搥腿，怎能比給萬歲爺搥腿還有福分？」

楚瀚低頭望著她俊俏的臉龐，一時傻了，答不上來。紅倌給他望得臉上沒來由地一陣熱，連忙翻過身去趴好。她累了一日，在楚瀚的輕揉下，全身舒暢，口中有一搭沒一搭地跟楚瀚閒聊著，不知不覺地沉沉睡去。

次日清晨紅倌兒醒來時，聞到一股淡雅的香氣洋溢房中。她跳起身，見到楚瀚早已去了，卻在她梳妝臺上留了一束夜來香。她連忙跑去梳妝臺前，仔細觀望那花兒，嘴角不禁露出微笑，知道這定是楚瀚從宮中東華苑裡最珍貴的那株夜來香樹的樹梢採來的。她卻不知，世間也唯有楚瀚能輕而易舉地摘到這花兒。

她凝視著那一團團白色的細小花兒，心中忽然感到若有所失，伸手摘下一朵，放在鼻邊，一股清香直鑽入鼻中，不禁心神蕩漾，暗想：「他究竟是不是在宮裡當差的？若是，怎會有這心思功夫來我這兒纏磨？若不是，他無端來找我，替我揉按，又是爲了什麼？唉，我要能常常見到他就好了。」想到此處，臉蛋兒又不禁一紅。

第二十一章　紅伶情緣

楚瀚自從那夜去找紅倌後，心中更時時掛念著她。紅倌所屬的榮家班當時正走紅，每月總有十多場戲。楚瀚每場必到，總坐在臺下欣賞紅倌精湛伶俐的身手，俏皮高傲的神采。他不願讓紅倌遭人輕侮，受人閒氣，便放出風聲，揚言宮中重要人物要保紅倌，不准旁人唐突冒犯。當時宦官勢力龐大，一般富商子弟哪敢輕易去捋虎鬚，連宗室大族都得避讓三分。紅倌身邊烏蠅一般的追求者漸漸減少，令她的日子過得輕鬆快活得多。

楚瀚此後也常常帶著小影子，在半夜三更溜出宮去找紅倌，帶些宮中獨有的馳名甜點給她吃。兩個少年男女聚在房中吃喝傾談，好不快活。楚瀚向來說話不多，往往坐在那兒，沉默地聆聽紅倌述說她最歡喜的戲牌，吟唱她最心愛的段子，直至夜深。

紅倌對他的黑貓小影子情有獨鍾，常常將小影子摟在懷中，笑嘻嘻地道：「小影子今晚別走了，留下來替我暖暖腳吧！」但小影子對楚瀚十分忠心，每次楚瀚離去，牠都一定跳上楚瀚的肩頭，跟他一起回宮。

有一夜紅倌買了酒回來，兩人各自喝了幾杯，紅倌雙頰暈紅，側身躺在床上，一頭睡在小影子的身上，將牠當成了枕頭。小影子也不介意，呼嚕呼嚕地繼續安睡。

楚瀚道：「妳醉啦。待我去城東那家老店篩碗酸梅湯來，給妳醒醒酒。」紅倌撒嬌道：「酸梅湯有啥用？只有宮中那株夜來香，才能讓我醒酒。」

楚瀚轉頭望向窗外，但見春雨綿綿，一片濕潤陰鬱。他道：「我這就去摘。妳好生躺著，別再喝啦。」

紅倌原本只是跟他開個玩笑，連忙拉住他道：「你傻了，這天候還去摘花？」楚瀚笑道：「下點小雨算什麼？狂風暴雨，我都照樣去給妳摘花來。」說著便從窗中躍了出去，轉眼消失在煙雨之中。小影子平時總緊緊跟著楚瀚，今日外邊溼漉漉地，牠也懶散了，窩在床上沒有起身。

紅倌的酒意登時醒了，心中又是後悔，又是擔憂，她雖知楚瀚輕功了得，但在這雨夜之中，闖入大內花園摘採花兒，哪是好玩兒的事？她抱起小影子，在房中不斷來回踱步，不時往窗外張望。直等了一個多時辰，她才聽到窗上一響，一個溼淋淋的人影鑽了進來，正是楚瀚，手中拿著一束清香襲人的夜來香。

紅倌眼眶一紅，放下小影子，走上前去，一伸手便將花奪過了，隨手扔在梳妝臺上，扁嘴道：「你幹麼眞去摘花兒了？」楚瀚還沒回答，紅倌已伸臂抱住了他，將頭埋在他胸口，哽聲道：「可擔心死我了！」楚瀚奇道：「妳擔心什麼？這花我又不是沒摘過，妳擔心我摘不到？」

紅倌不斷搖頭，只哭得一把鼻涕一把眼淚，哽聲道：「我擔心你不回來了。」

楚瀚笑道：「小影子在這兒，我怎會不回來？再說，我不回來，那妳拿什麼醒酒？」紅倌破涕爲笑，說道：「你就只記掛著我的玩笑話。快來，換下了濕衣衫，省得病了。」取出幾件乾淨的衣衫讓他換上，又將濕衣衫晾在床邊。

她來到梳妝臺前，拾起那束楚瀚新採的夜來香，放在瓶中，注入清水，深深吸了一口氣，吸入滿腔的幽淡清香。她精神一振，重新熱起酒，倒了兩杯，一杯自己喝了，一杯遞給楚瀚，笑道：「現在解酒花來了，我可以盡情喝啦。你也快喝兩杯，暖暖身子。」

楚瀚接過酒杯喝了，兩人並肩坐在床頭。紅倌側頭望著他，忽然正色說道：「楚公公，我問你一句話，你可得老實回答。」楚瀚道：「我什麼時候不老實了？妳問吧。」紅倌忽然伸出手，攬住他的頭頸，膩聲問道：「你當眞不是公公？我可不信。」楚瀚的鼻子幾乎觸及她的鼻尖，望著她長長的睫毛，水靈靈的雙眸，心中怦然而動，口中說道：「妳當眞不是男旦？我也不信。」兩人相視而笑，忽然不約而同地緊緊相擁，一起滾倒在床上。

此後楚瀚更常在夜晚來縈家班找紅倌，兩個少年男女感情日好，如膠似漆，甜膩如蜜。

御用監裡。

這天夜裡，輪到楚瀚在水井曲道中照顧泓兒。他怕人家認出他的黑貓，懷疑他為何老跑來安樂堂，因此來看顧泓兒時，都不讓小影子跟來，只讓牠跟小凳子作一道，留在御用監裡。

泓兒此時已有五個月大，認得熟人，也會笑了，一見到楚瀚到來，便格格笑個不止，可愛之極。楚瀚笑嘻嘻地逗泓兒玩了一會兒，餵他吃了米糊，喝了羊奶，泓兒便揉眼抓耳，顯是想睡了。楚瀚抱著泓兒輕搖低哄，直哄到他沉沉睡去，望著他清秀安詳的小臉，忽然想起昨夜與紅倌的一番繾綣，滿懷甜蜜，忽然動念：「我若能跟紅倌生個娃子，不知會是怎生模樣？」

正想時，忽聽門口輕響，一個嬌弱的身影鑽了進來，卻是紀娘娘。為了不讓人起疑，紀娘娘極少來水井曲道的角屋，每回來探望親子，總在夜深人靜時悄悄前來。楚瀚在救出泓兒後的數月之中，只見過紀娘娘四五次，每次都十分短暫。

楚瀚向紀娘娘跪下行禮。即使紀娘娘地位低微，如今身處危難，楚瀚和其他宮女宦官對她卻不敢缺了禮數。紀娘娘連忙拉他起來，低聲道：「快別這樣！」

楚瀚將泓兒遞過去給紀娘娘，她接過泓兒，緊緊擁在懷中，低頭親吻他的小臉，臉上神色愛憐橫溢。

這角屋庫房的夾壁只有四尺來寬，八尺見長，如同一間狹窄的小室，一個大人抱著嬰兒坐在室中並不嫌狹窄，但要容多一人，便顯得有些擁擠了。通常楚瀚將嬰兒交給紀娘娘後，便去外邊把風，這回他正要鑽出暗門，忽然想起一事，問道：「娘娘，我留意泓兒的頭頂缺了一塊頭髮，那是怎麼回事？」

紀娘娘低頭去看，伸手撫摸嬰兒頭頂的一小塊光禿，輕輕歎了口氣，說道：「萬貴妃那時派了個宮女來打胎，那宮女心地好，回去報說我只是生了病，並非懷胎。但萬貴妃生性多疑，並不放棄，仍舊派人在我飲食中下藥，讓我險些失去了孩子。泓兒頭上缺了一塊頭髮，恐怕便是藥物造成的。」

楚瀚點頭道：「我知道此事。那位宮女名叫碧心，後來萬貴妃得知她替您隱瞞，命人打死她，我想法救了她下來。現在傷好了，我將她安置在浣衣局。」

紀娘娘聽了，極爲驚喜，大大鬆了口氣，說道：「改日我得去拜謝她的救命之恩，更要感謝楚公公高義相救我的恩人！」

楚瀚搖頭道：「這沒什麼，娘娘不必謝我。」手推暗門，正要出去，紀娘娘卻喚住了他，說道：「楚公公，且請留步。」

楚瀚回入窄小的夾壁之中，垂手而立，說道：「請問娘娘有何吩咐？」

紀娘娘抱著泓兒倚牆而坐，抬頭望著他，問道：「楚公公，請問你貴庚了？」

楚瀚雖讀過一些書，識得一些字，但畢竟出身貧寒，略微文雅一些的言辭他便不懂了，問道：「什麼是貴庚？」

紀娘娘道：「請問你幾歲了？」楚瀚答道：「我今年該有十五歲了。」紀娘娘又問：「你家鄉何處，父母可在？」楚瀚搖頭道：「我不知道自己家鄉在何處。年幼時被父母遺棄在京城中，此後便再也沒有見過他們。」

紀娘娘點了點頭，舉目凝望著他，神情十分奇特，忽然問道：「你在梁公公手下辦事，也有幾年了吧？」

楚瀚回想自己「淨身」入宮，也快滿兩年了，便道：「快要兩年了。」紀娘娘問道：「梁公公都讓你辦些什麼事？」楚瀚微一遲疑，沒有回答。他替梁芳辦的都非好事，而且都屬隱密，自然不能說出口。

紀娘娘見他不答，輕輕歎了一口氣，說道：「你年紀輕輕，已是梁公公手下的紅人。梁公公以侍奉萬貴妃得勢，恃寵橫行，貪得無厭，諂佞奸險，在宮內宮外聲名狼藉。你留在他身邊，實非長遠之計。若有機會，應當及早設法抽身才是。」

楚瀚一呆，沒想到娘娘會對他說出這麼一番話。他雖相助隱藏泓兒，也不時見到紀娘娘，但兩人甚少有機會交談，此時她竟如此直言相勸，倒也頗出他的意料之外。

他反思自己的處境，他已供梁芳差遣了一年有餘，實踐了當初的諾言；他決定入宮，最初的意圖是為了探索水晶的下落及舅舅被害身亡的眞相，然而這兩事都毫無進展。當時他僥倖並未眞正淨身，此時大可離開皇宮，一走了之，但他仍舊留在梁芳的身邊，說穿了不過是隨波逐流的權宜之計，在生活平穩順遂之下，便未能下定決心離開。他自然知道梁芳絕非善類，也清楚梁芳欺君瞞主、斂財誤國的行徑，但梁芳畢竟不曾赤裸裸地殺人放火，因此他的感受並不深切。此時聽了紀娘娘之言，心中警惕：「我相助壞人為惡，即使自己不作壞事，也同樣染上一身腥，無法撇清。」

轉念又想：「但我又怎能離開？娘娘和泓兒處境危險，如果我就此離去，張敏他們能護得住這個孩子麼？加上錦衣衛中不乏厲害人物，尤其那個身形如鬼如魅的蒙面人，他若眞找上門來，即使有我在，也未必守護得住泓兒。」

他想到此處，說道：「多謝娘娘忠告，楚瀚銘感於心。但是……但是娘娘和泓兒，我卻不能撒手不管。」

紀娘娘搖了搖頭，說道：「多謝公公一番心意。楚公公先前費心照顧我，現在又相助隱藏泓兒，我衷心感激，萬死難報，因此才大膽向小公公說出眞心話，還盼公公不要介意。至於我母子的生死存亡，自有天意，不可因此犧牲了楚公公的前途。」

楚瀚聽了她的話，不禁一怔，心中好生奇怪：「娘娘此時此刻最最珍貴重視的，應是懷中這個寶貝孩子的生死存亡，怎麼會認為一個小宦官的前途會比這個更加重要？」

但看她說話的神情口氣，辭意眞切，又絲毫不假。他忍不住問道：「莫非娘娘知道梁公公就將失寵，陷入危難……」

紀娘娘搖搖頭，說道：「不，不。宮中的事情，你應該比我清楚得多。梁芳勢力穩固，宮中朝中布滿他的爪牙，哪有那麼容易便失勢？我擔心的是你的未來。」

楚瀚望著她溫和慈藹的臉龐，關懷擔憂的神情，心中升起一股難言的感激，自從舅舅過世後，便再也沒有長輩對他露出如此眞摯的關切。他心頭一暖，忍不住哽咽道：「楚瀚感激娘娘的忠告，我定會尋找適當時機，抽身離開。」心中卻暗暗下定決心，在娘娘和泓兒的處境轉危爲安之前，他是絕對不會離開皇宮的。他此時已有十五歲，但因長年練習飛技，身材瘦小，且尚未開始變聲長鬚，仍能假扮宦官，留在宮中而不令人起疑。

此後楚瀚偶爾與紀娘娘傾談，得知她本名紀善貞，父親曾任廣西蠻土官。十多年前，明室派軍征討廣西一帶的反賊，在大籐峽大破瑤族勇士，捉回了不少瑤族的童男童女，紀善貞便是其中之一。她入宮後因聰明警醒，通曉文字，因而被任命爲女史，派守內承運庫的東裕庫，即收藏皇帝私人寶藏之處。皇帝有回來到東裕庫，向她詢問庫中所藏，她應對得體，皇帝甚是高興，便召她侍寢，因而得孕。

楚瀚聽紀娘娘說起東裕庫，忍不住眼睛一亮，問起庫中都藏了些什麼寶貝。

紀娘娘有些驚訝，問道：「楚公公爲何想知道？」

楚瀚回想起三家村的藏寶窟，和自己數度趁夜潛入上官大宅，盡情瀏覽寶物的興奮喜悅之情，說道：「沒什麼，我只不過隨口問問罷了。」

紀娘娘望著他，直言問道：「你想去偷取寶物？」楚瀚連忙搖頭，說道：「不，不。寶物留在它們該放的地方，便是最好的所在。我沒有地方放這些寶物，取來何用？」

紀娘娘點了點頭，說道：「內承運庫的庫藏，在宮外的，位於會極門、寶善門以東；還有一座在南城，稱磁器庫，這些都是外庫。宮內的稱爲裡庫，共有兩座，一是東裕庫，一是寶藏庫。庫中存放的不外乎金銀、紗羅、紵絲、閃色織金錦、羊絨、玉帶、內玦、象牙、瑪瑙、寶石、珍珠、珊瑚等，還有每歲浙江進貢的折糧銀，總數有一百一萬兩，也存放於庫中。至於皇室歷代私人收藏的寶物，則大多存放於東裕庫中。你沒有鑰匙，是進不去這些庫房的。」

楚瀚微微一笑，心想世上只怕沒有自己開不了的鎖，但也沒有多說，只道：「我當然無緣見到這些寶物，只是心中好奇而已。」

紀娘娘想了想，忽然道：「明晚輪到小凳子來此守夜，請公公來我屋中一趟，我有件事想跟你商量。」

楚瀚答應了，心下甚是好奇，不知道娘娘要跟他商量什麼事情？

次日晚間，他帶著小影子悄悄來到羊房夾道紀善貞的住處。自從那夜從娘娘房中救走泓兒後，他便再也沒有來過這裡；但見房室狹小，桌椅簡陋，屋頂角落布滿了蜘蛛網，比記憶中還要更加破舊。他不禁感到一陣悲哀淒涼，心想娘娘受到皇恩眷顧，懷胎生下了第一個皇子，原本該是件多麼榮寵驕人之事，如今卻不得不住在這個陰暗破敗的小屋中，竭力隱藏愛子，過著擔驚受怕的日子。他將小影子放下，讓牠自去捕捉老鼠。

紀娘娘關上了房門，請他坐下，似乎仍有些猶豫不決，靜了一陣，才道：「楚公公，我知道你很有本事。我想請幫你我作一件事。」楚瀚道：「娘娘請說，但教楚瀚力之所及，一定替娘娘辦到。」

紀娘娘直望著他，說道：「我想請你從內承運庫中替我取一樣事物。」楚瀚一呆，奇道：「娘娘想取什麼？」

紀娘娘緩緩說道：「我知道你出身三家村。我想請你取回你舅舅帶進京的寶物，紫霞龍目水晶！」

楚瀚聽了，幾乎沒跳起身來，震驚難已，他只道自己出身三家村的事情，宮中除了梁芳之外，並無他人知曉，豈知眼前的娘娘竟清楚自己的來歷，更知道舅舅當年帶紫霞龍目水晶進京之事！

他心中驚疑不定，睜大眼睛望向紀娘娘，勉強鎮定下來，問道：「娘娘……娘娘怎會知道這件事？」

紀娘娘歎了口氣，說道：「我那時掌管東裕庫，自然知道你舅舅胡星夜專程入宮，替萬歲爺送來這件安定天下的寶物。」

楚瀚聲音發顫，問道：「娘娘可知道……可知道是誰殺了我舅舅？」紀娘娘滿面驚訝，說道：「胡先生死了？」

楚瀚聽她並不知曉舅舅身死的內情，甚感失望，但想自己終於探知水晶的下落，已是一大突破，追問道：「娘娘，請問我舅舅送水晶入宮時，發生了什麼事？」

紀娘娘回憶道：「那天夜裡，萬歲爺在東裕庫祕密接見胡先生。胡先生將紫霞龍目水晶呈獻給萬歲爺，並說這件神物能預卜天下大勢，多年來由當世大卜仝寅老仙人所懷藏。如今太平之世，這件神物應由天子所有，因此仝老先生命他入宮將神物進獻給皇帝。當時在場的，只有我一個人。萬歲爺聽說這寶物如此緊要，便謝過了胡先生，並命我和胡先生合力將水晶收藏好，莫讓外人輕易找著。我們商討之下，決定將水晶藏在內承運庫的地窨之中，胡先生並在地窨周遭設下機關陷阱，防人盜取。但胡先生離開皇宮之後發生了什麼事，我就不知道了。」

楚瀚想起舅舅的慘死，心中難受，低頭道：「他來京城進獻水晶後，便遭人殺害，屍身被送回了三家村。」

紀娘娘聽了，神色黯然，說道：「胡先生離開皇宮時好端端的，豈知竟不幸遇難。我從萬歲爺口中得知，胡家數代侍奉皇室，忠心耿耿，沒想到今日皇室積弱，竟讓忠臣之後慘遭殺戮！但令舅之心，不應就此煙沒。」她從懷中取出一件事物，交給楚瀚，只見那是一柄純金打造的鑰匙，柄上鑲著紅色寶石，雕工精細。

紀娘娘道：「這是開啓內承運庫祕密地庫的鑰匙。萬貴妃和梁芳等懷疑水晶藏在宮中，曾多次大舉搜索，內承運庫當然也沒有放過。我擔心他們遲早會發現那間地窖，找到水晶。我不願水晶落入奸人手中，因此想請你及早取出，另覓他地收藏。」

楚瀚點了點頭，他在很多年前便知道萬貴妃想要得到這龍目水晶，曾命令上官家和柳家去替她奪取；但水晶被自己取得後，又被舅舅送入宮中，一藏數年，萬貴妃始終未能得到此物。

紀娘娘續道：「那地點十分隱密，只有少數曾經看管過庫房的宮女，才知道東裕庫的地底下有這麼一間地窖。」當下詳細說了東裕庫中的布置。

原來這東裕庫位於奉天殿以東的景運門外，屋宇寬廣，裡面存放著歷代皇帝的私人收藏，其中有美玉珠寶、名家書畫、珍貴文物等，年代久遠，所藏繁雜，很多當朝皇帝都搞不清楚庫裡面究竟收藏了些什麼寶貝。紀善貞是個異常認眞的宮女，她入宮時年紀已過二十，算不得年輕美貌，從未幻想自己能邀得皇上青睞，只一板一眼地想將分內的事情作好。她被派到內承運庫後，便認眞檢點東裕庫中爲數過萬的收藏品，一一詳細記載列明，作成清冊，並且不厭其煩地校對整理，以備查考。

成化皇帝很少去東裕庫，只有幾年前胡星夜入宮密謁時去過一次。恰好這一年萬貴妃作四十大壽，皇帝想找一件出奇的寶物送給她作爲壽禮，便來到東裕庫尋找。那時當値的正是紀娘娘，她取出清冊給成化皇帝過目，並立即幫他找出幾件適合作壽禮的罕見珍品，令成化皇帝龍心大悅。

當年胡星夜將龍目水晶送入宮來時，成化皇帝年方十九，剛剛登基沒有多久，諸般事務千頭萬緒，早令年輕的皇帝焦頭爛額，不知所措。而成化皇帝也不是很清楚胡星夜究竟是誰，對他的言語並未十分留心，囑咐掌管庫房的女官將水晶收好之後，便將這事情忘了個一乾二淨。

紀善貞卻是個清楚明白的人，看出皇帝昏庸懦弱，萬貴妃對他百般箝制，野心甚大，聽說壽禮是要給萬貴妃的，自然不曾主動提醒皇帝龍目水晶之事，而成化皇帝也早忘了幾年前自己曾見過這個管理庫房的女官，但見她自願承擔整理東裕庫藏寶這件龐大繁雜的工作，所製清冊清楚翔實，也不禁頗爲入心，有意嘉賞，便理所當然地召她侍寢。成化皇帝當時萬萬沒有料想到，這個地位卑微的小小女官竟一舉得子，從此在成化宮廷鬥爭中扮演起了關鍵的角色。

注 本章中提到的《泗州城》、《打焦贊》和《打店》等戲，都是近代京劇作品，明朝時是不存在的。《泗州城》的故事在前章中約略說了。《打焦贊》的主角是天波府中燒火丫頭楊排風，地位雖低，卻懷著一身驚人的武藝。當時楊宗保被韓昌擄去，楊延昭派孟良回天波府搬兵。楊排風挺身而出，自願前往救人。孟良瞧不起這小小女子，但楊排風略顯身手，便打敗了孟良，孟良只好帶她趕赴三關，援救楊宗保。到了三關，遇見與孟良同爲楊延昭手下大將的焦贊。焦贊也瞧不起楊排風，楊排風施展超卓武藝，棍打焦贊，將他打得心服口服。最後楊延昭點將，讓楊排風出陣挑戰韓昌，孟良和焦贊隨其左右，大敗韓昌，救回了楊宗保。這是典型的小人物立大功，弱女子逞英雄的故事。

《打店》講的是武松和母夜叉孫二娘在黑店中交手的情節，以精湛的武戲出名。

故事中紅倌和楚瀚唱的《西廂記》段落，大部分取自王實甫的原著，也有部分取自後人改編的版本。《西廂記》是元代的作品，講述落魄書生張珙和相國小姐鶯鶯在普救寺相遇相戀的故事。通篇描述這對青年男女如何在寺廟中偶遇，繼而互相戀慕，最後不顧鶯鶯母親的阻止反對，在婢女紅娘的穿針引線下，深夜幽會，偷嘗雲雨，最後生米煮成熟飯，老夫人也只好讓步妥協，有情人終成眷屬。這部戲出現在禮教嚴謹的明代，極富衝擊性，當時便廣爲流行，成爲大家公子小姐絕對不能聽不能讀的禁戲或禁書，《紅樓夢》中的賈寶玉和林黛玉便曾引用劇中原辭。即使在現代讀來，這對情人的大膽執著仍頗讓人心動。故事中的楚瀚和紅倌自然並非大家公子小姐，沒有沉重的禮教束縛，但這對少年對於男女戀情自也是充滿了嚮往的。

第二十二章 重見龍目

楚瀚仔細傾聽紀娘娘的敘述，又詢問了許多細節。之後他將那柄金鑰匙托在手中，問道：「我取得水晶之後，娘娘打算如何處置？」

紀娘娘反問道：「你認爲應當如何處置？」

楚瀚沉吟不答。他回想自己從仝寅手中取得紫霞龍目水晶時，仝寅曾告訴他這是帝王當有之物，然而若帝王昏聵，王綱不振，則切忌讓水晶落入奸人手中，免其生篡位之心。自己當時年幼識淺，不知世事，對仝寅說道「如今天下安寧，民豐物阜，天子垂拱」，並說「這寶物應當回鎮京城，由天子持有，方能順天應時，調陰諧陽」云云，如今回想起來，當眞如夢囈癡語一般。當今皇帝是否昏聵，天下大約沒有人比他更加清楚，深知這事物不能再次交給成化皇帝，不然定會引發一場災禍。

他思慮一陣，才開口道：「當初我從仝老仙人處取得了這水晶，之後舅舅又將它獻給了皇上。如今皇上對這件寶物並不重視，將之深藏地庫。我取出來之後，自當另覓收藏之所，讓萬貴妃和梁芳他們無法找著。」

紀娘娘點了點頭，說道：「你打算藏在何處？」

楚瀚望向她，陡然明白了她的用心：如今成化皇帝沒有子嗣，如果泓兒能夠長大，他很可能便是未來的皇帝，也是未來的水晶之主。此時形勢微妙，娘娘爲了自己的親子，當然希望能掌握水晶的去留。但是萬一泓兒不能長成呢？又如果泓兒不被皇帝承認，或當不上太子呢？他凝望著娘娘，緩緩說道：「仝老仙人將水晶交給我時，曾告誡我，說這水晶乃是帝王所有之物，不能落入旁人手中。我會將之藏在穩妥之所，靜待明君。」

紀娘娘聽了，長長地吁了一口氣，說道：「如此甚好。楚公公，我想取回水晶，原有著幾分私心。你該知道，我這是爲了泓兒。但我也有自知之明，在未來的許多年中，我無法確保水晶平安無事，也無法確保泓兒平安長大。你這麼作是對的，我相信你。」

楚瀚點了點頭，兩人對彼此的坦率都感到有些驚訝，但也在這次對話中建立起了奇異的互信和默契。

楚瀚正要行禮離開，紀娘娘忽然叫住了他，說道：「楚公公，東裕庫的地窖中還有一件事物，我想請你看看還在不在那兒。」楚瀚道：「是什麼？」

她猶疑一陣，說道：「你聽過『血翠杉』麼？」

楚瀚聽見這三個字，不禁眼睛一亮。當他聽聞東裕庫，得知紫霞龍目水晶藏在其中時，心中第一個念頭便是：「莫非三絕的另外兩絕也藏在該處？」隨即想起：「不，龍淚寶劍應當仍在峨嵋；但漢武龍紋屏風已從奉天殿消失許久，很可能也藏在某處。」

此時他聽娘娘說起「血翠杉」，頓時記起幾年之前，梁芳曾派人去向揚鍾山索取這件事物，也記得舅舅往年曾跟他提起，說「三絕」不論有多麼珍貴，都只是身外之物；唯有傳奇中的血翠杉，那才是救命的寶貝。他曾好奇地問舅舅：「血翠衫是什麼東西，是一件刀槍不入的衣衫麼？」

舅舅笑著道：「不是衣字邊的『衫』，是木字邊的『杉』。傳說中血翠杉是一種天下罕見的木頭，有起死回生的功用。」他再問下去，舅舅卻也不明所以，只道：「這寶物太少見了，並未人眞正見過。傳說中只要半寸長短的一小段血翠杉，就値得幾千萬兩銀子，甚至可說是無價之寶。」

楚瀚此時聽娘娘提起血翠杉，便道：「我聽說過這件寶物，傳聞它有起死回生之效，卻不知道血翠杉究竟是什麼樣的東西？」

紀娘娘點了點頭，神色顯得異常悲哀，低聲說道：「不錯。但是有時人即使活著，也未必比死去了來得好。」楚瀚不明白她爲何出此傷感之言，沒有接口。

她靜了一陣，才又道：「血翠杉是一種極罕見的神木，生長在西南深山之中。即使是長年居住在山中的少數民族，幾百年來也難得一見。藏在東裕庫地窖中的血翠杉，是歷來人們所找到最大的一塊。它是我瑤族世代相傳之寶，先父當年身爲族長，曾負責掌管此物。那時明軍侵犯我族，我族大敗，明軍便將這件寶物強奪了去。」她說到此處，想起當年戰事之慘烈，族人死傷殆盡，自己和其他童男童女被俘虜北上的淒慘遭遇，忍不住泫然欲泣。

楚瀚問道：「娘娘，您要我將血翠杉取出來交還給您麼？」

紀善貞抹去眼淚，沉思一陣，說道：「血翠杉的神效，我此刻並不需要，只想知道它是否還平安藏在地窖之中。你若找到了，跟我說一聲便是，請你不要動它，就讓它留在那兒吧。」

楚瀚點了點頭，說道：「謹遵娘娘吩咐。」語畢向娘娘行禮，喚了小影子，離開了羊房夾道。

楚瀚終於探得了龍目水晶的下落，心中極爲興奮。他入宮這麼長的時間，百般追查，都毫無線索，不意竟從紀娘娘口中得知了水晶的所在，可說是了了一樁心事。他心中暗想：「一切冥冥中自有天意。當初唯一知道水晶入宮的祕密的，只有皇帝和紀娘娘。皇帝昏庸無用，老早將此事忘了個一乾二淨，而紀娘娘整日守在庫房之中，之後又被貶到安樂堂去，我根本無緣見到。若非我一念好心，開始照顧娘娘的生活，又解救了泓兒，取得她的信任，很可能再過幾十年，我都無法查出水晶的下落！」儘管他仍未找出殺死舅舅的凶手，但至少事情已開始有了些眉目。

他是取物高手，對再次取出紫霞龍目水晶這等大事，自是盤算仔細，絕不肯輕率出手。他暗中去東裕庫觀察多次，發現管事的宮女宦官都已換成了梁芳的手下。他也花了許多時日研究水晶取出之後，應當藏在何處。他在皇宮內外都探勘了一遍，最後選定了一處，在周圍設下重重陷阱關卡，知道世上除了自己，沒有任何別人可以取得。他布置完畢後，又檢查了數次，才放下心，開始著手偷取龍目水晶。

這天夜裡，他準備就緒，打算趁夜下手取物。小影子見他出門，也跟在他身後。楚瀚將牠抱起放入懷中，摸摸牠的頭，笑道：「我們今夜去辦大事，你可得替我把風啊。」

他經過奉天殿，奔往景運門外的東裕庫，避過守衛，悄悄來到庫房的大門之外。這大門有三道，每道門都有鎖，三柄鑰匙原本分別由皇帝、梁芳和內承運庫主管太監分掌，但皇帝糊塗，自己的鑰匙老早落入梁芳手中，主管太監又是梁芳的人，因此梁芳可以在內承運庫的各間庫房出入自如。

楚瀚早先已取得了梁芳貼身而藏的三柄鑰匙，打了模型，又神不知鬼不覺地將原物歸還給了梁芳。他用模製的鑰匙開了三道門，進入庫中，點起光線微弱的螢火摺子，往庫中看去。

一片黑沉沉之中，但見巨大的倉庫裡放滿了一排排的櫃子，櫃中陳列著種種珍奇寶貝。如同三家村的藏寶窟，每件寶物之前都有標籤，說明物件的來歷。但文字簡略，不似三家村寶窟的金版那般，將寶物的來歷和珍奇之處寫得清清楚楚，詳盡仔細。他瀏覽了一陣，心想：「皇宮大內的寶庫，皇帝私人的收藏，竟然比不上我們三家村當年的藏寶窟！」

又見許多櫃匣都已空虛，標籤也被撕去，不知已在何時被何人取走，想來不是被梁芳拿去呈獻給萬貴妃，就是被偷去變賣了。櫃匣之上灰塵堆積，看來自紀娘娘被貶去安樂堂後，便再未有人來此清理過。他心想：「娘娘掌管此庫時，還有心將寶物一一記載列冊，擺放齊整；如今梁芳除了來這兒搬走寶物據爲己有之外，連清理打掃一下都省了。」

他將小影子留在庫房門口，低聲道：「若有人接近，便出聲叫我，知道麼？」小影子舔了一下他的臉，乖乖地蹲在門邊守候。

楚瀚依照紀娘娘的指示，來到左邊第三間房室，往東首的牆壁看去，果見牆上掛著一幅畫聖吳道子的《送子天王圖》，該是宋代摹本。他輕輕掀開掛畫，見到牆後有個小小的機括。他伸手將機括扳了一下，往地面看去，果然見到地面上有塊尺來見方的磚板略略下陷了半寸。他繞著那磚板走了一圈，確定沒有異樣，才俯下身查看。但見下陷磚板的左側邊緣有一排三個小小的匙孔，正與娘娘所說一模一樣。他掏出娘娘給他的金鑰匙，插入左首的匙孔，輕輕往左轉了半圈；又插入右首的匙孔，往右轉了一圈半。他抽出鑰匙，抬頭往前方第五塊磚塊望去，但見那方磚塊果然緩緩往旁移開，露出一個剛夠一人鑽入的孔穴。

楚瀚屏息聆聽，四下安靜無聲。他走到那孔穴旁，手持螢火摺子一頭的絲線，將火摺子緩緩垂入地窖中，等待火摺燃燒盡了之後，將之拉起，換了一張點燃，再次垂入。他知道這地底的祕密庫房已有許多時候未曾打開，裡面濁氣極重，若貿然進入，很可能立時便會窒息而死，需得等候裡面的濁氣散盡，清氣流入，方可進去。他耐心等候，直到燒盡了三片火摺子之後，才用手帕蒙住口鼻，將頭伸入孔中張望。

但見其下是間密室，約莫七八丈見方，與他身處的這間房室差不多大小，四周牆壁都是石製。他輕輕吸了口氣，不敢就此跳下，取出一條長索，一頭綁在大樑之上，一頭纏在自己腰間，試好了長度，才往下一躍，無聲無息地落入石室，懸掛在半空中，雙足更不曾碰地。

他舉起火摺往四周望去，見室中空虛，只有四壁的正中各放一物。北方之物極為龐大，楚瀚定睛望去，但見那物竟然便是「三絕」之一的漢武龍紋屏風！

他吸了一口長氣，勉力按捺心中的驚訝興奮，緩緩在半空中轉了一圈，環顧室中其餘三壁前的事物，但見西首的石壁前放著一個空虛的劍架，似乎是預留給龍淚寶劍的；南方壁前的架上放著一小塊黑黝黝的事物，不過兩寸見方，看不清楚是什麼；再往東方看去，但見東方壁前的白玉盤上放著一枚暗沉沉的珠子，巴掌大小，正是他往年曾取得的三絕之一——紫霞龍目水晶。

楚瀚心中暗暗震動，「三絕中的兩樣，都在這兒！」他已見過紫霞龍目水晶，此時對那漢武龍紋屏風不禁生起強大的好奇心，又轉向北方，定睛往那屏風望去。

但見四幅屏風每幅都有一人半高，雄渾厚重，玉質溫潤，玉面上自然天成的九龍紋路清晰細緻，彷彿人手工筆畫上一般。他忍不住移動身形，隨繩索擺蕩至屏風之前，觀察屏風前的地板，不見有何異狀。他從懷中掏出幾枚小石子，一一扔出，打在屏風前地上的每一塊石板上，見都無反應，才解開腰間繩索，輕巧地落在屏風正前方的石板地上，屏息觀望玉石面上每條龍的神情體態、頭角鱗爪，眼光再難移開。

他看了不知多久，才覺得手上一痛，卻是火摺子已燒到了盡頭，燙著了他的手。楚瀚驚醒過來，暗叫不好，自己貪看這屏風，不知已耽誤了多少時候！但覺腳下微微一震，他立時警覺，仗著輕功高妙，快速往旁一讓，只見剛剛站立的石板地中陡然冒出幾支短鐵刺，刺尖碧油油地，顯然餵有劇毒。自己剛才若未曾讓開，腳板定會被這鐵刺戳上，中毒立斃。

楚瀚一顆心怦怦亂跳，暗想：「我真是糊塗！娘娘說當年她跟舅舅一起隱藏龍目水晶，舅舅並在地窖周遭設下機關陷阱，防人盜取。這石板剛站上去時沒事，等人站久了後才突出鐵刺攻擊，顯是出自舅舅的手筆。」

他回想一切舅舅教過自己的陷阱機關，四下仔細觀察，看出了舅舅的巧思匠心，屏風周圍另設有七八道陷阱，幸好方才只是靜靜觀察，未曾伸手去觸碰屏風，不然種種毒箭、鐵網、毒水便將從四面八方射出必置來人於死地。他知道自己躲過一劫，全憑好運，接下來可沒有這麼容易了。

他吸了一口氣，拉起繩索，再次吊在半空，轉向西首。西首壁前只有劍架，龍淚寶劍不在此地，無甚可看；他便又轉去觀望南方牆前的事物。但見那事物約莫兩寸見方，大小正好可以握入掌中，黑黝黝地，看不出是木還是石，表面透著血絲般的紋路。他頓時醒悟：這就是娘娘口中的血翠杉！

他仔細觀察了一陣，如何也看不出這段小小的木頭怎會有起死回生的功效，眼見血翠杉的周圍也設滿了陷阱，不敢去碰，吸了一口氣，轉向東方，面對著白玉盤上的紫霞龍目水晶。

他小心翼翼地緊握繩索，蕩近前去，來到水晶之前。但見水晶顏色渾濁，球心的煙霧一片紅紫，糾纏繚繞，顯得極爲污穢混亂，與他初見時的清澈明淨簡直天差地遠。他心想：「水晶在仝寅老先生手中時，清澈得有如透明一般；此時它身處群魔亂舞的皇宮之中，竟變成這等模樣。」

他知道這玉盤中定有機關，思索半晌，拉扯繩索，回到上層倉庫之中，摸到自己帶來的布袋，伸手探去，取出了一顆假的水晶球。他當時預備好這顆假水晶，只不過是以防萬一，沒想到眞會派上用場。他懷藏假水晶，檢查繫在樑上的繩索，確定繩索仍舊牢固，便再次墜入地窖之中。

他蕩到龍目水晶之前，仔細觀察，發現了舅舅在盛放水晶的白玉盤之後和之旁設下的幾處陷阱。若非自幼受教於舅舅，熟知胡家的伎倆，他定會誤觸機關。這時他思索半晌，決定從水晶的正上方著手。他重新調整繩索，讓自己移動到白玉盤的正上方，恰恰不會碰到石壁的地方。他雙足勾住繩索，一手握緊假的水晶，身子倒吊而下，抬頭凝目望著距離頭頂不過一尺的龍目水晶。

他當年從大卜仝寅處取得龍目水晶之後，曾仔細觀察度量，將水晶的大小、重量、色澤都記了下來。幾日前他潛入御用監的珠寶廠，在廢棄箱中揀選了一顆大小質地非常類似地水晶球，幾經琢磨，直到重量與龍目水晶完全一樣了，才帶在身上，以備不時之需。

他知道這盛放水晶的白玉盤下面定有枰砣一類的機關，一旦水晶被取走，便會觸動機關，飛鏢毒箭甚或警鈴便會一觸即發。他屏息凝神，一手持著假水晶，另一手緩緩探出，輕輕托住紫霞龍目水晶，使出苦練多年的飛竹取技，在一瞬之間，托起玉盤上的眞水晶，放下假水晶，快捷無倫地將眞假水晶調換了！而四下一片寂靜，機關警鈴都未被觸發，楚瀚穩穩地托著那顆稀世神物，嘴角不禁露出微笑。

這是他第二次取得三絕之一的紫霞龍目水晶了。

第二十三章　兩幫之鬥

楚瀚靜候了半晌，見盛放水晶的白玉盤毫無動靜，這才吁了一口氣，緩緩拉扯繩索，將自己的身子直立過來。他望向龍目水晶，水晶在他的執持下，稍稍清澈了些，透出紫色的光芒。他想起自己第一次拿著這水晶時，水晶轉為通體青色。他曾問仝寅這是怎麼回事，仝寅道：「這水晶能分辨忠奸善惡。心存惡念者碰觸水晶，水晶便會轉為赤色；心存善念者碰觸時，便會轉為青色。你年幼清淨，心無惡念，因此水晶呈現一片青色。」

楚瀚微微苦笑，此時水晶在他手中顯現一片耀眼的紫色，青赤交錯，雜亂無章，他心想：「我已不再年幼，也不復清淨，近幾年惡事作了不少，水晶沒有轉為赤紅色，已算很給我面子了。」

他將水晶放入早已準備好的布袋中，雙手交替扯著繩索，鑽出了地窖。他收回綁在大樑上的繩索，掩去痕跡，又依照紀娘娘的指示，來到那下陷的磚板旁，用同一柄金鑰匙插入右邊的匙孔，轉了半圈；又插入左邊的匙孔，轉了一圈半，那地窨開口的磚板便緩緩闔上了。他再回到吳道子的畫作旁，伸手到畫後扭動機括，那凹陷的磚板便又回復原狀，鎖孔也看不見了。

他回頭帶上小影子，悄然出了東裕庫，鎖上三道門，又在庫外的黑暗處等候了許久，一切沒有異狀，才帶著紫霞龍目水晶離開，準備將它藏在他預先安排好的祕密處所：恭順夫人舊居花園角落的枯井之中。五年之前，有個受寵的嬪妃恭順夫人韓氏被萬貴妃逼迫自盡，便是投入了這口井。傳說韓氏死後，冤魂不散，一到夜深，井邊便時常鬧鬼，許多宮女都見到過一個披散長髮、身穿白衣的女子在三更時分繞井而行，口中喃喃自語，時而哀哀哭泣，時而尖嚎咒罵。因此宦官宮女都不敢靠近此地，這庭園角落便日漸廢棄荒涼下來。

楚瀚為了助長鬧鬼的傳說，花了一段時間在夜間假扮女鬼，故意讓人瞧見，好讓宮中之人更加忌憚懼怕，遠遠便繞道而行。他在井中數丈深處的井壁上掘了一個洞穴，用以藏匿水晶，並在井邊設下重重障礙機關，阻止盜賊取走藏在井中的寶物。

此時他又讓小影子替他把風，用繩索將自己吊入井中，取開遮擋的磚塊，小心翼翼地將水晶放入洞穴之中。一轉念間，又取出隨身攜帶的《蟬翼神功》祕譜，放在水晶之旁，再將遮擋的磚塊放回原處。這祕譜他已讀熟練成，不需再帶在身上，不如藏匿起來。

布置妥當後，他放下心，帶著小影子回到自己房中，準備天明便去羊房夾道，向娘娘稟報事情已經辦成。他回到房中時已過四更，房中一切並無異樣，但不知爲何，他卻感到全身不對勁。小影子也在房中跳上跳下，聞聞嗅嗅，輕聲而叫，似乎也覺得有些不對。

他點起火燭，四下張望，眼光停留在自己平時放在案頭的三個劉關張泥塑玩偶身上。這泥偶是小麥子在市集上買來送給他的，他一直放在案頭。這時他注意到中間劉備玩偶的身子稍稍側了些，左首關羽玩偶頭上的紅絨毛球也微微低了些許。楚瀚立時知道有人動過這些玩偶。他因所行隱密，房中一切清掃整理都是自己動手，絕不讓任何其他人進入他的房間，而他甚受梁芳重視，其他宦官也從不敢冒犯闖入。

楚瀚盯著那三個泥偶，心中一凜，又仔細觀察房中其他事物，確知當夜曾有人來過他的房間，將他房中的事物極小心地探勘過一遍，雖未留下多少痕跡，但卻逃不過他的法眼。他緩緩在案旁坐下，凝神思索。誰會來探勘他的房間？梁芳對他仍舊極爲信任倚賴，應不會對他起疑，派人來搜索他的住處。萬貴妃也不會來理會他這小小宦官的瑣事。那會是誰？

他腦中忽然閃過一個人影：是那蒙面人！那錦衣衛中輕功過人的蒙面人！自己解救泓兒的那夜，那人曾追逐自己，直追到城中，好不容易才將他甩脫。或許他已發現自己是誰，懷疑他相助隱藏起紀娘娘的孩兒，因此趁他不在時，前來探勘他的房間，盼能尋得一些線索。

楚瀚行事一向小心謹慎，房中絕未留下任何透露泓兒存在的線索，也沒有他平日爲梁芳所辦之事的蛛絲馬跡，來人應是空手而回，但他心中已生起警惕，知道這蒙面人極不好對付，如今他已知道自己是誰，自己卻仍未曾摸清他的底細。敵暗我明，形勢十分不利。他知道自己必得儘快發現對手的眞面目，才能儘早防範，甚至主動出擊。

過了兩日，楚瀚找了個機會，又去向錦衣衛探聽關於那蒙面人的消息。他不願打草驚蛇，只找了兩個可以信得過的、平日常替梁芳辦事的錦衣衛，請他們喝酒吃菜，趁酒醉飯飽時，與他們天南地北地閒聊，旁敲側擊，慢慢勾出了一些不爲人知的祕密。

原來這蒙面人的來歷十分奇特，他雖擁有錦衣衛的身分，但極少出現在京城中，因此錦衣衛中幾乎沒有人識得他。據說他乃是昔年錦衣衛指揮使百里孤飛的獨子，名叫百里段。百里孤飛當年曾是英宗皇帝的貼身護衛，英宗被瓦剌俘虜時，百里孤飛也被俘虜了去，在邊遠荒漠上與皇帝同吃苦、共患難，可謂勞苦功高。英宗回到中土之後，便封他爲錦衣衛指揮使，讓他的兩個弟弟也擔任錦衣衛千戶。後來百里孤飛因公殉職，英宗皇帝便讓他的獨生子百里段蔭了一個錦衣百戶。當時百里段還只是個七八歲的孩子，留在家鄉學藝。約莫一年前，他的兩個叔叔一個因公受傷身死，另一個生病致仕，返鄉休養。百里段在家鄉學成了家傳武藝，便來京任職，升爲錦衣千戶。他年紀雖輕，資歷雖淺，但由於世代擔任錦衣衛，地位卻甚高。

至於這人爲何蒙面，大家都不十分清楚；許多人猜測他是因爲面容有缺陷，羞於見人，才總是蒙著面。他的叔叔應當知情，回鄉前卻絕口不曾提起此事。聽說百里段性格孤高，脾氣傲慢，來京已有一段時日，卻極少與人交往。其他錦衣衛都看出這人野心極大，一心想爲皇室建功，爲家族爭氣，爲亡父爭光。

楚瀚聽聞之後，心中頗爲懷疑，「這人若是在一年前才來到京城，那麼五年前到揚大夫家中偷聽的，難道並不是他？」

他開始著手調查百里家族的底細，得知他們的家鄉在河南百里縣，便派人去百里縣探聽百里段叔叔的下落，才知道此人也已病逝，百里家族再無他人。

楚瀚便開始盯上百里段本人。他發現這人孤僻已極，獨來獨往，一個朋伴也無，行蹤飄忽，許多時候更無人知道他的去處。他也隱隱感覺到，當他在盯百里段的梢時，百里段也在試圖盯他的梢；二人都知道彼此輕功極高，警覺極強，爲了不讓彼此發覺行蹤，往往整日在城中虛晃，彼此跟蹤追逐，直到甩掉對方爲止。

如此彼此盯梢、互相躲避的日子持續了一個多月，這晚楚瀚好不容易甩脫了百里段的跟蹤，發現自己來到了承天門外天街盡頭的廣場。當時已是深夜，夜間販賣小吃的攤販早已散去，但不知爲何，卻見黑壓壓地有許多人聚集在廣場之上，更奇的是眾人鴉雀無聲，一片寂靜。黑貓小影子站在他的肩膀上，睜著金黃色的眼睛望向人群，低聲嘶吼。

楚瀚輕摸小影子的頭頸，輕聲撫慰，知道事情頗不尋常，心中好奇，便攀上一旁的一株大樹，從樹頂往下望去。但見廣場正中點著一圈火把，周圍站站坐坐總有百來人，火把當中，一個白衣男子閒閒然坐在一張太師椅上，面容俊美，神態瀟灑已極。

楚瀚不由得多望了這人兩眼，心想：「這人生得好俊！」但見那男子不過三十多歲年紀，手搖摺扇，神態雖閒雅，但眼光凌厲，直望著面前五丈外的一個乞丐。

那乞丐箕踞而坐，披頭散髮，衣衫破爛，身形瘦削，袒著瘦骨嶙峋的胸口，唯一看得出不尋常處，乃是他手中所持的一根碧油油的竹棒，在火光下閃閃發光。乞丐眼光並不望向美男子，卻抬頭望向一旁的旗桿頂端。

那旗桿乃是舊時大明軍營的軍旗桿子，楚瀚見到這旗桿，才想起這地方原是操練場舊址。據說幾年前，皇帝下旨在天橋附近興建寺廟，收了許多地，軍營和操練場便都搬去了城北。後來寺廟不知爲何始終未建，這地便空在那兒，紅倌的榮家班曾在這兒搭臺唱過幾回。這地方早已不復舊時操練場的風貌，平日只有些商販攤子兜售貨品小食，唯有那高約五丈的旗桿還留在原地。

楚瀚順著美男子的眼光往旗桿望去，不禁一驚，但見旗桿上攀著一個人，身形輕盈靈巧，有如猿猴；那人身穿青衣，正手腳並用，試圖攀上那搖晃不止的旗桿，眼望著就快攀到桿頂。但見他在離桿頂數尺處，從懷中抽出一團什麼事物，在夜空中一招，卻是一面青色旗子，呈三角形，邊沿有黃色牙形裝飾，楚瀚依稀認得那是漕運大幫青幫的標幟。他上回受梁芳差遣，孤身去武漢辦事，曾耳聞青幫的名號，之後也曾跟著梁芳外出，來到大運河邊上，見到許多大船上都揚著這樣的三角旗幟，梁芳告訴他那是青幫的船隊，並說青幫多年掌控漕運，行事謹愼低調，跟官府的關係甚好，每年孝敬的銀兩甚多云云。此時但見那青衣人雙腿夾著旗桿，騰出雙手，將那三角青旗綁在桿頂上，在夜風中刺刺飄揚。

眾青衣漢子見到青旗揚起，都齊聲歡呼起來。楚瀚心中懷疑，「青幫總壇遠在武漢，聽說青幫中人行事低調，又怎會跑來天子腳下逞威？」

那白衣美男子望著乞丐，臉上頗有炫耀之色，抱拳微笑道：「雕蟲小技，獻醜了！」

乞丐臉色十分凝重，忽然大喝一聲，跳起身來，奔到旗桿之旁，伸右手握住旗桿，喝道：「班門弄斧，小輩好大膽子！」

那旗桿在他一握之下，陡然顫動起來，一根五丈高的旗桿宛如麵條一般在夜空中折曲扭動，旗桿上的青衣人大驚失色，連忙抱緊了旗桿，但仍身不由主地左右晃蕩，似乎隨時要被甩將下來。

那白衣美男子啪的一聲，將扇子一收，雙眉豎起，冷冷地道：「以大欺小，可不似趙大幫主的作風啊！」

那乞丐全不理會，又是一聲暴吼，手上使勁，旗桿如在狂風中一般搖擺不止，似乎便要能從中斷折。乞丐又是一喝，旗桿上那青衣人驚呼失聲，如被燙到一般，雙手一鬆，從旗桿頂上跌將了下來。那旗桿足有五層樓高，如此跌下，非死即傷。

那白衣美男子臉色一變，陡然從太師椅上彈起，快捷無倫地衝到旗桿之下，雙掌齊出，托在那快速跌落的攀桿漢子的肩頭，將他下跌的力道轉至橫向。那漢子在這一托之下，往左斜飛出去，直飛出五六丈才落地，就地滾了兩圈，狼狽爬起。

白衣男子側眼望向乞丐，臉上冷笑不減，說道：「素聞趙幫主出手狠辣，果然名不虛傳。」

那乞丐便是丐幫幫主趙漫。但聽他冷冷地道：「成幫主，你我兩幫井水不犯河水，卻跑來我地盤上耀武揚威，有何意圖？」

楚瀚望向那白衣男子，心想：「原來這人就是青幫幫主成傲理。我在武漢時曾聽青幫中人談起他，說他與謝遷大人齊名。我只道青幫中人自吹自擂，不料這人果眞極有氣度，武功也十分高明。」

卻聽成傲理道：「這京城偌大地方，怎地就是你丐幫的地盤，旁人不得進入？如此霸道，好比我青幫宣稱長江和運河乃是我青幫的地盤，誰也不准在河上航行，天下豈有此理？」

趙漫道：「你我明人不說暗話，東拉西扯徒費口舌。我只問你一句，你青幫大舉趕來京城，究竟有何意圖？」

成傲理搖著扇子，悠然道：「哪有什麼了不得的意圖？趙幫主該知道成某人的性子，我來京城，自是爲了來尋花問柳，一逞風流。」

趙漫哼了一聲，說道：「逞風流？那又何須帶這許多手下同來？成幫主何妨實說，你一路派人盯少林的梢，又是爲了什麼？」

成傲理面不改色，說道：「我幫人物分布大江南北，行事謹愼，見到天下第一門派少林大舉出動，趕來京城，自然得留上點心。我不過派人去探探消息，看看少林派眾位師父們需要什麼幫忙不要，從未對諸位師父不敬，這又如何了？」

趙漫瞪著他，喝道：「鬼鬼祟祟，誰不知你是貪圖少林派失去的那件物事？」

成傲理聽了，哈哈大笑起來，說道：「原來趙幫主說的是這件事！我對少林派遺失的金蠶袈裟更無半點興趣。但是我倒挺想會會那位有膽有識、獨闖少林的絕世佳人。成某人不才，唯一所好，便是絕色美女。如今聽聞世間出現了這麼一位驚豔江湖的奇女子，怎能不趕緊來開開眼界？」

趙漫臉色一沉，哼了一聲，不料對方已知道了這件武林隱密。數月之前，一個自稱「雪豔」的少女不知從何冒出，一舉挑戰中原三大門派，自少林派奪走了武林至寶「金蠶袈裟」。那金蠶袈裟乃是達摩老祖傳下的寶物，裡面記載了少林武功的源流和易筋經內功心法，竟然就此不明不白地被個孤身少女奪走，三派的臉面往何處擺去？因此大家心照不宣，極力隱瞞此事，但好事不出門，壞事傳千里，這件事畢竟還是流傳到江湖上去了，連成傲理這等江湖幫派頭子也一清二楚，甚至還知道奪走袈裟的雪豔是個年輕貌美的少女，特意前來一飽眼福。丐幫素來與少林交好，雖承諾出手相助並保守祕密，但這等重大的醜聞笑柄，任誰也沒法阻止它流傳出去。

成傲理神色輕鬆，笑吟吟地道：「趙幫主，這件事情江湖上傳得沸沸揚揚，再想隱瞞也是不可能的了。閣下應曾聽聞，咱們江湖幫派不重武功，只重道義。趁人家重寶失竊的當兒下手找碴，或苦苦追尋什麼武林祕笈，絕非咱們青幫的作風。咱們只不過想來瞧瞧熱鬧，見識見識當世英雄人物，兩不相幫，實在無心得罪任何一方。」

趙漫又哼了一聲。成傲理口中的「英雄人物」，自然不是指少林武當等派的高手，而是那位神祕的少女雪豔。趙漫老早聽聞了成傲理的名頭，知道他年紀輕輕便坐上青幫幫主大位，威勢足以震懾數萬幫眾，顯非易與的人物；而他數年來公然貪花好色，放縱風流，無所忌憚，行事不按牌理出牌，確是個極難對付的角色。趙漫雖無心與青幫和成傲理作對，但仍忍不下這口氣：「這人指使手下公然挑戰我最引以爲傲的輕功，是可忍孰不可忍？若不給他個下馬威，以後丐幫還能在江湖上混麼？」

他心頭火起，抬頭望向旗桿頂端，吸了一口氣，說道：「瞧清楚了！」腳下一蹬，瘦削的身子陡然拔天而起，只不過在旗桿上兩三個借力，便攀到了桿頂。他再一伸手，便將青幫的旗幟扯下，隨手扔落。那旗子在夜空中緩緩飄降而下，青幫眾人仰頭而望，臉色都十分難看。

成傲理臉上微笑不再，但也並不顯得惱怒，只有一片平靜沉著。他跨步上前，接住了那面飄落的青幫旗幟，等趙漫落下地來，才道：「趙幫主的『飛天神遊』輕功號稱武林第一，果然好俊功夫，成某甘拜下風。」

趙漫面有得色，說道：「成幫主是明白人。乞丐不要別的，只請貴幫立即退出京城，大家見好就收，留下日後見面的餘地。」

成傲理自知幫中沒有人的輕功能比得上趙漫，也知道青幫手下武功有限，無法跟訓練有素的丐幫弟子打群架，但要他就此離去，卻也有所不甘。他身邊一個左右手名叫王聞喜的，低聲在他耳邊道：「幫主，我們群起而上，未必打不跑這些乞丐。」

成傲理橫了他一眼，低斥道：「無知之言！退一邊去。」王聞喜一張臉漲得通紅，退後了幾步。成傲理轉頭對另一個手下道：「恨水，你去將這旗子掛回旗桿上了。」

他此言一出，便是公然向丐幫挑釁了。趙漫聞言，臉色一變，跨上一步，伸手拔出腰間的竹棒，說道：「誰敢攀上這旗桿，乞丐打斷他的腿！」

那趙恨水是個高瘦漢子，手長腳長，看來十分矯捷。他來到成傲理面前，一膝跪地，雙手從成傲理手中恭敬接過旗子。他跪在地上片刻，似乎在思考什麼，隨即站起，緊了緊腰帶，緩步上前，來到旗桿之下，神情鎮靜，抬頭往旗桿頂上望去。

眾人的眼光都集中在他身上，想知道他是會服從成傲理的指令，往上攀爬，還是會忌憚趙漫的威脅，不敢妄動？

第二十四章　技驚江湖

楚瀚在樹頂上看得清楚，他知道這人已然計算好，要出其不意地快速上桿，給趙漫一個下馬威。果不其然，但見他連連搖頭，接著轉過身，垂頭喪氣地走了開去，似乎準備將旗子交還給成傲理，跪地請罪。趙漫見他放棄，將棒子往腰間一插，正要發話，忽見眼前一花，趙恨水已拔身而起，但並非往旗桿跳去，卻朝著相反方向，向青幫幫眾中的一個大個子縱去。

趙漫不知他這是在作什麼，微微一怔。但見趙恨水的足尖在那大個子的肩頭一點，借力一個倒翻鷂子，身子已竄上了桿腰，手腳並用，快捷無倫地往桿頂攀爬而去。

趙漫沒想到這人巧詐如此，自己竟被他唬騙了，怒吼一聲，身子往上拔起，右手拔出竹棒，左手在旗桿上微一借力，瞬間已竄到趙恨水身下，揮棒便向他的小腿打去。趙恨水往旁一讓，避開了這一棒，繼續往上攀爬。

便在此時，趙漫感到雙眼刺痛，趕緊閉緊了眼睛。卻是趙恨水從衣袖中抖出一片塵土，原來剛才他跪在地上半晌，便已偷偷抓了一把塵土藏在袖中，此時趁機撒下。趙漫又急又怒，一手握住旗桿，另一手趕緊去抹眼睛。不料趙恨水反應極快，看準時機，伸腳踢上他手中的竹棒，趙漫一個不留神，竹棒被踢得直直跌落下去，啪一聲插在旗桿旁的土地中。

趙漫從未遭此大挫，暴吼一聲，奮力睜眼，揮掌便往頭上打去。趙恨水感到他掌風凌厲，連忙又往上一竄，險險避過，人幾乎已到了桿頂。

成傲理一直仰頭觀望，這時一個箭步上前，伸手便去取那插在地上的青竹棒。這青竹棒乃是幫主的信物，在丐幫中地位崇高，一個丐幫長老見成傲理竟想取走竹棒，怒喝一聲，大步衝上前，揮出一柄尖頭鐵叉，直刺向成傲理的手臂。成傲理動作卻更快，右手已握住了青竹棒的一端，從土中拔出，擋住了長老的這一叉，其中蘊含巧勁，竟將長老的鐵叉打脫了手。那鐵叉在竹棒一挑之下，直往半空中急飛而去。丐幫長老不料成傲理一個年紀輕輕的美男子，擒拿短打功夫竟如此精湛巧妙，他反應也極快，展開小擒拿手，左手握住了青竹棒的另一端，內力傳送過去，震得成傲理手心發熱，不由自主放鬆了手。丐幫長老持棒後退，暗暗慶幸自己保住了這青竹棒，沒給對頭取走，略略鬆了一口氣。

便在此時，廣場上青幫丐幫眾人齊聲驚呼，成傲理顧不得再去奪竹棒，連忙抬頭往旗桿上望去。原來只在這幾瞬間，旗桿上又生變化，趙恨水趁趙漫抹去眼中塵土的幾瞬間，快手將青幫旗幟綁在了旗桿頂上，趙漫一怒之下，攀上數尺，又是一掌打去。此時趙恨水已攀到桿頂，無處迴避，這一掌的勁風罩住他全身，趙恨水並非內家高手，登時閉氣暈去，頭往後一仰，雙手一鬆，如個布娃娃般從旗桿頂頭下腳上地跌落下來。他原本已繫在桿上的青幫旗子也被趙漫這一掌震得碎成數片，隨風四散飄落。

事也湊巧，趙恨水的部頭竟正迎著丐幫長老被成傲理打飛的尖頭鐵叉，一個跌得急，一個飛得快，眼見這鐵叉就將戳入趙恨水的腦門。

丐幫幫眾驚呼聲中，卻見不可能的事情發生了——趙恨水陡然停在半空之中，而鐵叉斜斜向旁飛去，在夜空中劃出一個弧形，緩緩落下。

眾人第一念想到的，是趙恨水畢竟沒有暈去，即時在空中揮掌打歪了鐵叉，隨即知道實情並非如此；他們定睛一瞧，才看清趙恨水身邊多出了一個瘦小的身形。那人不知何時出現，也不知是從何處冒出，但見他全身虛空，雙手勾住趙恨水的雙臂，竟然硬生生地將趙恨水提在半空中不再落下。

當夜在場的青幫丐幫幫眾，全都見到了這讓他們永世難忘的一幕：只見那少年身形輕盈如鳥，在半空中提著一個人，仍如能飛翔一般，虛步一跨，飛到一丈外的旗桿旁，一足勾上了旗桿，穩住身形。趙恨水仍舊昏迷不醒，手腳軟軟垂下，在夜空中微微搖晃，而那少年的肩頭之上，竟兀自立著一隻黑貓，金黃色的眼睛在夜色中閃著光芒。

出手救人的正是楚瀚。他原本躲在大樹上觀望兩幫相持不下，事不關己，無心現身插手，但見情勢緊急，在這千鈞一髮之際，不由他細思，便飛身從樹上彈出，逕往半空中躍去，伸手拍落鐵叉，勾住趙恨水的雙臂，阻止他落勢，才往前飛躍，捉住旗桿。

楚瀚穩住身形之後，喘了一口氣，低頭一望，但見地下黑壓壓地，數百人盡皆抬頭仰望，數百對眼睛直盯著自己。他一時不知所措，本想一躍回到樹上，趕緊離去，但這麼多人凝望著他，要想隱藏身形，偷偷溜走，也絕難逃過眾人的眼線，只能定在旗桿上不動，腦中念頭急轉，卻想不出什麼脫身的好主意。

趙漫仍攀附在旗桿之上，他伸出手，從楚瀚手中接過趙恨水，展開飛天神遊輕功，抱著趙恨水落下地來。他原非趕盡殺絕之人，方才一氣之下打暈了趙恨水，卻也並非意在令他血濺當場，此時眼見高手現身，救了趙恨水一命，也無心再與趙恨水計較，將他平安放下地後，便仰頭叫道：「這位小兄弟，好俊的身手！請問高姓大名？」

楚瀚聽他相問，只好飛身落下地來。從三四丈高的旗桿上躍落地面，對諳熟輕功之人來說並非難事，但楚瀚身法之輕盈，著地時如一片落葉般輕巧無聲，纖塵不動，人群中的輕功好手見了，都不禁自歎不如。然而比之他剛才在半空中凌空救人的神奇身法，這一躍又算不得什麼了。

楚瀚見四周數百對眼睛一齊望著自己，趙漫的眼神更是銳利如刀，直往自己臉上射來，不禁雙頰發燙，心中一片惶然，想起舅舅曾經教過他的江湖規矩，趕緊雙手一攏，拳掌相對，平生首次抱拳行禮，向趙漫道：「在下姓楚名瀚，出身三家村胡家。」

此言一出，四下頓時哄然，眾人紛紛交頭接耳。江湖人物大都聽說過三家村的名頭，但因三家村行事隱密，極少在江湖上現身，因此眾人雖都知道三家村擅長「飛技」，卻從無人見過他們的身手。楚瀚這時只有十五六歲，誰也沒料到這麼一個名不見經傳的三家村小伙子，竟身懷如此高明的輕功。

趙漫哈哈大笑，走上前來，拍著他的肩頭，笑道：「楚小兄弟輕功絕佳，猶在乞丐之上。我這『飛天神遊』功夫，原本號稱天下第一，如今可要改一改了！」這話一出，周圍眾人更是譁然，有的鼓掌歡呼，有的竊竊私議，有的面露不敢苟同之色，但在丐幫幫主趙漫面前，自不敢當面出言反駁。

需知武林之中，有著一番不成文的規定：判定武林人物身分地位的高低。地位最高且最受尊重的，乃是各大武林門派的掌門人。他們不但本身武功高強，而且門下弟子眾多，一呼百諾，影響深遠。其次是獨來獨往的俠客一流，其中往往有武功高絕的奇人異士，其名聲響亮者，一人足可當一整個門派，如當時聞名天下的青年俠客虎俠王鳳祥，以自創的虎蹤劍法縱橫江湖，無人能攖其鋒；其次是武林幫派，其中稱雄者便是擁有上萬幫眾、勢力深廣的丐幫；再其次是江湖幫派，如以船運為本業的江湖第一大幫青幫。江湖幫派中的人物，其武功或許比不上門派首領及俠客，但藉著龐大的財力人力，也頗有呼風喚雨之能。此外另有一群江湖異人，雖身負絕藝，但韜光養晦，匿身市井，深藏不露，他們平時並不出頭與武林或江湖人物打交道，但在必要時刻往往成為左右時局的關鍵，這等異人少為人知，其中略為知名的有神醫揚鍾山、學究文風流、屠夫趙埲、琴仙康懷嵇和康箏父子等。

其下一等則是以出賣武藝維生的一群武人，如保鑣、打手、護院、鏢師、捕快、皇宮侍衛和錦衣衛等，儘管這些武人中不乏武功高強、有權有勢者，但武林中人看待他們，便等同在街頭賣藝、賣膏藥的把式一般，打從心底瞧之不起。更下一流者，則是以偷搶為業的飛賊盜匪一流，那更是等而下之，廣為江湖人物所輕慢鄙視的了。

楚瀚出身的三家村以偷盜為業，多年來為皇室效命，地位介於最後二流之間，可說是低得不能再低了。此時趙漫能夠毫不忌諱楚瀚的出身，當著眾人之面真心稱讚他的輕功，並自歎不如，對一眾江湖人物來說，都是大出意料的一樁奇事。

楚瀚雖不熟悉這些武林規矩，但也頗有自覺，知道自己的出身並不怎麼光彩，眼前這兩個大幫能人眾多，首領更是出類拔萃、睥睨群雄的人物，此時但聽趙漫誇讚自己，甚覺惶恐，忙躬身說道：「趙幫主謬讚，可折煞小子了。」

趙漫搖手道：「親眼見到人外有人，天外有天，實乃平生一大快事。多謝小兄弟今日令我大開眼界，乞丐定要請你喝一杯！」說著便拉著楚瀚坐下，呼喚幫眾拿酒來。他原本一心質問成傲理爲何率領青幫大舉來京，但聽了成傲理的言語，知道自己無法阻止他們來此瞧瞧熱鬧，只要青幫在他京城的地盤上不致太過張狂，便算達到目的了。他方才在旗桿頂上打暈了那青幫漢子趙恨水，又將青幫旗幟打碎，算是給了青幫一個下馬威，而又並未殺傷人命，丐幫略占上風卻未結下深仇，應是最好的結果。他只盼青幫見好就收，莫再糾纏，因此不再理會青幫眾人，一心只想與這神奇的少年結交。

楚瀚戰戰兢兢地坐下了，但見身邊圍坐著一群骯髒邋遢的乞丐，個個目光炯炯，神情剽悍，有的手持鐵棍，有的拿著破碗，望向自己時毫不掩飾他們心中的好奇戒懼。楚瀚童年時便作過乞丐，對乞丐並不陌生，更曾在乞丐頭子手下吃過苦頭，此時被一群虎視眈眈的乞丐圍繞著，不禁感到一陣毛骨悚然。

那邊成傲理查看了趙恨水的傷勢，見他只是閉氣暈去，微微放心。他自知武功無法與丐幫相較，側頭見到趙漫拉了那少年楚瀚坐在地上飲酒，心念一動，忽然走上前來，向楚瀚抱拳說道：「楚小兄弟，在下青幫幫主成傲理，十分佩服你的輕功。可能借一步說話？」

楚瀚一呆，青幫剛剛在趙漫手下吃了個虧，成傲理竟在趙漫請自己坐下喝酒之際，上前邀自己離開說話，豈非十分無禮？他側眼望向趙漫，果見趙漫臉色十分難看，豁然站起身，冷冷地道：「成幫主，什麼話不好當眾說，卻要避開我等偷偷去說？」

成傲理哈哈一笑，說道：「我只不過想問楚小兄弟一句話，當著貴幫兄弟的面詢問，也無不可。楚小兄弟，你可願意加入我青幫麼？」

這一問出口，趙漫頓時變了臉色，心知成傲理這一著十分高明，他既開口邀請楚瀚入幫，不管楚瀚應不應允，自己便不能再行邀請他加入丐幫，不然便是犯了幫派間的大忌。他雖驚佩楚瀚的輕功，卻尚未有邀請他加入丐幫的打算，此時聽成傲理開口相詢，不禁好生後悔，知道自己心胸畢竟不夠寬廣，硬是晚了成傲理一步，此時就算真想邀請這奇特的孩子加入丐幫，已是遲了。

楚瀚聞言更是一愣，在此之前，他不是住在三家村，便是在東廠和皇宮中討生活，只約略知道世間有丐幫青幫這些幫派，卻不大清楚他們是作什麼的，一時不知該如何回答。今夜他見識到丐幫幫主趙漫的武藝輕功，成傲理的機智氣度，心下甚是佩服；成傲理這一問，若在他發現泓兒之前，或許會嫌宮中日子太過單調無聊，考慮去幫派中闖闖，試試身手。但此時他心中掛念泓兒，知道自己不可能就此離開皇宮，當下定了定神，站起身，抱拳說道：「成幫主太過抬舉在下了。在下出身寒微，靠著機緣巧合練成了三家村的功夫，行止全憑師長差遣，不敢擅作主張。今日得見兩位幫主的金面，幸如何之，忝得兩位稱讚賞識，更是粉身難報，只盼日後有緣，再為兩位效命。」這番話說得恰到好處，既不得罪趙漫，也不得罪成傲理，同時客氣婉拒了成傲理的邀請入幫。他在皇宮中混得久了，在進退應對上自也學到了幾分世故圓滑。

成傲理聽他如此說，也不好強逼，見他年紀甚小，想必尚未出師，便問道：「敢問令師長是哪一位？可否拜見？」

楚瀚從他們的言語中，猜知他們對三家村的事情一知半解，便利用這個空子假稱自己有師長云云，好蒙混過去。這時被問起師長是誰，他唯一的師長便是胡星夜，此時已然死去四五年了，他其實並不必聽命於任何人，但為了避免二人多問，露出破綻，當下微微頷首，臉現遲疑為難之色。趙漫走上一步，說道：「成幫主，楚小兄弟想必有其難言之隱，何苦相逼？」

成傲理橫了他一眼，說道：「這是我青幫家事，只怕沒有閣下置喙的餘地。」趙漫聽他出言不遜，一瞪眼，握住腰間竹棒，眼見兩人又要大打出手。

楚瀚不願二人再起衝突，忙走上一步，隔在兩位幫主之間，壓低了聲音，說道：「小弟確實有難言之隱。不瞞兩位幫主，小弟一年前奉師長之命，入宮服役，伺機待命。這個祕密，還請兩位幫主代為保守。」

成傲理和趙漫都是一怔，沒想到這個少年竟是個淨了身的宦官，心下不禁暗生憐憫，一齊尋思：「他作出這麼大的犧牲，想必有重大圖謀。這人是三家村的人，所圖大約是宮中的什麼寶物。可惜這麼一個輕功高絕的少年，竟為了師長偷取寶物的指令，一輩子就此毀了，委實可歎！」

當下成傲理也不好多說，拍拍楚瀚的肩膀，說道：「既是如此，為兄也不好勉強。楚小兄弟請多多保重，但願小兄弟諸事順遂，日後有緣，自當再會。」

趙漫也道：「小兄弟飛技過人，日後必可作出一番事業，盼小兄弟好自為之。」

楚瀚抱拳道：「多謝兩位幫主。小弟不可在外多留，這就得去了。趙幫主這杯水酒，需得留待日後再拜領。成幫主知遇之恩，小弟銘記在心，定當報答。」向二人行禮，帶著小影子，回身走去，轉眼消失在夜色之中。

第二十五章　重遇同鄉

楚瀚這回意外在京城出手救人，展露驚人輕功，名聲很快便傳遍了江湖。但江湖和宮廷畢竟是兩個迥然不同的世界，他回到宮中之後，身周的宮女宦官和錦衣衛等人更未聽聞那夜發生了什麼事情，至於他受到江湖中人驚佩讚歎，名聲鵲起，宮中之人更是矇然不知。楚瀚原本有些忐忑，生怕自己亂出鋒頭，闖下大禍，但見身邊眾人毫不知情，一如往常，才放下了心。

他對江湖人物頗感陌生，對他們的讚譽之辭也是半信半疑。他知道自己已學成了蟬翼神功的神奇飛技，但總相信世上甚至三家村中，定然有比自己更加高明的人物。當年的上官婆婆和胡家兄弟，今日的上官無嫣和柳家父子，本事想來都該在自己之上；而那蒙面錦衣衛的身手，應也與自己旗鼓相當。然而他卻並不知道，當年他在三家村學藝時還只是個孩童，自然感到每個大人的飛技都遠勝自己；在他左膝痊癒之後，加上多年苦練蟬翼神功，此時的飛技早已遠遠超過了三家村中的每一個人，包括傳授他飛技的舅舅胡星夜。

他更加不知道，當今世間輕功能跟他相提並論的，除了那蒙面錦衣衛之外，也只有那奪取了少林派金蠶袈裟的奇女子「雪豔」了。

卻說青幫在京城又逗留了數日，才離京而去；不幾日，丐幫也退出了京城，想是追尋那奇女子雪豔而去。楚瀚無意捲入江湖中事，兩幫離去後，便將幫派之事置諸腦後，全心防範那蒙面錦衣衛，不讓他有機會接近泓兒躲藏的水井曲道。他甚至設計了好幾個障眼法兒，引那蒙面錦衣衛去追查無關緊要的線索，盡量將他引離安樂堂。

這天夜裡，他感到又有人在盯自己的梢，輕功甚高，卻不是那蒙面錦衣衛，心生警覺，便隱身在一條陋巷中，靜候那人現身。過了不久，但聽篤篤聲響，一人拄著拐杖而來，黑暗中見那人身形矮胖，頭髮花白散亂，仔細一看，才看出是個老乞婆。那老乞婆口中喃喃自語，精神似乎有些錯亂，蹣跚地走上幾步，忽然停下腳步，抬頭四望，斷聲喝道：「出來吧！你那點兒藏身伎倆，怎瞞得過婆婆的眼睛？」

楚瀚望見她臉上那對貓眼，不禁一呆，認出這老乞婆竟便是昔日三家村上官家的大家長上官婆婆！

但見上官婆婆形貌落拓潦倒，污穢襤褸，與往昔那個不可一世的上官大家長實有天壤之別。楚瀚心中仍牢牢記著上官婆婆命他在祠堂中罰跪，以及試圖讓孫子上官無邊硬娶胡鶯等行徑，對她既感恐懼，又覺不齒，心中猶疑，一時沒有現身相見。

但聽上官婆婆又道：「姓楚的小子聽好了：我有好差事給你幹。你不缺錢，這我知道。但你的生活想必無趣得緊吧？終日探聽皇帝后妃、皇親大臣的消息，有什麼滋味？你聽我說，有人出了天價，讓你去取血翠杉。也有人出一萬兩銀子，讓你去取龍湲寶劍，你幹不幹？」

楚瀚輕輕拍了一下站在自己肩頭的小影子，從黑暗處閃身而出，無聲無息地出現在上官婆婆面前，沉聲說道：「婆婆，妳拿這些幌子引我出來，有何用意，不如便直說了吧。」

上官婆婆見他現身，咧開貓嘴，笑嘻嘻道：「小子，看來你在京城混得挺不錯啊！」

楚瀚並不回答，只冷冷地向她瞪視。

上官婆婆嘿嘿地乾笑了幾聲，顯然知道面前這少年已不再是當年那個任由她擺布整治的孩子了；如今他的飛技地位都遠在自己之上，兩人的優劣情勢已全然逆轉。她瞇起一雙老貓眼，側頭向他斜視，說道：「誰不知道，如今三家村中還管點兒用的，只剩下胡家的楚瀚一個人了。我們上官家老的老，死的死，失蹤的失蹤，早已不成氣候。柳家的人向來是那副德性，成事不足，敗事有餘。你不但取得了三絕之一的紫霞龍目水晶，更在丐幫和青幫面前大出鋒頭。你如今的身價，可比婆婆當年還要高得多啦。」

楚瀚冷然道：「再不說出妳的意圖，我這便去了。」

上官婆婆吞了口口水，靜默一陣，才道：「上官家藏寶窟裡的事物，都到哪兒去了？」

楚瀚心中一動：「她竟是為此而來！莫非她真的不知道寶物的下落？」說道：「藏寶窟在妳上官家中，妳不知道，我又怎會知道？」

上官婆婆哼了一聲，又問道：「我孫女上官無嫣，去了哪兒？」楚瀚道：「我在京城門口救出她後，便再沒見過她，更不知道她去了哪裡。」

上官婆婆一雙貓眼直瞪著他，滿面憤恨，拐杖一篤，恨恨地道：「藏寶窟中的事物，定是被柳家父子這兩個奸賊取去了。柳家唆使錦衣衛來抄我上官家，這事早有預謀。他們事先作了手腳，趁我們被打得措手不及時，將寶物全數運走了！」

楚瀚聳了聳肩，擺出一副事不干己的神態，說道：「或許是吧。誰知道呢？」

上官婆婆咬牙切齒地道：「無嫣定是探知了那兩個奸賊的密謀，才被他們出手殺了滅口，不然她怎會事隔這麼多年，都不曾回家探視過一次？哼，柳家心狠手辣，心機深沉，自以為將事情瞞得天衣無縫，只可惜瞞不過你婆婆！」

楚瀚並不全然信服她的推論，但也無心爭辯，只悠然道：「妳既然對當年發生的事情知道得如此清楚，此時想必已發現柳家將寶物藏去了何處，也已取回了許多件。」

上官婆婆哼了一聲，說道：「他們父子這兩隻狐狸，裝模作樣，隱藏得極好。我觀察了他們這許多年，只見到他們到處明察暗訪寶物的下落，裝出一副並不知情的模樣。哼！」

楚瀚早已料到，說道：「既然柳家不知情，妳也不知情，我也不知情，那麼誰會知道那些寶物究竟跑去了何處？」

上官婆婆沉吟道：「你在皇宮辦事辦了這許久，難道也沒有線索？東西沒被錦衣衛拿去了？」楚瀚搖頭道：「沒有。萬貴妃最貪愛寶物，東西若落入錦衣衛或梁芳手中，絕對不會不呈獻給萬貴妃。只要有一件寶物流進了皇宮，妳想必也不會不知道。」

上官婆婆點了點頭，自言自語道：「那還能是誰？還能是誰？」

楚瀚抬頭望向滿天星月，心中對此事也百思不得其解。他年紀漸長，見識日多，回想當年三家村發生的事情，已慢慢拼湊勾劃出了一個陰謀：當年有人設下奸計，蓄意鼓動錦衣衛來抄上官家，用意自是要趁亂取走藏寶窟中所有的寶貝。這人的目的達到了，上官家作了犧牲品，柳家和錦衣衛都成了不知情的幫凶，胡星夜很可能亦是因此而喪命；楚瀚自己也被捲入漩渦，來到京城後經歷一番出生入死，還幾乎沒在東廠廠獄中丟了性命，更被「淨身」入宮，作了宦官。他心中懷藏著和上官婆婆同樣的疑問：「是誰？下手偷走藏寶窟中寶物的人究竟是誰？」

上官婆婆也陷入沉思，兩人相對靜默，良久沒有言語。

楚瀚知道自己一時無法想透其中關鍵，吁了一口長氣，從懷中掏出五兩銀子，說道：「妳手頭緊，這錢拿去用吧。我不缺錢，也無心去幫人取什麼事物。妳若想幹，自己接下活兒便是。」說著將銀子放在地上，帶著小影子轉身便走，消失在巷口。

上官婆婆嘿嘿乾笑，俯身拾起銀子，揣入懷中，望著楚瀚的背影，一對老眼中閃爍著難以言喻的羞憤和深沉的算計。

此後楚瀚便開始留意上官婆婆的行蹤，知道她露宿於城西的乞丐巷中，平時在城中四處乞討，居無定所，三餐不繼，生活艱難。她曾是一代神盜，身負絕技，年紀雖老，但身手仍十分靈活，要取什麼金銀寶物都非難事。但她心高氣傲，一個見慣稀世珍寶，過慣錦衣玉食，行慣頤指氣使的老婦人，哪能再去幹小綹兒小扒手的勾當？她寧可沿街乞討，也不願冒著失風被捕的危險，丟盡老臉。

楚瀚見她潦倒如此，心中惻然，此後便定期接濟她，讓她至少能吃得飽，穿得暖。當年上官大宅中一對象牙筷子，一只青花瓷盤，一套錦衣繡服，一口漱口玉杯，只消拿去變賣了，都足夠今日的上官婆婆使上好幾年。如今她家破人亡，家財全數被抄，孤身一人，處境悲涼，竟淪落到連自己的衣食都無法張羅。

楚瀚接濟了她數月，一日她忽然不告而別，不知去向，楚瀚猜想她大約是離開了京城，也未深究。

這日楚瀚甩脫了那蒙面錦衣衛的跟蹤，想起紅倌，便偷偷來到她的住處，卻聽屋內傳來乒乒乓乓大作之聲，卻是紅倌在發脾氣，邊罵邊摔，摔碎了好些胭脂瓶罐。她的婢女香兒嚇得站在房外，不知該進去收拾好，還是躲在外邊避難好。

楚瀚這些時日常常來找紅倌，但他來去無蹤，榮家班的人極少見到他，只有這貼身婢女香兒偶爾見到楚瀚。楚瀚低聲問道：「怎麼啦？」香兒低聲道：「徐家大少爺又說要買紅哥兒，來跟榮大爺談價錢。」

楚瀚皺起眉頭，知道這是沒得談的事兒，人家想買個男寵，買回去的卻是個女子，怎不鬧翻了天？榮班主自然知道利害，不敢答應，紅倌想必為了此事甚覺羞辱，因此大發脾氣。

小影子平時最愛鑽進紅倌的錦被裡取暖，這時被事物摔裂的巨響嚇著了，躲在門邊探頭探腦，不敢進去。楚瀚俯身向牠輕聲道：「你在這兒等著。」悄悄進入紅倌的閨房，一一接住了她扔出來的鏡子、梳子、香瓶、珠花等等。紅倌沒聽見事物摔裂的聲響，回頭一望，見到是他，衝上來撲在他懷中，又搥又打又哭又罵道：「那個死畜生，當我是什麼了！渾蛋小子，有錢有勢又如何，我偏偏瞧他不起！瞧他不起！」

楚瀚摟著她，輕拍她背脊，低聲安慰。但見她臉上妝猶未卸，便扶她坐下，拿帕子替她擦去了臉上妝粉，又替她擦去眼淚。紅倌哭鬧了一陣子，才終於收了淚，安靜下來，咬著嘴唇，肅然道：「我知道，我哭也沒用。作戲子的，難道還想掙個貞節牌坊麼？」

楚瀚溫言道：「妳心裡不痛快，哭出來也好。告訴我，誰欺負妳了？」紅倌呸了一聲道：「還不是那徐家的浪蕩子？在珠繡巷玩女人不夠，竟妄想玩到我頭上來了！」

楚瀚點點頭，說道：「不必擔心他。」紅倌一怔，奇道：「怎麼，你能對付那小子？他老爹可是戶部尚書哩！」

楚瀚道：「別擔心，我有辦法。來，跟我來。」紅倌道：「去哪兒？」楚瀚微微一笑，說道：「我帶妳去個好去處。」

他抱起紅倌，躍出窗外，翻過了圍牆，才將她放下地。兩人攜手來到半里外的涼水河旁，此時正是盛夏，一到郊外，便見無數流螢飛竄穿梭於樹叢之間，一閃即逝，此起彼落，閃耀不絕，倒映在溪水之中，入目盡是點點繁星，燦爛已極。楚瀚和紅倌在溪旁並肩坐下，欣賞螢火奇景，紅倌忍不住讚歎道：「眞美！」又歎道：「世間有這麼美的事物，爲何又有那麼醜陋的嘴臉？」

楚瀚摟著她的肩，說道：「別去想了。一朝快活，享受一朝。」紅倌笑了，將頭靠在他的肩上，口中吟唱起一段她最愛的《玉簪記》中的〈朝元歌〉：

你是個天生後生，曾占風流性。
無情有情，只看你笑臉兒來相問。
我也心裡聰明，臉兒假狠，口兒裡裝作硬。
待要應承，這羞慚怎應他那一聲。
我見了他假惺惺，別了他常掛心。
我看這些花陰月影，凄凄冷冷，照他孤另，照奴孤另。

楚瀚聽了，緊緊摟住她的肩頭，微笑道：「傻姑娘，妳不孤另，我也不孤另。」紅倌將頭靠在他胸口，也自笑了。

紅倌並不知道，自從她與楚瀚交往以來，楚瀚便憑著他在梁芳手下辦事的方便，替她打發了無數輕薄子弟、無賴富商。梁芳勢力龐大，即使達官顯要也怕他三分，若不是楚瀚在暗中護著她，她的麻煩還要更多。

兩人望著繁星般的流螢，一時興起，決定抓一些帶回家去。楚瀚略略施展飛技，提氣在空中輕盈一轉，隨手便捉到了數十隻，樂得紅倌直拍手叫好，將方才的發怒哭泣全拋去了九霄雲外。

回到紅倌房中，兩人熄了燈火，窩在被子裡，一同觀看琉璃樽裡的螢火蟲。小影子沒有跟他們去捉流螢，這時見到瓶子中閃閃發光的小蟲子，極為好奇，金黃的眼睛直瞪著蟲子，伸爪想去捉，卻被琉璃隔開，怎都捉不到，只將楚瀚和紅倌逗得嬉笑不絕。

那夜兩人纏綿過後，楚瀚沉沉睡去，紅倌卻無法入睡，她轉頭望向楚瀚沉睡的臉龐，心想自己身邊有個貼心的伴侶，又怎能讓蟲子們失去親友伴侶呢？便悄悄披衣起身，就著窗子打開了琉璃樽口。她望著螢火蟲紛紛飛入窗外的星空之中，才踮著腳尖回到床邊，鑽入被窩裡，回到楚瀚的懷抱之中，不知怎地心中一陣悲苦，又流下了眼淚。

楚瀚略微醒轉，伸臂抱住了她，低聲問道：「去作什麼了？」紅倌將臉塞在他的懷裡，說道：「放蟲子回家。」楚瀚輕撫她的頭髮，說道：「乖乖不哭，我們明晚再捉便是。」

紅倌收了淚，嘴角露出微笑，安穩地沉入夢鄉。

楚瀚白日聽梁芳命令辦事，與百里段彼此防範，夜晚偶爾與紅倌相聚，日子就這麼過了下去。他為了避免引起百里段的疑心，許久都未曾去看泓兒，只從小凳子等的口中得知孩子十分健康活潑。他心中掛念泓兒，每回使盡千方百計，甩脫百里段後，便一定偷偷跑去看一眼泓兒，確定他平安無事。只要望見泓兒清澈的眼神，純真的笑容，他便感到萬分充實，滿心喜悅。

有時他想起藏在井中的水晶，便輕輕地對泓兒說道：「泓兒，泓兒，你什麼時候才會長大？我什麼時候才能將水晶交給你？」

泓兒咿呀而笑，當然不明白他在說什麼，只高高興興地爬近前，直爬到楚瀚身上，湊上去親他的臉，親得他滿臉口水。楚瀚笑著抱起泓兒，心中對這嬰孩的疼愛日益加深。

第二十六章 故鄉今昔

這日楚瀚帶著小影子來到城中，在茶樓中閒坐喝茶，叫了一盤魚乾給小影子吃。他知道百里段已跟來躲在暗處偷看，想測試這人究竟有多少耐心，能在酒樓中枯等多久，便坐著不走。小影子待在茶樓中好幾個時辰，甚覺厭煩，自己跑到廚房後捉老鼠去了。

楚瀚直坐到夜深，百里段已不耐離去，他才一笑，準備起身回家。但聽隔壁房間傳來一陣吵鬧歡笑之聲，便問店小二道：「隔壁是什麼人，這般吵法？」小二陪笑道：「楚公公莫著惱，是柳家大少爺升了官，大宴賓客慶祝一番哩。」楚瀚皺眉道：「什麼柳家大少爺？」

小二尚未回答，但聽背後一人笑道：「他鄉遇故知，眞是難得啊難得！」楚瀚回過頭，但見一個衣著華麗、臉容端俊的公子從隔壁房中走出，乍看只覺面目好生眼熟，仔細一瞧，才認出他便是三家村柳家的柳子俊！往年他身形高瘦，現在卻發福不少，顯得富泰了許多。

楚瀚心中暗自警惕，知道這人奸險多詐，對自己從未安著好心，但一時也不願得罪他，便臉上帶笑，上前招呼。

柳子俊滿面堆歡，熱情地拉他到一間安靜的別室，坐下喝酒。楚瀚問道：「柳公子，聽說你在此開宴，慶祝升官，不知高升了個什麼職位？」

柳子俊笑道：「多謝楚公公相問。還不是託梁公公的福，領中旨讓我作了個戶科的給事中，從七品的官兒。」

楚瀚心中暗驚，這人來京升官，自己竟然並不知曉，看來梁芳是有意瞞著自己，而這陣子忙著對付百里段，竟然疏忽了梁芳的動靜，也實在是太大意了。當下拱手笑道：「恭喜柳兄！梁公公時不時都會跟我提起柳家的好處，我想也是時候該升你的官啦。」

柳子俊道：「好說，好說！全靠梁公公照顧提攜。他老人家爲了讓我就近替他辦事，才命我搬出三家村，在京城中置屋住下。」言下頗爲得意。

楚瀚問起三家村近況。柳子俊喝了一口酒，說道：「上官家自被錦衣衛抄家之後，自然是樹倒猢猻散了。幾年前上官婆婆喬裝改扮了，偷偷回到村中，在自家院子裡走了一圈。我和爹爹自然一眼便看穿，因顧念舊情，心存憐憫，也沒有說破。」

楚瀚感到一陣噁心，當初勾結錦衣衛來抄上官家的正是柳家父子，現在竟然還有臉說什麼顧念舊情，心存憐憫？他強忍心中的鄙視厭惡問道：「那上官家的子弟呢？」

柳子俊搖搖頭，歎了口氣，說道：「上官無影在抄家時大膽抵抗，被錦衣衛當場打死了。我和爹爹見多日後都無人收屍，才找人去上官大宅，替他收斂了屍體。那時屍體已然腐爛，幾乎已看不出人形。」

楚瀚回想起上官無影的自負暴躁，往年曾以馬鞭擊打自己，聽說他落到無人收屍的下場，也不禁心生哀憫。柳子俊又道：「上官無嫣被錦衣衛捉去後，下落如何，想來楚公公是最清楚的了。」

楚瀚聽了這話，知道他是想從自己口中套問消息。柳子俊自然知道當時楚瀚追去京城，偷偷放走了上官無嫣，但上官無嫣一去之後，音訊全無，就連楚瀚也不知道她究竟去了何處；上官婆婆懷疑她是因探知了柳家企圖盜寶的密謀，而被柳家殺人滅口，現在柳家卻也來詢問上官無嫣的下落，不知他是意圖掩飾，還是眞不知道？當下也推得一乾二淨，說道：「上官姑娘一去之後，我就被捉入廠獄，她下落如何，我自是無從得知了。」

柳子俊見楚瀚如此說，嘿了一聲，又道：「至於上官無邊，他逃離三家村後，便再也沒有回來，聽說他加入了山東一個盜夥，作了什麼山寨的一個當家。」

楚瀚點了點頭，忽道：「上官家藏寶窟中的事物，柳兄和令尊想必已經找到了。」

柳子俊臉色微微一變，頓了一頓，才道：「老實說，這幾年中，家父和我花了許多心血探訪寶物的去處，卻始終未曾找到。」

楚瀚想起不久前自己和上官婆婆的對答，觀察柳子俊的臉色，暗猜他大約眞的沒找到，不然這對父子爲了討好梁芳和萬貴妃，一定老早開始呈獻藏寶窟中的寶貝給萬貴妃，然而自己這幾年來並未見到其中寶物流入宮中。當時他曾猜想將寶物收起來的是上官無嫣，卻畢竟不能確定；若眞是她，她想必會回去三家村，偷偷將寶物運走，但是在柳家和上官婆婆的虎視眈眈下，她也絕不可能將諸多寶物全數運走而不被發現。那麼那些寶物究竟是落入了誰的手中？不是上官家，不是柳家，也不是錦衣衛或梁芳。究竟是什麼人，有本領將三家村中人耍得團團轉，至今沒有人能猜出這人是誰，更沒有人能找出這批寶物的下落？

柳子俊忽然一拍桌子，滿面氣憤不平之色，說道：「這些寶物，想來都被上官家給吞沒了。依我和爹爹的意思，這寶窟是我們柳胡上官三家聯手取集的，就算胡家洗手，上官家亡散，也該將寶物物歸原主，當初由哪一家取的，便歸還給哪一家，如此才算公平。上官家太過卑鄙，竟然辜負我兩家的信任，將存放在寶窟中的所有寶物都藏了起來！楚公公，你曾多次出入上官家，想必對上官家人將寶貝移去了何處，有些線索？」

楚瀚聽他說得好聽，柳家若找到藏寶窟，自然早將所有的寶物都獨吞了，又怎麼可能分給早已無人的上官家和貧困務農的胡家？當下說道：「我若知道，老早便說了出來，呈獻給梁公公了，當初又怎會遭受鞭刑，下入廠獄，吃了足足兩年的苦頭，險些死在獄中?又怎會被梁公公逼得入了宮?」

柳子俊對楚瀚的遭遇顯然十分清楚，聽他這麼說，也只能暫且相信，心想:「看來還是要找到上官無嫣那小妮子，才能探問出寶物的下落。」但是上官無嫣就如憑空消失了一般，多年來不但未曾露面，竟連半點兒蹤跡音訊都沒有。

楚瀚又問:「胡家的人卻如何?」柳子俊搖搖頭，說道:「這幾年收成不好，胡家老大持家十分辛苦，第一個兒子出生沒多久便夭折了，他和妻子都十分傷心。胡老二入了贅，隨妻家住在山西。老三胡鷗還在家中，但沒錢娶妻，游手好閒，和老大處不來，兄弟倆整日爭吵。因家中拮据，胡老大將胡二嬸和胡鵲胡雀趕出門去了，聽說母子三人在他鄉乞討維生，好不淒慘。」

楚瀚聽到此處，心中又是難受，又是惱怒。好歹是世代相交的幾家人，柳家見胡家淪落至此，子弟甚至淪為乞丐，竟然未曾伸出援手，還一副事不關己的模樣!他忍住氣，又問道:「那麼胡鶯呢?」

柳子俊微微一笑，說道:「胡妹妹是你的未婚妻子，地位自然不同。我早已將她接到柳家住下，好好伺候著。你不用擔心，你雖入了宮，但胡家妹子年紀小，不懂這些事情，我定會替你保守這個祕密。再說，公公娶妻乃是常事，等楚公公感到時機妥當了，我便安排替你將胡家妹子迎娶過來，這樣也對得起她死去的父親。」

楚瀚聽了，心中升起一股難言的憤怒。柳子俊明知自己已「淨身」成了宦官，卻仍然哄騙胡鶯一心嫁給自己，這是什麼居心？隨即明白：「他這是藉胡家妹子要脅我！」說道：「她現在何處？我想見她。」

柳子俊從懷中取出一只漢玉葫蘆，楚瀚看出正是當年自己與胡鶯訂親時交換的信物。楚瀚只道他要交給自己，不料柳子俊卻將手掌闔起，臉上露出奸滑之色，說道：「要見胡家妹子不難，只是爲兄的有件小事相求。」

楚瀚瞪著他，慢慢地道：「如果我不答應呢？」柳子俊微微一笑，說道：「楚公公不看我的面子，也要看胡家妹子的面子。」

楚瀚冷冷地問道：「我不答應，你便要如何處置她？」柳子俊將那漢玉葫蘆收入懷中，歎了口氣，說道：「胡小妹子今年不過一十五歲，正是花兒一般的年華，青春荳蔻。你好忍心，願意見她就此香消玉殞，爲兄的也無話可說。」

楚瀚臉色鐵青，瞪視著柳子俊，過了良久，才道：「你要我作什麼？」

柳子俊露出得意的笑容，心知自己已將楚瀚掌握在手中了。當年楚瀚住在他家中時，他曾仔細觀察過這個孩子，知道他最重恩情，胡星夜收養他並教他飛技的恩德，他銘記在心，未曾或忘；而胡星夜已然身亡，死前將最疼愛的幼女託付給楚瀚，楚瀚絕對無法忽視這託孤的重責大任。柳子俊軟禁胡鶯以要脅楚瀚，這一步可是算準走對了。

他難掩心中興奮，緩緩說道：「楚公公替梁公公辦事辦得極好，難怪在宮中升遷如此之快，成了皇宮中梁公公之下的第一紅人，富貴權勢無一不缺。我們柳家無法如你這般狠心決絕，願意犧牲自己，淨身入宮，好方便在宮中出入行走。相較之下，我們的表現可遜色得多了。爲兄的也不要求什麼，只希望你爲人大方一些，功勞不要一個人獨占，分給我們一點半點，我們也就滿足了。」

楚瀚哼了一聲，說道：「自己無能，只會使奸計、占便宜，我小時候不懂，現在可看清楚了。原來柳家的人都是這般的貨色！」

柳子俊面色不改，說道：「楚公公，爲兄的飛技或許不及你，手下也沒那麼多宦官可以使喚。但我柳家有柳家的本領，你要除掉我父子，只怕也沒那麼容易。」

楚瀚沉默不答。柳子俊又道：「爲兄的無心威脅你，只不過盼望能與你攜手合作。被上官家呑沒的藏寶窟，在你我聯手之下，一定有辦法找得出來。到時你我對半分了，遠離京城，去過那逍遙快活的日子，豈不甚美？」

楚瀚仍舊不作聲。

柳子俊站起身，微笑道：「幾年前你借居我家時，我便將你的爲人看得十分清楚。我明白你對柳家誤會甚深，你我之間要建立互信，並非易事，因此爲兄不得不採取非常手段。日久之後，你自會明白與柳家合作的好處。」頓了頓，壓低聲音道：「梁公公一直想找到血翠杉，已經交代我們好幾回了。這件事，可要多多煩勞楚公公了。我給你一個月的時間，靜候佳音。」也不等楚瀚回答，便自拱了拱手，走了出去，回去他的升官宴席上了。

楚瀚心中怒極。他雖聽命於梁芳，但實出於自願，隨時可以走，並不覺得自己受制於人。豈料柳子俊這小子竟有辦法要挾自己！他擔憂紀娘娘和泓兒的安危，生怕柳子俊的這番話是調虎離山之計，不敢離開京城，便派了手下到三家村探查，得知胡鶯果然住在柳家，而且是被軟禁在柳家內院之中，防守嚴密。除非自己大舉跟柳家作對，強行奪出胡鶯，不然胡鶯的性命確是掌握在柳家手中。

楚瀚心中鬱悶，爲柳子俊的奸詐狡猾惱怒了好幾日。他這夜出宮去找紅倌，一到她房中，便一頭躺倒在床上。紅倌看出他心中不快，款步來到床前，俯下身，低聲問道：「怎麼啦？遇上不順心的事了？」

楚瀚閉著眼睛，沒有答話。紅倌伸手摟住他的頸子，軟語道：「我每回不開心了，就大吼大叫，盡情向你抱怨一番。你心裡有事，卻不肯跟我說？」

楚瀚長歎一聲，說道：「有人捉住了我的未婚妻，威脅我替他辦事。」

紅倌聽了，雙眉豎起，拍床罵道：「渾帳，什麼人這麼可惡？」

楚瀚道：「是我昔年同村裡的人，叫作柳子俊。」紅倌道：「你功夫這麼好，怎不去救出你未婚妻來？」楚瀚道：「我在此地有所牽掛，不能離開。」

紅倌笑道：「啊，我知道了，你是捨不得我！」楚瀚微微一笑，說道：「這也是原因之一。」

紅倌將臉湊近他的臉，鼻尖對著他的鼻尖，笑嘻嘻地道：「你不用哄我。你對我如何，我心中清楚得很。你我一向各走各路，互不相欠，這樣最好。」頓了頓，忽然噗哧一笑，說道：「我卻料想不到，公公也能有未婚妻的？」

楚瀚被她逗得笑了，伸臂抱住了她嬌小的身子，說道：「我能有妳，為何不能有未婚妻？」

兩人說笑了一會兒，楚瀚才道：「這親事是在我十一歲時，家鄉長輩給定下的。」紅倌問道：「你離開家鄉後，便沒再見過你的未婚妻？」楚瀚點了點頭。

紅倌歎道：「你還記掛著她的安危，也算是有心了。今時今日，飛黃騰達者大多如陳世美，為保住富貴，早將元配髮妻和親生子女拋到天邊去啦。她不過是你小時候定下的未婚妻，你竟不肯撇下她，實在難得。我以後定要編一齣『有情有義楚大官人』，好好稱頌你一番。」楚瀚笑了，說道：「給妳一唱，我可要出名了！」

紅倌又問道：「說正經的，你打算如何？」楚瀚道：「我別無選擇，只能暫且聽他的話，敷衍著他罷了。」

紅倌輕歎一聲，說道：「人生不如意事，十常八九，全看你能不能看得開。開心是一日，不開心也是一日。快將煩心的事扔一邊去，你我圖個快活要緊。」

楚瀚完全明白紅倌的心境，她女扮男裝唱戲賣藝，遲早會被揭穿，時日所剩不多。她表面雖爽朗逍遙，無牽無掛，心底的愁苦卻非他人所能體會。楚瀚伸出手，緊緊將她擁在懷中，明白自己爲何會與她如此投緣：同是天涯淪落人，相逢何必曾相識？

在紅倌的閨房之中，几上昏暗的油燈閃爍搖曳，兩人耳中傾聽著彼此的喘息，都感到一陣難言的平靜滿足。紅倌伏在他的背上，輕輕撫摸他的背後腰臀之際的肌膚，忽然問道：「誰給你刺上的？」

楚瀚半睡半醒，含糊地問道：「刺什麼？」紅倌道：「這個刺青啊。」楚瀚奇道：「什麼刺青？」紅倌點著他的後腰，說道：「在這兒。」

楚瀚撐起身回頭去望，但那刺青位在腰臀之間，正是他自己無法望見之處。若不是紅倌說出，他可能一輩子也不知道自己背後有個刺青。他心中好奇，問道：「刺了什麼？」

紅倌道：「像是一個米字，顏色很鮮豔。米字的中間有……嗯，有隻小蜘蛛。」

楚瀚也不以爲意，又趴下身去，說道：「我不知道是誰給我刺上的。或許我是蜘蛛精的兒子？」

紅倌噗哧一笑，說道：「你是蜘蛛精的兒子，那我是白骨精的女兒！」兩人隨口說笑著，相擁著沉睡了過去。

清涼的夏風透過窗欞，吹乾了兩人肌膚上的汗珠。油燈無聲地熄滅了，這對少年少女在黑暗中相擁而眠，度過了甜美安謐的一夜。他們當時自然並不知道，這是他們倆最後一次同床共枕。

注 故事中紅倌所提及關於陳世美的戲曲《秦香蓮》和《鍘美案》，乃創作於清順治康熙年間，楚瀚所在的明朝中葉尚未出現。故事背景設在宋朝，說陳世美入京應試，中了狀元，接著娶了公主，作了駙馬。元配秦香蓮在家鄉久久沒有丈夫的音訊，便帶著子女入京尋夫。陳世美見到舊時的妻子兒女，生怕揭發了自己已有髮妻的往事，不但不認他們，還派人追殺妻子，企圖殺人滅口。秦香蓮一狀告到包公那兒，包公審問時，陳世美仗著自己是皇親國戚，大言不慚，強辭狡辯，最後被包公鍘死。據說故事主角陳世美在歷史上確有其人，乃是清朝時的一個官員，清廉正直，風評頗佳。因無意間得罪了故舊，故舊惡意報復，寫了這篇以他為負面主角的戲曲來污衊他，也算得他十分無辜，而今日「陳世美」已成為負心男子的代名辭。

第二十七章　倉促離京

第二日清晨，輪到楚瀚到水井曲道照顧泓兒。這時泓兒剛滿一歲，正蹣跚學步，整個人滾圓肥滿，見人就笑，模樣極爲可愛。楚瀚扶他站起，退開幾步，展開雙臂，鼓勵他道：「乖泓兒，到瀚哥哥這兒來，來，走過來！」

泓兒口中啊啊出聲，先是遲疑了一會兒，接著一步一蹭地，竟然眞的走出了五六步，投入楚瀚的懷抱。楚瀚大喜，擁著他不斷摩挲親吻他的頭臉，笑道：「乖泓兒，聰明泓兒，泓兒會走路啦，會走路啦！」

泓兒也高興極了，在他懷中蹬著兩條小胖腿，忽然抬起頭，對著他道：「瀚哥哥，瀚哥哥！」

楚瀚一呆，更是歡喜不盡，說道：「泓兒會叫瀚哥哥了！來，再叫一次！」泓兒卻又不肯叫了，掙脫他的懷抱，想再試試剛剛學會的走路。

便在此時，暗門輕響，一個人鑽了進來，卻是吳廢后的丫環沈熣蓮。楚瀚正興沖沖地想告訴她泓兒會走路會叫他的好消息，卻見沈熣蓮神色張惶，劈頭便道：「不好了！

娘娘收到密報，有人向錦衣衛報信，他們很快就要來到此地了！」

楚瀚大驚，問道：「是誰洩的密？」沈熗蓮搖頭道：「不知道，娘娘猜想可能是秋華或許蓉來此時一不小心，被人跟了梢。快走，快走！小皇子先寄放在娘娘那兒，可以保住一時。」

楚瀚更不遲疑，立即抱起泓兒，跟著沈熗蓮鑽出暗門，沿著角屋後面的小徑奔去，來到吳廢后所居的西內。吳廢后已候在門口，滿面憂急，不斷道：「快，快！」命沈熗蓮接過孩子，躲入地窖，關上了活門。

吳娘娘對楚瀚道：「我在宮中還有一兩個忠心的眼線，十萬火急來向我通報，說錦衣衛中有個專事跟梢的，不知怎地盯住了秋蓉，見到了小皇子。錦衣衛就將動手，他們若全宮大搜，我這兒也藏不了多少時候。」

楚瀚臉色一變，猜想吳廢后所說的「專事跟梢」者，必是那蒙面錦衣衛百里段。他若見到了小皇子，回去報告，萬貴妃心狠手辣，定會立即派人來斬草鋤根。他心中焦急，望向吳廢后，急道：「請問娘娘，眼下卻該如何是好？」

吳娘娘咬著嘴唇，說道：「此刻時機未到。我們就算公布泓兒的身分，爭取萬歲爺出面保護，也極難成功。」

楚瀚點點頭，這步棋他也想過，但他清楚成化皇帝懦弱無能，在皇宮中不但沒有宮女宦官忠心於他，甚至連負責保護他安危的錦衣衛也不歸他管。就算他知道了眞相，又如何能保得住這個孩子？加上萬貴妃對他箝制極深，即使皇帝聽聞這孩子是他的子息，也絕對不敢相認。而更可能這消息根本傳不到皇帝耳中，萬貴妃就已下手殺人滅口，一手遮天，徹底掩蓋了。

楚瀚沉吟道：「或許可將孩子送出宮去？」吳娘娘搖頭道：「宮外更不安全。這兒都是自己人，還能保密，宮外眼線太雜，錦衣衛下手更容易；而且這孩子一旦出了宮，便再難證明他是萬歲之子。」楚瀚聽她說得有理，心中大急，說道：「那卻該如何是好？」

吳娘娘在屋中踱了幾圈，才終於站定，說道：「整個皇宮之中，只有一個人保得住他。」楚瀚抬起頭，與吳廢后眼神相對，同時脫口道：「懷恩！」

吳娘娘點頭道：「正是。司禮監大太監懷恩，是今日宮中唯一剛正不阿之人。他從不賣萬家妖精的帳，也從不怕對萬歲爺直言進諫。太后和萬歲爺都對他十分恭敬，那妖精也對他頗爲忌憚。懷公公若能出面繼續掩藏保護小皇子，小皇子方有生機。」

楚瀚沉吟道：「就怕他不信此事。」

吳娘娘搖頭道：「我們所說屬實，又有何懼？懷公公忠於皇室，對皇儲想必極爲重視。他聽了此事，定能明白其中輕重關節。只有得到他的支持，才能再保小皇子數年平安。眼下時機不到，過幾年後，時勢轉移，小皇子定有重見光明，正位東宮的一日。」

楚瀚點頭道：「我們只剩得這一條路，也只能盡力一試了。我這就去見懷公公，向他密稟此時，懇求他出手協助。」吳娘娘道：「如此甚好，你快去吧。我這兒可以保得小皇子一日，再長便難說了。」

楚瀚便即叩辭，匆匆離去。他心中極為感激這位娘娘的指點，他知道她出身大家，又曾受封皇后，對宮中諸事眼光獨到，判斷精準。他此時才明白紀娘娘為何獨讓吳娘娘與聞小皇子的祕密；吳娘娘不但心地善良正直，更是個極有見識的女子，要長期保住小皇子，確實不能少了吳娘娘的出謀劃策。楚瀚也不禁甚為吳娘娘感到惋惜，如此一個賢能聰慧的皇后，卻無端被成化皇帝廢了，打入冷宮，皇帝卻甘心受殘忍粗鄙的萬貴妃挾制，足見其昏庸無能。

楚瀚一路往司禮監奔去，心中不斷思量自己該如何才能見到懷恩，見到懷恩之後，又當如何述說此事。他知道梁芳和懷恩表面雖維持友好，但內地裡明爭暗鬥，互不相讓。梁芳貪財狡詐，懷恩卻追求權柄；他身任司禮監秉筆，擁有代替皇帝「批紅」的權力，大臣們所上奏章，一律由他代皇帝擬定回答，稱為「票擬」，再由皇帝審閱核准；但成化皇帝疏懶無用，對票擬的意見從不加修改，因此天下大事幾乎全由懷恩一手釐定。奇的是這人權力雖重，卻極少濫用，處事公平得體，因此甚受宮外大臣和宮中宦官們尊重。楚瀚曾受梁芳之命，前來偷窺過懷恩數次，但懷恩行事老成持重，楚瀚從未能捉住他的什麼把柄。他心想：「懷公公爲人正直，廣受敬重，又是大權在握，他若答應保護泓兒，泓兒定能在宮中找到存身之地。」

轉眼間他已奔到司禮監之外，向小宦官告知他有急事要求見懷公公。這是他第一次單獨來見懷恩，懷恩不知他的來意，直讓他等了一個時辰，才終於接見，只急得楚瀚全身冷汗直流。

楚瀚來到懷恩的辦公房中，立即跪下先磕了三個響頭，爬在地上更不起身。懷恩是個五十來歲的中年太監，頭髮灰白，面目嚴肅。他一邊喝茶，一邊冷冷地瞥了伏在地上的楚瀚一眼，說道：「我道是誰，原來是御用監的楚公公。」頓了頓，又道：「不知梁公公差你來此，有什麼指教？」

楚瀚道：「小瀚子死罪。小瀚子此番不是奉梁公公之命而來，而是有要事懇求懷公公。」懷恩眉毛微揚，放下茶杯，說道：「天下有什麼事情梁公公辦不到，你不去求他，卻來求我？」

楚瀚磕頭道：「小瀚子萬死。小瀚子有機密大事稟報，請公公屏退左右。」懷恩心中雖懷疑，但也不怕這小子能對己如何，便揮手讓身邊的小宦官退了出去。

楚瀚當下將紀娘娘生下皇子，藏在安樂堂中的前後都說了。

懷恩只聽得臉色大變，神色間喜多於驚。他連忙追問：「多長時間了？還有誰知道這件事？」楚瀚道：「剛有一年多。當初萬主子派了門監張敏去溺死嬰兒，張敏不忍下手，他是知道這件事的。」

懷恩為人謹慎，立即傳張敏來問話。張敏來後，見到楚瀚，就知道是什麼事兒了，戰戰兢兢地將紀娘娘和小皇子的事情述說了一遍。

懷恩臉色凝重，讓張敏退下，對楚瀚道：「我明白了。你今日來跟我說這件事，是希望我如何？」楚瀚道：「錦衣衛的人已探知小主子的事情，我擔心他們隨時出手加害，懇請懷公公作主！」

懷恩想了想，說道：「為何不將此事昭告天下，卻要繼續隱藏下去？」

楚瀚道：「吳娘娘認為時機未到，此刻還不能揭發此事。」

懷恩聽他提起吳廢后，臉現哀憫之色，微微歎息，說道：「吳娘娘麼？可也真難為她了。」他思慮一陣，點了點頭，說道：「吳娘娘所見不錯。事情一揭發，昭德絕不會放過這孩子。」因萬貴妃長久居於昭德宮，因此許多宦官宮女們背地裡都稱她「昭德」。

懷恩沉吟一陣，說道：「眼下錦衣衛聽命於昭德，他們不是內官，不敢進入大內，只敢在大內邊緣的安樂堂這些地方出入。小皇子若住進紫禁城中，便不怕他們了。」楚瀚道：「全仗懷公公作主。」懷恩問道：「小皇子現在何處？」楚瀚道：「在吳娘娘處。」

懷恩沉思一陣，話鋒一轉，雙目直盯著楚瀚，說道：「小瀚子，你卻爲何會捲入此事，而竟始終未曾讓你梁公公知道？」

楚瀚磕頭道：「我當時見小皇子只是個嬰兒，心中可憐他，也可憐紀娘娘，才幫助張敏藏起了小皇子，也沒敢跟梁公公說起此事。」

懷恩輕輕哼了一聲，說道：「聽人說，你雖在梁公公手下辦事，卻是個有良之人，看來眞有這麼回事。」楚瀚磕頭不止，說道：「懷公公明鑑！求懷公公作主。」

懷恩沉思一陣，才緩緩說道：「我可以作主，但是有個條件。」楚瀚道：「懷公公請說，只教小瀚子作得到的，一定萬死不辭。」

懷恩望著他，說道：「梁芳在宮中有個厲害的眼線，到處窺伺他人善惡隱私。梁芳依仗著這人，作惡多端，爲所欲爲。我早想拔去梁芳的這隻毒牙，趕走這頭惡犬。」

楚瀚背後流下冷汗，磕頭道：「小瀚子罪該萬死。」懷恩盯著他，靜了一陣，才微微點頭，說道：「原來如此。你立即帶我去吳娘娘處，迎接小皇子。之後你便出宮去吧，離開京城愈遠愈好，再也不要回來！」

楚瀚一驚，靜默半晌，心中衡量輕重，知道保住泓兒的性命，比起自己的去留自是重要得多了。他心中自也清楚，跟著梁芳這麼久，壞事幹了太多，懷恩正氣凜然，必然容不得自己。就算自己答應不再替梁芳辦事，但是只要留在宮內，梁芳又怎肯放過他？定會想盡辦法對付自己。最好的解決方法，莫過於就此消失，梁芳莫名其妙地失去了左右手，無從追究起，他也不必向梁芳多作解釋。況且只要能保住泓兒，還有什麼東西是他放不下的？他想到此處，心意已決，吸了一口長氣，磕頭道：「小瀚子謹遵懷公公吩咐。」

懷恩點了點頭，說道：「我這便跟你去將小皇子接入宮中。你放心，我在宮中一日，便誓死保住他一日。等到時機成熟了，我自會想辦法讓萬歲爺知曉此事。」

楚瀚聽了他這話，知道保住泓兒有望，心中感激已極，說道：「小瀚子一世感念懷公公的恩德！」又磕了幾個頭，才站起身。

當時已是傍晚，楚瀚領著懷恩，悄悄將剛滿周歲的泓兒接到懷恩的住處。一切安頓妥當後，楚瀚回屋取了幾十兩銀子，換上便衣，也沒收拾包袱，也未曾與紀善貞、張敏、小凳子、小麥子等告別，只帶上常隨左右的小影子，趁夜悄悄出宮而去。

他想起紅倌，當即來到榮家班，想再見她一面，但老婆子卻告知紅倌出城唱戲去了，要到次日才回。他見天色將晚，城門將關，只好轉身離開了榮家大院。

他在城中隱密處取了改裝包袱，略作裝扮，便快步往城門行去。過去數年中，他不時出京替梁芳辦事，爲了不引人留心，每回出門都黏上鬍子，穿上商旅的服色，否則他年紀太輕，孤身行路難免惹人注意。這時他裝上兩撇假鬍子，戴上輕帽，假扮成個山西錢商的伙計，將黑貓小影子放在竹籃子裡揹著，從東便門出了城。

他居住京城已有四五年的時間，此時倉促離開，不禁甚覺不捨。他回頭望向城門，一時也不知道自己最不捨得的是什麼，是滾圓愛笑的泓兒，是嬌俏可喜的紅倌，是能幹可靠的小麥子、小凳子，是奸滑但善待自己的梁芳，還是自己在御用監舒適廣闊的房舍、不愁吃穿的優渥生活？

無論如何，他既決意保住泓兒，答應了懷恩的條件，這一切就都已被他拋在身後了。他回思住在京城的這段時日，比之借居胡家那時自是艱險百倍，幾番出生入死，歷經重傷瀕死之險，牢獄淨身之災，但自己都挺過來了，甚至在京城中闖出了一片天地。即使名聲不怎麼樣，但也結識了何美、小麥子等好友，以及紅倌這個紅顏知己。

但他畢竟還很年輕，不知道什麼是依戀，什麼是珍惜，什麼是失去。他感到一切都才開始，一切也都可以再開始一次。他懷著一身絕技，帶著唯一的伴侶黑貓小影子，頭也不回地離開了京城。

（第二部「靛海奇緣」　待續）

神偷天下・卷一（風起雲湧書衣版）

作　　者／鄭丰
企劃選書人／楊秀真
責 任 編 輯／王雪莉
版權行政暨數位業務專員／陳玉鈴
資深版權專員／許儀盈
行 銷 企 畫／陳姿億
行銷業務經理／李振東
副 總 編 輯／王雪莉
發 行 人／何飛鵬
法 律 顧 問／元禾法律事務所　王子文律師
出版／奇幻基地出版
城邦文化事業股份有限公司
台北市 104 民生東路二段 141 號 8 樓
電話：(02)25007008　傳真：(02)25027676
網址：www.ffoundation.com.tw
e-mail：ffoundation@cite.com.tw
發行／英屬蓋曼群島商家庭傳媒股份有限公司城邦分公司
台北市 104 民生東路二段 141 號 11 樓
書虫客服服務專線：(02)25007718・(02)25007719
24 小時傳真服務：(02)25170999・(02)25001991
服務時間：週一至週五 09:30-12:00・13:30-17:00
郵撥帳號：19863813　戶名：書虫股份有限公司
讀者服務信箱 e-mail：service@readingclub.com.tw
歡迎光臨城邦讀書花園　網址：www.cite.com.tw
香港發行所／城邦（香港）出版集團有限公司
香港灣仔駱克道 193 號東超商業中心 1 樓
電話：(852) 2508-6231　傳真：(852) 2578-9337
e-mail：hkcite@biznetvigator.com
馬新發行所／城邦（馬新）出版集團
【Cite(M)Sdn. Bhd】
41, Jalan Radin Anum, Bandar Baru Sri Petaling,
57000 Kuala Lumpur, Malaysia.
Tel: (603) 90578822 Fax:(603) 90576622
email:cite@cite.com.my

封面設計／陳文德
排　　版／浩瀚電腦排版股份有限公司
印　　刷／高典印刷有限公司
■2020 年（民 109）5 月 5 日二版初刷
■2023 年（民 112）5 月 19 日二版2刷

售價／300元

國家圖書館出版品預行編目資料

神偷天下・卷一／鄭丰作, -初版-台北市：奇幻基地出版；家庭傳媒城邦分公司發行；2011. 07（民100. 07）
面：公分. -（境外之城）

ISBN 978-986-6275-44-9（卷1：平裝）

857.9　　100011613

ISBN 978-986-6275-44-9
EAN 4717702099206

Printed in Taiwan.

奇幻基地臉書粉絲團
http://www.facebook.com/ffoundation

鄭丰臉書專頁
http://www.facebook.com/zhengfengwuxia

城邦讀書花園
www.cite.com.tw

廣　告　回　函
北區郵政管理登記證
台北廣字第000791號
郵資已付，免貼郵票

104台北市民生東路二段141號11樓

英屬蓋曼群島商家庭傳媒股份有限公司城邦分公司 收

請沿虛線對摺，謝謝

奇幻基地

每個人都有一本奇幻文學的啓蒙書

奇幻基地粉絲團：http://www.facebook.com/ffoundation

書號：1HO025Z　　書名：神偷天下．卷一（風起雲湧書衣版）

請於此處用膠水黏貼

奇幻基地

讀者回函卡

謝謝您購買我們出版的書籍！請費心填寫此回函卡，我們將不定期寄上城邦集團最新的出版訊息。

姓名：________________ 性別：□男 □女

生日：西元________年________月________日

地址：________________

聯絡電話：________________傳真：________________

E-mail ：________________

學歷：□1.小學 □2.國中 □3.高中 □4.大專 □5.研究所以上

職業：□1.學生 □2.軍公教 □3.服務 □4.金融 □5.製造 □6.資訊

□7.傳播 □8.自由業 □9.農漁牧 □10.家管 □11.退休

□12.其他________________

您從何種方式得知本書消息？

□1.書店 □2.網路 □3.報紙 □4.雜誌 □5.廣播 □6.電視

□7.親友推薦 □8.其他________________

您通常以何種方式購書？

□1.書店 □2.網路 □3.傳真訂購 □4.郵局劃撥 □5.其他

您購買本書的原因是（單選）

□1.封面吸引人 □2.內容豐富 □3.價格合理

您喜歡以下哪一種類型的書籍？（可複選）

□1.科幻 □2.魔法奇幻 □3.恐怖 □4.偵探推理

□5.實用類型工具書籍

您是否為奇幻基地網站會員？

□1.是□2.否（若您非奇幻基地會員，歡迎您上網免費加入，可享有奇幻基地網站線上購書75 折，以及不定時優惠活動：http://www.ffoundation.com.tw/）

對我們的建議：________________

____

____

請於此處用膠水黏貼